◎侯宜杰 著

历史的转折处

南方日报出版社
NANFANG DAILY PRESS
中国·广州

图书在版编目（CIP）数据

历史的转折处 / 侯宜杰著. — 广州 : 南方日报出版社, 2013.8
ISBN 978-7-5491-0896-1

Ⅰ. ①历… Ⅱ. ①侯… Ⅲ. ①随笔－作品集－中国－当代 Ⅳ. ①I267.1

中国版本图书馆 CIP 数据核字(2013)第 175848 号

LISHI DE ZHUANZHE CHU
历史的转折处 侯宜杰 著

出版发行：南方日报出版社
地　　址：广州市广州大道中 289 号
电　　话：（020）83000502
经　　销：全国新华书店
印　　刷：广州市怡升印刷有限公司
开　　本：16 开
印　　张：13.75
字　　数：250 千字
版　　次：2013 年 8 月第 1 版
印　　次：2013 年 8 月第 1 次印刷
定　　价：30.00 元

投稿热线：（020）83000503　读者热线：（020）83000502

网址：http://www.nfdailypress.com/

发现印装质量问题，影响阅读，请与承印厂联系调换

目　录

自序 / 001

第一章　清末民初诸现状

晚清的贿赂名堂 / 002
透明的选举 / 006
同文馆招生风波 / 009
两次不同的庆祝 / 014
剪辫风云 / 018
“大阿哥”溥儁的立与废 / 025
“官屠”岑春煊 / 031
“三霖公司”斗权贵 / 038
革命党人做贼 / 043
汤氏两兄弟 / 048
如出一辙 / 054
杨乃武与《申报》的一段机缘 / 058

第二章　预备立宪时代

预备立宪是怎样搞起来的 / 064
尚其亨出国考察丑闻 / 072

咨议局不愧为代议机关 / 075
中国最早的议会——资政院 / 081
晚清地方自治的尝试 / 088
刑法的里程碑 / 092
温世霖请愿获罪 / 095
末代状元刘春霖 / 099
资政院的两位总裁 / 106
民政部尚书善耆 / 112
刘廷琛拍马取辱 / 117
立宪运动与辛亥革命 / 120
清朝何以速亡 / 131

第三章　民国后的袁世凯

袁世凯：从出山到逼宫 / 138
暗杀宋教仁的主谋尚难定论 / 144
袁世凯为何设置“国务卿” / 152
“国民代表”推戴袁世凯当皇帝 / 156
袁世凯的“信义” / 162
1915年帝制派的“国情”论 / 169
“六君子”与“二陈汤” / 174

第四章　人民理应享有自由

预备立宪时期的结社集会自由 / 180
预备立宪时期的言论自由 / 187
《大江报》两遭封杀 / 196
封杀书报应堂堂正正 / 202
袁世凯剥夺国人言论自由 / 206
“挂羊头卖狗肉” / 210

自序

本书付梓之前，出版社刘志一先生嘱写序言。我觉得没有什么好说的，而又不好意思方命，踌躇再三，只得写上几句。

退休以后，成了“自由人”，个人的活动空间很大。家政之余，空闲下来，又觉无聊，思来想去，仍不能忘情于过去所学。只是由于年迈体衰，精力不济，记忆力锐减，加以住所离单位太远，借书困难，不敢妄想于学术上有所造诣，便打算学着写点随笔之类的文章，反正成与不成，均无所谓，权作度过余生的消遣。于是开始漫无边际地翻阅个人的藏书，有时古代，有时近代，兴之所至，随心所欲。自然，在翻阅的同时，也思考一些问题。遇到感兴趣者，或为人所不知，或为人所不谈，或有争议，或为掌故者，就搜集起来。适在此时，有家报社约稿，试着写了几篇，居然被采用，以后又从搜集的资料中选择一些题目继续写。本书中关于晚清与民国时期的作品，就是近三四年陆陆续续积累下来的，有些已经发表，有些尚未问世。

“以古为镜，可以知兴替”。晚清与民国时期的中国正处于历史转折的重大关头，非常贴近我们的时代，其间发生的一切事件和活动在政治舞台的人物，无论是正面的，还是负面的；先进的，还是落后的；革命的，还是反动的；真诚的，还是虚伪的，无疑更具启示或借鉴意义。书中的文章，大部分属于此类。虽然不少为读者所熟知，但观察问题的视角不同，也可以有不同的解读。但愿这本小书能对读者有些微帮助。

南方周末图书工作室总监张英先生对本书出版给予大力支持；刘志一先生付出了大量辛勤劳动，书名亦为刘先生所定，在此一并致以诚挚的谢意。

侯宜杰

2012年11月30日于北京

第一章　清末民初诸现状

现在无论什么报纸上，只要一讽刺作官的，是看报的人就没有不拍手喝彩的。不怕有三五个人交谈，但是一提到官场一层，你就去听吧，没有说好话的，这种现象大概得属我们中国为尊了。现在小民视官长如仇敌……

晚清的贿赂名堂

贿赂行为自古就有，历来不断，其名堂始于何时，则无从查考。笔者孤陋寡闻，见到贿赂名堂出现于正史之中的是明朝嘉靖年间。据《明史・杨允绳传》记载，总督和巡抚到职的时候，照例要贿赂权要，名为“谢礼”；有所奏请，也要贿赂，名为“候礼”。及其任满营谋升迁，或是避难求去，或是犯罪想着补救，或是做错事情希图庇护，那就“输贿载道”，花钱更多，只是这些均无什么名堂了。

晚清的贿赂名堂很多，而且还都有个很动听的名字。如过年送钱叫“年敬”，过节送钱叫“节敬”，夏天送钱叫“冰敬”，冬天送钱叫“炭敬”，地方大员出都送钱叫“别敬”，喜庆事送钱叫“喜敬”，送给女人的叫“妆敬”，送给读书青年的叫“文仪”，送给门房的叫“门敬”，送给仆人的叫“跟敬”。另外，尚有“陪敬”、“菲敬”等等。至于专门为买官、免罪等而进行的私下交易，有什么名堂那就不得而知了。

当时的京官俸禄不高，“养廉银”也不是很多，又没有条件搜刮民财，加上应酬多，生活一般并不十分富裕，无不想“吃”地方官，从他们身上捞一把。每遇督抚司道进京，邀请宴会，迄无虚日。即使素不相识、绝不相关者，也具帖邀请。地方官害怕得罪他们，临行皆要分别厚薄和地位高低，到各家“留别”，仅此一项，就是一笔不小的数目。例如张集馨，1845年补授陕西督粮道，道光皇帝召见后，他离京赴任时，仅“别敬”就用去一万七千两；以后升四川按察使，“别敬”用去一万四千两；再升贵州布政使，用去一万一千两；调任河南布政使，又用去一万三千两。具体数目，大致是每位军机大臣四百两，六部尚书和都御史各一百两，侍郎与九卿各五十两，章京十六两，如有交情，或通信办奏折，则为一百两或八十两。另据同乡、同年和家世多少不等。张集馨是一位清官，第一次送“别敬”完全是借的钱，尚且如此之多，无怪清贫些的地方大员视进京为畏途了。对于那些私囊已饱、肥得流油的地方大员来说，这些是不成问题的。他们的行贿钱是哪里来的？当然都是下属奉献的，他们也是受贿者。官员送钱，平常有所谓“三节”、“两寿”。“三节”指端午节、中秋节和年节，“两寿”指受贿者本人及夫人的寿辰，再就是夏天和冬天各一次的“两敬”。据张集馨所说，他任陕西督粮道时，送将军的“三节”、“两寿”，每次八百两；送两名都统每节每人二百两；送八名八旗协领每节每人二十两，上等白米四石；巡抚分四季致送，每季一千三百两；总督按三节致送，每节一千两。银两之外，尚有表礼、水礼和“门敬”等杂费。

地方官到京里中央各部门办事，各部门承办人员也索要银钱，否则，就故意刁难，让你办不成事。地方官为了顺利办事，都有馈送。这些均属于普通的馈送，少则几两，多则十几两，算是照例。到了后来，就逐渐增加了。

1903年，庆亲王奕劻当上首席军机大臣也就是政府的首脑以后，情况发生突变。奕劻以贪婪枉法、卖官鬻爵著称，无钱不要，无贿不收，少亦不嫌，多则更好，细大不捐，来者不拒。各官皆有价目，官员买官都得走他的门路，故其门如市，人们将他的府邸戏称为“老庆记公司”。还在他当上首席军机大臣之前，直隶总督兼北洋大臣袁世凯听说首席军机大臣荣禄病危，奕劻将要进入军机，马上派杨士琦带十万两银票送去，并对他说：“这些微数目不过作王爷到任时零用而已，以后还得特别报效。”奕劻从未一次得过十万两，当即笑嘻嘻地接受了。此后袁世凯报效得更多，月有月规，年有年规，节有节规，按时奉送，庆王府的年节、生日、请客、婚嫁、子孙满月及周岁，一切费用，都包了下来。1904年，御史蒋式瑆听说奕劻在汇丰洋行存款超过百万，上奏参劾。奕劻大惧，赶紧贿买洋行的人作弊，躲过了一次厄运，但事后依然如故。陈夔龙当了直隶总督后，每年必定送去“冰敬”、“炭敬”数万两，其他缎匹、食物、玩好等尚不在内。陈璧送给他东珠、鼻烟壶等珍宝和五万两银票，一跃而升为侍郎。1907年，直隶道员段芝贵为了获得高官，先将其子、农工商部尚书载振所倾倒的天津歌妓杨翠喜赎出献上，后来又送奕劻十万两寿礼，不久升署黑龙江巡抚，招致御史弹劾，引起政坛一场轩然大波。奕劻仍不思悔改，反而更加肆无忌惮。1908年3月其七十大寿时，京内京外各官皆来送礼。他表面上告诫属下不收礼物，暗中却准备好几个册簿，按送礼的厚薄多寡分为四级，一级为福字册，登记现金一万两以上及礼物值三万两以上的，另外存记其名在手折中；二级为禄字册，登记现金五千两以上及礼物值一万两以上的；三级为寿字册，登记现金一千两以上及礼物值三千两以上的；四级为喜字册，登记现金一百两以上及礼物值数百两的；不满一百两的列为另一册，寿言、诗文、屏障、楹联亦按册登记。仅此一次庆寿，据说所受现金总数不下五十万两，礼物不下一百万两。

上行下效，在奕劻带领之下，整个官场贿赂公行，官以价论，政以贿成，腐败至极。对此，朝野皆不讳言，谁都承认："今日之政府诚腐败，且腐败至不可收拾。"（《今日政府之真相》，《大公报》1910年3月10日）"在上者卖官鬻爵，贿赂公行，坦然无可忌惮；在下者辇金载宝，钻营奔竞，恬然绝无羞耻。"（茶圃：《论筹备立宪当先整肃纪纲》，《国风报》第1年第17期）只要能够得到富贵，虽"巨奸大猾，俯首摇尾，不以为辱"（《清末筹备立宪档案史料》上册，第126页，中华书局，1979年）。"上以贿求之下，下以贿献之上"，"衣冠之俦，官署之中，宴会之场，莫不曰运动、运动"。（《论贿赂为宪政上之最大障害》，《大公报》1910年1月17日）官场变成了"运动场"、"交易所"，这些人整日忙于收贿行贿，钻营夤缘，拍马逢迎，看戏，打牌，上馆子，逛妓院，不仅没有精力研究宪政，把预备立宪搞好，而且十分害怕民权发达以后丧失权位利禄，视立宪如洪水猛兽，嫉之如蛇蝎，恶之若仇敌，千方百计进行阻挠破坏。

对于吏治的腐败黑暗，朝廷是清楚的，也曾三令五申进行整顿，然而其已病入膏肓，没有多少成效，腐败反而更甚。广大人民恨透了当官的，把官场比之为"如虎之猛"，"如狐之媚"，"如蛇之狡"，"如虿（蝎子之类的毒虫）之毒"，"如无知之偶（木偶）"，"如钻泥之鳅"，"如黑暗之洞"，"如无底之渊"，"如谷木之蠹虫"（《官场九如颂》，《大公报》1904年5月5－8日）。他们愤怒地指出："呜呼，官诚今日中国之蠹哉！"（《中国今日之官箴》，《神州日报》1908年4月25日）他们说：“作官的对待小民直如同牛马，比奴隶还不若”，“小民还说作官的好吗？那一切的感情还好的了吗？你瞧现在无论什么报纸上，只要一讽刺作官的，是看报的人就没有不拍手喝彩的。不怕有三五个人交谈，但是一提到官场一层，你就去听吧，没有说好话的，这种现象大概得属我们中国为尊了。现在小民视官长如仇敌……中国作官的确是国民的公敌”（《论中国国民对于官场感情最恶的原因》，《京都日报》1909年10月20日）。

透明的选举

民主选举制度在资本主义国家普遍推行，无论选民选举议员还是议员选举行政长官，谁得多少票，谁应当选，均公之于众，让选民心里明白，从不将这些视为高度机密，而对选民封锁。因为选民为国家纳税，他们有权知道这些情况，并有利于对议员能否代表他们和行政长官能否执政为民实行监督；同时对议员和行政长官来说，也是一种鞭策和激励。

中国在清末一开始改革君主专制政治时，就向资本主义国家学习，实行透明的民主选举制度。

1909年，首先实行各省咨议局议员选举，从初选到复选，每人得票多少均予公布，选民都能了解，当选之人若有舞弊情形，选民亦可向官府控告。咨议局议员选举议长、副议长和常驻议员，各人所得票数也在当地会议公报或报纸上登载。如报纸报道，江苏咨议局开会选举议长、副议长，到会者九十五人，以得四十八票为当选。第一次选举议长，仇继恒得四十七票，张謇得四十六票，夏寅官得二票，无人当选。于是进行决选，张謇得五十一票，当选。继而选举副议长，先选南京地区，仇继恒以五十六票当选；后选苏州地区，蒋炳章也以五十六票当选。由于两人票数相同，又抽签定其名次先后，结果是蒋炳章在前，仇继恒在后。（《江苏咨议局召集纪事》，《时报》1909年9月19日）

中央的资政院正副总裁由皇帝任命，不经议员选举产生。议员分民选（由各省咨议局议员选举的）和钦选两种，民选议员选举时不管得票多少，均予公布。钦选中也有先行初选，再将当选人上报，由朝廷钦定的，在初选中，谁得多少票同样公布。如各部院衙门官员有三十二个议员名额，初选之后，凡得票的一百多人，从最多的六十五票到最少的一票，都公布出来。（《盛京时报》1910年3月23—24日）

清末的最高行政机关先是军机处，后是1911年5月成立的皇族内阁，大臣均由皇帝任命。10月10日辛亥革命爆发后，摄政王载沣任命被罢官家居的袁世凯为湖广总督进行镇压。为收拾人心，11月1日又准内阁各大臣辞职，任命袁世凯为内阁总理大臣。11月3日，公布资政院拟订的《十九信条》，其中规定“总理大臣由国会公举，皇帝任命”。故有人提出前两天任命袁世凯为总理大臣是不合法的，袁世凯也怕不经选举贻人口实，请朝廷收回成命。同月8日，资政院选举内阁总理大臣。报纸报道说，议员到会者八十七人，开票后，袁世凯得七十八票，王人文、岑春煊、黄兴各得二票，锡良、那王（那彦图）、梁启超各得一票。（《资政院纪事》，《大公报》1911年11月11日）这是清末进行的唯一一次议员选举行政长官，同样是透明的。虽然这次会议由于辛亥革命爆发的原因，出席的议员未能达到规定的人数，不得开议，选举是不合法的。

民国以后，选举透明制度一直延续下来。如1912年7月19日参议院选举陆征祥内阁的补充阁员，议员共出席九十九人，选举结果，临时大总统袁世凯所提的六名总长全部落选，各人所得同意与不同意票数均登于《政府公报》。7月26日进行第二次选举，五人通过，一人落选，所得同意与不同意票数亦登载于《政府公报》。

1913年10月6日，国会选举第一任正式大总统。政府认为大总统选举“关系至为重要，必须随时分电各省，以安人心而免谣诼”，特通知电报总局，除关于军事及外交紧要事件外，其他各项电报暂时缓发，专发选举总统问题。故选举的详情能在第一时间迅速为国人和各国所知。

选举开始投票时只有议员在场，开票时各国驻京公使、特派员和记者均到场参观，中国人士也不少，仅女士即有三十余人，旁听位置上座无虚席。

第一次投票的结果统计出来，各人所得票数是：袁世凯四百七十一票，黎元洪一百五十一票，孙武三票，康有为十一票，梁启超四票，王赓三票，孙中山十三票，段祺瑞十三票，伍廷芳三十三票……此外尚有废票二十余张。投票总数为七百五十九，因所得票数皆不足总投票数的四分之三法定票数，故无人当选，必须进行第二次投票。

第二次投票后各人所得票数是：袁世凯四百九十七票，黎元洪一百六十二票，伍廷芳二十二票，孙中山十二票……总投票数为七百四十五，仍未有人达到法定票数而当选，必须进行第三次投票。

按照大总统选举法，第一、二次无人当选，第三次应在所得票数最多的二人中进行决选。袁世凯和黎元洪得票最多，此时在场议员还有七百零三人，袁世凯得五百零七票，以过半数当选。（见《老新闻》第113、114、117页）

此次选举是在袁世凯镇压了国民党的“二次革命”、孙中山遭到通缉之后进行的，事先没有确定候选人，也无人竞选，而且袁世凯为了保证自己当选，还派军警包围会场，进行胁迫。但议员并未被吓倒，不仅有许多人投了黎元洪等人的赞成票，还有少数人投了孙中山的赞成票，致使袁世凯两次均未当选，只能在第三次决选中获胜。这种选举虽然有票数分散的缺点，却能使议员充分表达自己的意愿，行使自己的权利。

国民党统治时期选举总统，虽然增加了候选人，实行差额选举，选举的结果也是透明的。如1948年4月19日“国民代表大会”投票选举中华民国正副总统时，蒋介石以压倒多数票当选为总统。副总统候选人共提出四名：李宗仁、孙科、程潜、于右任。选举之前，蒋介石召见李宗仁，告诉他副总统候选人已由中央提名孙科，希望他能退出竞选，李宗仁当即表示决不退出。第一轮选举，李宗仁得七百五十四票，孙科得五百五十九票，程潜得五百二十二票，于右任不足五百票，无人当选。第二轮选举后，得票依旧是李宗仁最多，孙科第二，程潜第三。蒋介石要程潜退出选举，并许诺补偿他的全部竞选费用，程潜愤怒地拒绝了。第三轮选举，仍无一人票数过半，只有从得票最多的李宗仁和孙科二人中决选。结果，李宗仁得一千四百三十八票，孙科得一千二百九十五票。那时有收音机的家庭若是愿听选举的新闻，均可从收音机里听到播音员不断地唱票声音：“李宗仁”、“李宗仁”、“孙科”……

一般而言，选举国家领导人是件好事，本应光明磊落地进行，让国人知道选举的情况，任何政府都无权对国人封锁。除非确有难言之隐，否则有什么理由不让国人知道呢？

同文馆招生风波

奕䜣是道光皇帝的第六个儿子，咸丰皇帝的异母弟弟，受封恭亲王。1860年，英法联军攻陷北京后，咸丰任命他为与英、法议和的全权大臣。1861年，咸丰皇帝去世，他与慈禧密谋，发动政变，受命为议政王，掌管军机处与总理各国事务衙门（又称总理衙门）。1865年，因受慈禧猜忌，被罢去议政王等一切职务。旋在许多大臣请求下，复任军机大臣、总理衙门大臣等职。

奕䜣在奉命议和、办理外交时，即深感要办理好外交，必须先了解外国情况，而要了解外国情况，必须先熟悉其语言文字，遂于1862年奏请在北京创立京师同文馆，招收十五岁以下的八旗子弟学习西方语言文字。这虽是一所新式学校，由于只学习外国语言文字，学生限于八旗子弟，并未遇到阻力。奕䜣还主张自强，学习西方，大力支持李鸿章等人办理洋务，赶上或超过洋人，最后达到雪耻的目的。看到洋人制造机器、枪械、轮船等，无一不与天文、算学有关，上海、浙江等地也在讲求仿造洋人的轮船等事，他认为若是不从根本上下功夫，即使学些皮毛，也无益于实用。于是在1866年12月，他又以总理衙门的名义奏请在同文馆内另设一馆，专门学习天文、算学，招生的对象也由八旗子弟扩大到了二十岁以上的满汉举人、五贡（恩贡、拔贡、副贡、岁贡、优贡，都算正途出身资格）、秀才，以及科举正途出身的五品以下年少聪慧的官员，聘请洋人教习。朝廷批准照办。

不料这件事却在一些士大夫中间引起了很大反响。有人指出，以堂堂天朝竟要拜夷人（即洋人）为师，实乃中国人的奇耻大辱。

奕䜣没有退缩，1867年1月又上一折，进一步说明开设天文、算学馆的必要性和急迫性，还提出将招生对象再扩大到翰林院编修、进士等人。朝廷又予批准。

这一来，可极大地刺激了道学先生们的敏感神经，激发了他们的“爱国主义热情”和强烈的“民族感情”，对此举痛加批判鞭挞。

1867年3月5日，山东道监察御史张盛藻首先发难，上折说：若以自强而论，则朝廷之强，莫如整纪纲，明政刑，严赏罚，求贤养民，练兵筹饷诸大端；臣民之强，则惟气节一端。臣民有了气节，“以之御灾而灾可平，以之御寇而寇可灭”。令正途科甲人员学习“机巧之事”，又借升官、银两以诱之，“是重名利而轻气节，无气节安望其有事功哉？”这无异于是说奕䜣太“右”了，犯了“方向性”、“路线性”的重大错误，把国家引向歧途。此折虽“为一时推重”，不过他人微言轻，朝廷没有理会。

过了半个月，大人物倭仁亲自披挂上阵了。倭仁字艮峰，蒙古正红旗人。道光九年（1829年）进士，历任侍读、侍讲学士、侍读学士等官，是著名的理学大师。咸丰皇帝在世时，因其只会说教，不会办事，把他视为“迂儒”，令其出任叶尔羌帮办大臣，故意用违其才，将其投置闲散之地。慈禧执政以后，才把他召回北京，授为都察院左都御史，后任工部尚书、协办大学士，命其教授同治皇帝读书，并兼翰林院掌院学士。不久，他在慈禧与奕䜣争夺权势的斗争中坚决地站在慈禧一边，又被授为文渊阁大学士。

他上奏说：“立国之道，尚礼义不尚权谋；根本之图，在人心不在技艺。”今学技艺，“又奉夷人（即洋人）为师”，即使学成，也不能起衰振弱。何况“天下之大，不患无才。如以天文、算学必须讲习，博采旁求，必有精其术者，何必夷人？何必师事夷人？”而且夷人是我们的仇敌，咸丰十年（1860年），他们称兵犯顺，侵犯我京师，震惊我宗社，焚毁圆明园，杀害我臣民，这是“我朝二百年来未有之辱，学士大夫无不痛心疾首，饮恨至今，朝廷亦不得已而与之和耳，能一日忘此仇耻哉？”科举出身的人都是国家培养的有用人才，若使他们“变而从夷”，正气为之不伸，邪气因而更盛，数年以后，就要把中国人都驱赶到夷人那边去了。

倭仁的地位远远高于张盛藻，其奏折的阴毒性也远远超过了张盛藻。他不仅道貌岸然地大讲“尚礼义”、“在人心”一类治国的大话、空话、套话，拿不出一点民富国强的有效措施，而且还装出“极左”的面目，上纲上线，给对方扣上一顶忘记帝国主义侵略“仇耻”的政治大帽子，将奕䜣的招生方案彻底推翻，奏请停议。

慈禧见倭仁出面反对，把他与张盛藻的奏折批交总理衙门知道，让奕䜣作出答复。奕䜣没有被倭仁的危言耸听所吓倒，又针对他所言上了一个奏折，指出：正因科甲正途人员存心正大，不会被洋人诱入歧途，才让他们学习。倭仁主张的那一套，虽然“陈义甚高，持论甚正”，其实不过是空言，而空言不能雪耻，只会误国。如欲救国，就要正视现实，了解外国，向外国学习。最后又以攻为守，将了倭仁一军，说：该大学士既然以此举为窒碍，自必别有良图，如果实有妙策，可以制服外国而不为外国所制，臣等自当追随在该大学士之后，悉心商办，用示和衷共济。“如别无良策，仅以忠信为甲胄（古时战士用的铠甲和头盔），礼义为干橹（盾牌，指兵器）等词，谓可折冲樽俎（指外交谈判），足以制敌之命，臣等实未敢信。”

倭仁仍不罢休，1867年4月12日再次上折，争辩说：今阅总理衙门所奏，大致谓忠信礼义之空言，不能收到制胜自强之实效，奴才以为不然。欲求制胜，必求之忠信之人；欲求自强，必谋之礼义之士。今以诵习诗书者而奉夷人为师，其志行已可概见，且不说其所学必不能精，即使能精，又安望其存心正大，尽力报国？恐怕不为夷人所用的很少。而且夷人机心最重，狡诈多端，今欲学习其秘术以制其死命，他们纵然表面上指授，安知不另有诡谋？奴才所虑堕其术中者，实非过计。他仍旧坚持忠信礼义能够“制胜自强”，并在跟着洋人学习的人身上大作文章，说他们一经跟着洋人学习，就会变成洋人的走狗，不可能再报效国家。

奕䜣见其如此，非常气愤，又上奏折，指责他聚党私议，煽惑大众，阻拦招生，并果断地抓住他前次奏折中所说的“天下之大，不患无才”一句话，请朝廷命他保荐几名精通天文、算学的中国教师，另开一馆，进行教学，以观其成。奕䜣目的在于发起反击，使其知难而退，不要作梗，同时也有故意戏弄，使其难堪之意，近乎恶作剧。朝廷当即依议，命倭仁督饬办理。

果然，这一奇招击中了对方的软肋。倭仁赶紧上折申明，以前所说的

“天下之大，不患无才”，不过是“以理度之”，并不是实指其人，请不必另行设馆，由奴才督饬办理；奴才并无精于天文、算学之人，也不敢妄保。这就等于宣告竖了白旗，败下阵来。

奕䜣实在气不过，乘势进逼，再次上折，奏请命倭仁在总理衙门行走，让他在对外交涉中凭借忠信礼义去制胜洋人。此举显然有意报复，但对倭仁这种只会唱高调攻击别人的人来说，也不算过分。朝廷又予批准。

倭仁既然“存心正大”，脑袋里充满了忠信礼义，而这又是制胜洋人的法宝，理应乐于接受，尽力报国，在与洋人的交涉中大展身手，制敌于死命。可是，他却豪气丧尽，当了缩头乌龟，屡次上折恳请辞职，连对朝廷也不讲忠信礼义了。朝廷不允，他不能再辞，装作高兴的样子骑马莅任，走到中途，故意坠下马来，遂以足疾乞求开缺休养。朝廷也不相强，解去他的兼职，只保留了一个大学士职位。

倭仁与奕䜣的争论结束后，又有候选直隶知州杨廷熙上折，借口“天象示警，人言浮动”，力言同文馆之失，请予撤消。据说这是倭仁授意的。慈禧根本不相信“天象示警”，指斥杨廷熙荒谬，并警告倭仁开“党援门户之风”，但未予深究。争论到此结束，奕䜣取得了胜利。

但是，绝大多数士大夫的头脑中仍是陈腐观念，只知以讲些“尊王攘夷”的套语自鸣得意，一听有人谈外交，就斥之为汉奸大佞，痛诋不遗余力，绝不思取人之长、补己之短。即使到1875年与外国建交时，情况也没有改变多少。有一位公使的随员向礼部尚书祁寯藻辞行，祁寯藻叹道：“你好好一个世家子弟，为何也入洋务？甚不可解。”郭嵩焘出使英国时，竟然无人应选随员。三年任满回国后，他请假回湖南原籍，乘坐小轮船。其时湖南内河尚无轮船运行，湖南人见了大哗，说他沾染洋人习气，大集明伦堂，声罪致讨，并焚毁了轮船，郭嵩焘吓得不敢过问。当时的风气就是这样。因此同文馆刚开始招生时，某位翰林对人说：“你如赴考，便非我辈，将与你绝交。”这次招生时，湖南、湖北的京官首先发出通知说：“凡我同乡，如有报考同文馆者，薪水较优，此后可以不分印结（清制，凡外省人在京考试及捐官，皆须在京同乡京官为具保结，上盖六部印。保证文书叫结，盖印的结叫印结），公事较繁，庆吊可以不相闻问。”表示谁报考就与谁绝交。

奕䜣与倭仁争论过后，一些人仍在背后攻击奕䜣“以夷变夏”（夏即华夏、中国），骂他是“鬼子”、“鬼子六”、“六洋鬼子”（奕䜣在兄弟中排行第六），骂他主管的总理各国事务衙门为“鬼使”。还有一些人撰写了这样的对联——“诡计本多端，使小朝廷设同文之馆；军机无远略，诱佳弟子拜异类为师”，予以冷嘲热讽。更有人散布流言蜚语，说什么“胡闹！胡闹！教人都从了天主教”。李慈铭也在《越缦堂日记》中极其不满地写道：今年开同文馆，“选翰林及部员之科甲出身、年三十以下者学习行走，则以中华之儒臣，而为丑夷之学子，稍有人心，宜不肯就，而又群焉趋之。盖学术不明，礼义尽丧，士习卑污，遂至于此。驯将夷夏不别，人道沦胥，家国之忧，非可言究。朝廷老成凋谢，仅存倭公（倭仁），然谋钝势孤，无能匡正，而尚见嫉于执政，龃龉于宫廷。”在这种情形之下，只要有人前去投考，便会遭到士大夫的鄙视。故在半年之中，报考同文馆的共有九十八人，无一是科举正途出身。考试时又有一些人放弃，仅有七十二人参考，勉强录取了三十名。后因程度太差，又有二十名退学，最后仅剩十名，只好并入先前的英、法、俄三馆。因此，也可以说在招生问题上还是旧势力占了上风。

奕䜣与倭仁等人的争论只不过是一件小事，却反映出在传统理学的熏陶下，顽固守旧的观念是何等的根深蒂固。正是在这些只会吹牛，反复弹奏些陈词滥调，而又标榜爱国的腐儒极力阻挠之下，一切有益于国家民族的先进新生事物，都不能得到顺利地成长，使国家民族丧失了一个又一个改革发展的良机。这就是近代中国总受列强侵略、愈贫愈弱的根本原因所在。

两次不同的庆祝

1906年9月1日，朝廷发布了仿行立宪的上谕。上谕虽然存在着政权开放有限、没有明确立宪的年限等缺点，但敢于公开承认中国的政治制度不如资本主义优越，确立了实行立宪的基本国策，表明清政府对于政治改革具有一定的诚意和决心。

走宪政之路是历史发展的必然，是社会的巨大进步，符合人民的利益、愿望。因此，上谕发表以后，立宪派和绅商学子认为，朝廷不待人民请求，宣布仿行宪政，使国家开始由沿袭数千年的封建专制政治迈向资产阶级民主政治，诚为古今未有之盛举。就像一条行驶在汪洋大海中的旧船，遇到险风恶浪，天昏地暗，莫辨东西，不见口岸，突然看见一道光明从海而生、从天而降一样，以为中国就要转弱为强了，从内心深处发出了欢呼。他们破涕为笑，奔走相告，额手相庆。

欢呼的同时，立宪派和绅民自发地张灯结彩，敲锣打鼓，热烈庆贺。都城北京最先行动。1906年9月5日，商务印书馆、公慎书局、江西学堂以及一些报馆、阅报社，就开始高悬国旗庆贺。其后京西健锐营各学堂、城内各学堂也进行了庆祝。11月25日（农历十月十日）为慈禧寿诞，以往人们并不理会，今年不同，“从此要实行立宪，这次圣寿就是实行立宪的纪念。这等的好日子，拍着巴掌，跳着脚儿，要喜喜欢欢的庆贺大典。”这一天，各学堂师生一万余人齐集京师大学堂，举行了庆贺立宪典礼。

直隶省的天津、保定教育界都召开了庆祝大会。天津开会时有女士发表演说，保定开会时师生同呼“立宪万岁”，高唱《庆贺立宪歌》两遍。其他许多省都举行了庆祝会，连处于英国殖民统治下的威海卫人民也念“究属我国疆土”，在刘公岛举行了大会，“预贺立宪前途，同尽国民义务”。最热烈的要数江苏，其中又以上海居首。1906年9月9日，上海城厢内外总工程局和总商会、华商体操会、南市商业体操会、洋货商业会馆、商学补习会、锡金商会、商学公会以及中央学校等单位都开了庆贺会，有的还举行了游行。16日，《时报》、《同文沪报》、《中外日报》、《申报》、《南方报》联合召开了庆贺会，各界到会者一千余人，会后演出了名剧。南京、苏州、无锡、常州、扬州、镇江、松江等地的商会、商务分会和学堂均开会以示庆贺。

1910年，由江苏咨议局发起，各省代表联合进行了三次要求在一年之内召开国会的请愿运动。11月4日，朝廷颁发上谕，将原定1916年召开国会改为1913年。

上谕颁发以后，外务部马上函告驻京各国公使。各国公使纷纷函复祝贺，各使馆升旗三日表示庆贺和友好。英国、美国、德国和意大利等国政府还向外务部发来了贺电。

然而，召开国会年限虽然缩短了三年，但并没有满足广大人民的要求。国内除了少数比较稳重而又要求不很高的咨议局议长向资政院发了个致谢电外，其他团体没有一个捧场，更无人去搞庆祝活动。

军机大臣们见此情形，顿感脸上无光，尴尬至极，而又恼怒异常，立即命令民政部通饬京城内外城巡警总厅，传知所有商号、住户等统统悬挂龙旗，庆祝五天；各戏园减价，以示鼓舞。同时命京师总商会分电各省各埠商会开会庆祝，并谢政府主持之力。

商会是商人的组织，不是政府衙门，外省外埠无人理睬。北京是首都，在天子脚下，就大大不同了，命令一下，谁敢不从？所以此次庆祝，只有北京。那些办惯了此事的大官小吏、巡警和地保等人，忙得不亦乐乎，穿街走巷，挨家呼喊。很快，京城面目一新，龙旗已在各号各户门前挂满，迎风招展，通衢大道搭盖起多座彩色牌楼。东西长安街皆张灯悬旗，灯上大书“庆祝国会”四字。大清门前彩棚高搭，悬吊着一个月色大电灯。在商业繁华的前门大街两旁，都竖立着小红灯，上书“国会”二字，直达天桥，商铺龙旗飘扬，巷口彩色牌楼辉煌。棋盘街中心以无数红灯十字交叉，悬于空际，其他四周石栏，皆绕以小红灯，如同众星捧月。珠市口和天桥地方所搭的牌楼，上悬电灯无数，别有大观，格外引人注目。在这些地方，灯火通宵达旦，绚丽灿烂，耀如白昼，引得爱看热闹的人都来观看，欢呼万岁之声不绝于耳。

各戏院公议减价三天，以示庆祝。著名京剧演员田际云在天桥演戏五天，任人观听，不取分文。

京师学校众多，学生有文化知识，平时训练有素，遵守纪律，新歌一学就会，是一支最庞大壮观的队伍。督学局奉学部之命，通知各学堂停课三日，学生每晚举行提灯会，然后齐集大清门外，执炬欢呼，一同庆贺。并印刷了提灯会简章，编写了《预备立宪歌》歌词，下发到各个学堂。简章除规定学生和老师应办的事项外，还规定年龄较幼路远的学生可以不到会，但要在本学堂向万岁牌三呼万岁，在就近街巷提灯唱歌游行；学生家族中人也可随同到会，以尽欢忱。

1910年11月7日晚上七点，各学堂学生排好双行纵队，在管理员的带领下，由军乐引导，手提灯笼，一边游行，一边唱歌，分别从指定的路线络绎向大清门进发。到了大清门石栏杆以外，各按指定的位置站好，向督学局的人员签到。前来参加提灯会的共计官立、公立、私立各学堂三百八十多个，学生教员等二万一千余人，占据了大清门外所有的空地。

九点整，一声令下，各学堂学生一齐高呼：

“大清帝国万岁！”

“皇帝陛下万岁！”

“立宪政体万岁！”

“国会万岁！”

然后又合唱预备立宪歌：

“大清万岁！皇帝万岁！宣统二年明诏颁，宣统五年开议会，猗欤休哉，开设议会。君臣同心，上下一体，国势益光昌，皇祚益久长，尧舜禹汤古帝王，今日立宪同争光。

“立宪万岁！帝国万岁！二十二省三雄藩，薄海同钦开议会，猗欤休哉，开设议会。百度维新，三权鼎立，政治日辉光，邦家日富强，欧美日本相颉颃，中国立宪皇祚长。”

这边唱完，那边又唱，这边呼声刚落，那边呼声又起，一直闹到十点钟。这时又有十余个学堂的师生因路途太远刚刚赶到，可是，天公不太作美，瓢泼似的大雨突然倾天而降，他们只欢呼了两声便跑了回去。一场千古未有之“盛典”就此结束，实在有点大煞风景。

然而，不论“盛典”的场面如何壮观，如何热闹，老百姓心里都有数，知道是官场指令干的，所以均不甚经意，更不会受到感动。有的人就说：“不知国会在哪儿，值得如此庆祝？也太早了吧？”

许许多多报馆的编辑先生们更不识抬举，巡警厅饬令他们刷印红报，报道庆贺的消息，他们就不奉命，显示出书呆子的傻气和傲骨。还有报纸发表了模仿提灯会新编的立宪歌词，进行质问。其词为：“立宪万岁！帝国万岁！宣统二年明诏颁，宣统五年开议会（此四句为立宪歌词所有）。迂矣缓哉，开设议会。国民离心，志士解体，民困何由苏，外患无时无。天下之事尚可图，迟我三年胡为乎？”（《闲评一》，《大公报》1910年11月8日）

同为庆祝，反映了国民两种迥异的心态。前者是因执政者的决策大大有益于国家和人民，国民自发地进行热烈庆祝，表现出内心深处的喜悦，发出由衷的欢呼。后者是当局强令执行的，只能在京城表演一番，虽然场面也热热闹闹，实际上并不符合国民的愿望，因而引起国民的反感。以前清政府曾多次下令不准学生参加政治活动与集会，这次为了显示政府的英明，却一反常态，下令各学校停课，游行集会，歌功颂德。及至12月，在天津的各省学生组织全国学界国会请愿同志会，通电各省，再次要求一年之内召开国会的时候，政府又马上变脸，命令地方当局严厉镇压。同是学生，两种态度，两种结局，真乃此一时也，彼一时也。

剪辫风云

清军入关之前，汉族的习俗是男子束发为髻，即把头发挽束在头顶，用簪子簪住。满族的习俗则是男子将顶发四周的边缘剃去一寸多，中间保留长发，分三绺编成一条长辫垂于脑后，名为辫子，或称发辫。四周的头发应及时剃去，名为剃发，或谓剃头。早在努尔哈赤时，汉族人民投降满族的，都要以剃发作为归顺的标志，剃发就等于投降，承认满族人的统治。其后清军大举南下，攻城略地。顺治二年（1645年），清廷下令剃发梳辫，规定自布告下达后十日之内，各地人民一律剃发；凡是不愿剃的，迟疑的，一律“杀无赦”。在州县的命令上，还恶狠狠地写道：“留头不留发，留发不留头。”同时派遣兵丁上街巡行，强迫剃头，谁要是反抗，就把谁的头砍下来。清军的暴行早已激起各地人民的无比愤怒，剃发令犹如火上浇油，广大人民群众为保卫本民族的风俗习惯，反对残酷的民族歧视和压迫，开展起大规模的反剃发斗争。江苏省江阴县人民推举阎应元、陈明遇为领袖，立下“头可断，发不可剃”的誓言，坚守县城，在二十四万清军的攻击下，苦战了八十一天，全部壮烈牺牲。嘉定县人民组织乡兵，据城不降，竟遭清军三次屠城。其他各地人民也进行了激烈的斗争，但最后都失败了。满族人统一了全国，汉族男子只得被迫服从，屈辱地剃去四周头发，留起了辫子。从此，男子的发辫成为中国风俗的特殊标志。

过了二百多年，世界形势发生了翻天覆地的变化，中国男子留辫的风俗也随着时代潮流的涌动而转变。19世纪末，受时代风尚的影响，少数华侨开始剪去发辫。1898年百日维新期间，康有为曾大胆地上书光绪皇帝，请求断发、易服，学习西方文明，但在国内还没有人敢于剪去发辫。20世纪初，一些生活在外国的留学生和驻外使馆人员，经常被外国人讥笑为脑袋后边拖着一条猪尾巴。他们感到无地自容，同时认为留辫子既麻烦又不卫生，有勇气的便剪掉发辫，学着外国男子的样子，留起了短发，大模大样地回到国内。权要们即使看不惯，由于早年的剃发令已无人再提，除了恨恨地咒骂几句，也只能干瞪眼。清末编练新军、巡警，留辫子对操练不利，且有危险，军警中也有一部分剪掉了发辫，陆军部尚书荫昌和军咨处的官员都是这方面的带头人。

许多人士认为，剪辫子对于除旧布新来说，非常必要。故剪辫子的愈来愈多，特别是城市中的军界、学界和官界。1910年10月以后，北京的禁卫军已经剪尽，财政学堂、第一初级师范、闽学堂和湘学堂的学生均大半剪去。天津《大公报》主笔刘孟扬率先剪去辫子，并著自由剪发论说登于报端，以为各界人士倡导。北洋政法学堂等校学生受其影响，跟着除去“烦恼根”，留起短发，逍遥上市，工商界的人士也跃跃欲试。

12月，国民周震麟上书资政院，请求上奏剪除辫发，改良礼服，并亲自剪去辫子，在北京设立剪辫不易服会，鼓吹一律剪发，宣称朝廷允许要剪，不允许也要剪，签名赞成者多达数百人。与此同时，资政院议员罗杰提出剪辫易服具奏案。他们的倡议受到社会各界人士欢迎，报刊上有的发表《讨辫檄》，有的发表《发辫死刑之宣告》，还有的刊载漫画，将辫子画为猪尾巴、老鼠尾巴或狐狸尾巴等等，可见人们对男士留辫子是何等的厌恶。北京各学堂学生闻风而动，几天之内，殖边、税务、实业、巡警、交通等专门高等学堂和八旗高等学堂有志气的学生，多半剪去了发辫，顺天府高等学堂学生则请监督下令全校学生一律剪去发辫。法政学堂的学生向来存有做官思想，没有想到剪发辫，见各学堂剪辫业已风行，也集议组织剪辫同志会。对学生的行动，管理员和教员都很赞成。学部尚书唐景崇原先对剪辫并不过问，后见各学堂一倡百和，自由行动，大有一发难遏之势，竟然态度一变，向各省提学使和京师督学局下达一道命令，严禁学生剪发易服。对此，北京各校皆置之不理，唯有京师大学堂总监督刘廷琛悬有牌示：如有擅自剪辫者，记大过一次。但学生们开会集议，认为以记一次大过作为去掉一条烦恼辫子的代价，也颇值得，故剪辫者仍然络绎不绝。这个风气一开，迅速波及到外地，天津各大街上都有剪辫的人，广东等地发起了剪辫会，龙兴之地的奉天（今辽宁）也出现了剪辫风云。

在清政府内部，民政部尚书善耆、外务部尚书邹嘉来均积极支持剪辫；海军部大臣载洵和专司训练禁卫军大臣兼管理军咨处事务大臣载涛特亲自谒见其兄、摄政王载沣，力陈剪辫之理由；陆军部尚书荫昌提出用强迫手段剪辫；度支部尚书载泽则建议在内阁成立之日剪去，作为纪念。

1910年12月15日，资政院特任股员会股员长在会上报告审查议员罗杰倡议案和周震麟陈请书的结果，说：世界交往越来越多，当取大同主义，各国皆无辫子，我国独有，以致在国际外交中格格不入。而且列强环视，应该振作尚武精神，除去文弱积习，但辫子对于军警运动，学生体操，皆有烦扰和危险，故军警学界每以不便之故，自由剪发，大势所趋，不是国法所能阻遏的。与其害怕改革，徒增形式上的参差，何如显著地加以变通。拟请明降谕旨，凡军界、警界、学界，一体剪发，农工士民悉听其便，国家绝不干涉，自无惊世骇俗之嫌。此乃剪发的办法。中国服制分为常服、礼服两种，常服宽绰适体，不用更张。礼服寒署迭更，烦费太多，且大褂长袍，妨碍动作，应请皇上改定礼服，以作维新气象。此乃易服的办法。皇上为海陆军大元帅，更应带头剪发。罗杰又登台演说，谓出使大臣及陆军大臣、外务部侍郎皆已剪辫，朝廷不加禁止，是已默认。与其如此，不如明发上谕，使天下耳目一新，振起立宪国之精神。如谓辫发为列祖列宗所制定，不可更改，则今日立宪已属大悖祖宗成法。易宗夔等接着演说，予以支持，最后表决通过。

当晚，北京各学堂学生听说资政院通过了议案，三千多人立即将辫子剪掉。

男子留辫只是满族人遗留下来并强迫全国男子实行的一种习俗，与国家大政和经济、文化的发展无关，留着有百害而无一利，剪去只有好处，没有坏处，而且只要按照资政院议决的办法，实行起来也不会遇到多少阻力。

可是，对于这么一件好而易行的事情，军机大臣们居然极力反对。他们认为，辫子必须改革，只是现在风气尚未开通，若是遽行颁布明谕，必致纷扰惑众，殊于大局治安有碍。首席军机大臣奕劻更顽固不化，说：“无论如何，必须将我的发辫带到棺材中去。”（《民立报》1910年12月8日）非但如此，他还授意农工商部尚书溥颋唆使北京几个商民出头反对，说剪发必至易服，将来对商业前途大有妨碍，并捏造二三万人签名，作为要挟，于12月21日上奏。载沣接阅奏折，即交军机大臣拟旨，随后发出上谕说：国家制服等秩分明，习用已久，从未轻易更张，除军服警服因时制宜，系前经各该衙门奏定遵行外，所有政界学界以及各色人等，均应恪遵定制，不得轻听浮言，致滋误会。

12月28日，资政院通过了请发明谕剪发易服奏稿，力图从立法上确保人民的剪辫自由。可是，载沣于30日发布上谕说：前经农工商部具奏，已经降旨明白宣示中外，着仍遵前旨办理，此奏应毋庸议。前次上谕宣示的仅为服装，并不包括剪发，此次竟然作为借口，把资政院剪发的奏案否定了。

但民间闻听资政院上奏，却大受鼓舞，剪辫者一时风起云涌。上海最为热闹，前刑部侍郎、出使美国大臣伍廷芳首先剪去发辫。在其大力提倡下，1911年1月15日，各界几万人士在张园举行了剪辫大会，中设高台，旁列义务剪发处，十几位理发匠为人剪辫。“其时但闻拍掌声，叫好声，剪刀声，光头人相互道贺声”，当日剪辫者有一千余人。（《张园剪发会志盛》，《中外日报》1911年1月16日；《张园剪发之大会》，《大公报》1911年1月26日）剪辫之后，一向开放的上海市民还发明了一句新的骂人话语：“你这人真是辫子！”意即为无用之物，犹如饭桶。

1911年10月10日辛亥革命爆发，南方各省迅起响应。资政院在11月20日召开的第二届会议上，又通过了请明降谕旨，凡议员、官吏、军警、学界，一律剪发，商民听其自由的议案。这时载沣已被迫辞去摄政王，不再执政，一切大权都集中到内阁总理大臣袁世凯手中。袁世凯搁置不理，直到一些辞职的议员揭发出来，才于12月7日奏准，允许臣民自由剪辫。

1912年1月1日，中华民国成立。独立各省某些地方政府很自然地把标志着汉人臣服于清朝的辫子作为革命的目标，采取措施推动剪辫。剪除辫子已经成为拥护共和的象征、弃旧从新的标志，因而得到部分群众的热烈响应。如广东的一些城市剪辫十分踊跃，但人们的心情并不一样，有的兴高采烈，非常干脆；有的十分庄重，选择良辰吉日，拜祭祖先，然后剪去；还有的联合许多人同日剪辫，并燃放爆竹，举行公宴，进行庆祝。而在广大的小城镇和穷乡僻壤，由于二百多年形成了传统习惯，绝大多数男子思想保守，仍然留着辫子。当开通的人士手持剪刀剪辫时，他们一下子接受不了，有的抱头哭泣，有的大怒相骂，还有的禀告官府。

就在这时，武汉发生了一起戏剧性事件。事情是这样的：上年四川保路运动发生以后，朝廷任命端方为督办粤汉、川汉铁路大臣，令其率领湖北新军前去镇压。不久其所部新军响应武昌起义，在资州将其杀死，并把其头颅送到武昌。南北和议告成以后，留在四川的端方的无头尸体才运到武昌，与其头颅合在一起。端方和前清布政使梁鼎芬在湖北任职时有很多门徒，门徒们准备安葬端方，到上海迎接梁鼎芬经理丧事。梁鼎芬，字星海，号节庵，忠于清室，反对革命，武昌起义后躲在上海的租界，仍然留着辫子，但怕人看见，不敢露出，终日戴着一顶长尾红风帽。由于端方对其有恩，他当即答应，跟随门徒来到汉口，住进汉口大旅社。

临时副总统兼湖北都督黎元洪闻知，闲谈时对人说："梁节庵终日戴着风帽，怕人见其辫子，保护甚周，我预备请他过江宴会，将他的辫子剪去，岂不甚好？"

在座的曹亚伯马上起立说："我去请他。"于是发出请帖，但梁鼎芬将请帖退回，不来赴宴。

黎元洪遗憾地说："节庵的辫子剪不成了。"

曹亚伯自告奋勇地说："我带着人过江去割。"

黎元洪同意，但嘱咐道："只剪其发，勿伤其体。"

夜晚，曹亚伯带人前往汉口大旅社，见了梁鼎芬，寒暄过后，说："先生，天气太热，请去风帽，不要讲究那么多礼节。"梁鼎芬没有答话。

曹亚伯见梁鼎芬不上当，走到他的身后，伸手去揭风帽。梁鼎芬又见一人手持剪刀上前，立感危险，卧倒在地，头触地板，用两手紧紧护住辫子。继而又有二人上前，一人拉开他的手，手持剪刀者迅疾地一剪子下去，将其辫子齐根剪掉，接着又连连剪了几下子，把他的头发剪得精光，呼啸而去。

梁鼎芬趴在地板上嚎啕大哭，其门徒十余人闻声赶来，见其如此形状，有的说："应该飞禀都督捉拿凶手。"有的说："这必定是痛恨梁先生者所为。"而不知主犯正是堂堂副总统兼湖北都督黎元洪。当夜，梁鼎芬即狼狈万分地奔上轮船，东下上海，不管端方的丧事了。一场闹剧随之结束。

临时大总统孙中山过去领导革命，以"排满"相号召，现在自然忘不了

“排满”，1912年3月5日下了一道一律剪辫的命令。该令在叙述了满人入关，强迫汉人服从易服、留辫之后指出，现在满清朝廷已被颠覆，民国成功，凡我同胞，应当涤去旧染之污，作新中国的国民。请内务部通行各省都督，转谕所属地方一体知悉：凡未去辫者，于令到之日，限二十日，一律剪除净尽，有不遵者，以违法论。该地方官毋稍容隐，致干国纪。又查各地人民有已去辫尚剃其四周者，殊属不合，请该部一并谕禁，以除虏俗而壮观瞻。

其后，南北统一，孙中山退位，袁世凯被推为临时大总统。10月10日，北京大肆庆祝国庆节，各个会场人山人海，居住在城外的士民纷纷进城观看。各城门之外都站着几个手执剪刀的人，看见有辫子的，就告诉他们，必须先剪去辫子，方许入城。绝大多数人听了都默不作声，听凭剪去，仅有几个人气愤而去。

不久进行国会议员和地方议会议员选举，为使剪辫在全国顺利推行，10月28日，参议院中有人提出了剪发议案，认为民国成立将及一年，仍有顽固者不剪发辫，若听其自由而无督促之术，恐终无剪除之一日。主张应由政府规定，剥夺留辫者的公权（选举权与被选举权）。有些议员因强迫剪辫引发风潮，而且发辫与议员知识没有关系，认为督促剪辫可以，但不能以剥夺公权作为手段。议员的争论在社会上反响很大，袁世凯也不同意剥夺留辫者的公权，剥夺公权的主张未能实行。

此时剪辫虽然成为时代潮流，但抵制者仍大有人在，特别是在偏僻的地区。1913年以后，文化复旧思潮泛滥，留辫者又有增加之势。1914年7月，内务部制定了六条劝诫剪发条规，呈明大总统袁世凯执行。发布条规时，内务部还用白话文发布了文告，说明留辫之害，晓之以理，破除落后的观念，对下层群众开展宣传。各地城乡男子大多遵命而行，北京的工商界乃至下层社会，无不毅然剪去。八旗各都统接到内务部公文以后，立即传所有佐领（官名）到署，谕令他们先行剪发，然后再派他们为劝谕各旗丁剪发之人，旗丁绝大部分也极其踊跃地剪去。但上流社会未剪的尚有不少，如参政院的七十多名参政中，拖着发辫的就有十几人；国史馆中包括馆长王闿运在内，也有十几人留着辫子。这部分人的思想比较复杂，顽固的遗老遗少保留辫子是表示仍然忠于灭亡的清王朝；有些人则是受“身体发肤受之父母”，头发不可损害的观念影响；还有些是出于观望、保守、胆小，担心时局有变。政事堂将此情形报告了袁世凯，袁世凯请国务卿徐世昌及参政院正副院长黎元洪、汪大燮前去规劝参政，以破痼习。内务部也致函国史馆，劝留辫诸人一律剪除，以符定制。

其时军队士兵早已剪掉辫子，独有长江巡阅使张勋的士兵还留着。张勋念念不忘大清王朝的恩德，以为留着辫子就是忠于清王朝的象征，不仅自己不剪，也不令其统率的士兵剪，以致他的军队成为民国以后唯一的“辫子军”。1914年9月，他到北京名义上是向袁世凯祝寿，其实是想去看望业已退位的小皇帝宣统，还经常带着留长辫的护兵，坐着一辆宽大的汽车，在稠人广众之中横冲直撞，夺路而驰。人们见了，无不怪异。有次在宴会上谈起上年国民党“二次革命”时，他的士兵攻进南京，烧杀抢掠，奸污妇女，他还委屈地说：“谁叫我此时做都督，我自然不能不受骂。”农工商总长张謇笑道：“我说句老实话，此时只因将军的士兵独有记号，既有辫子，又穿蓝衣，故在混乱之中，人们独指蓝衣辫发之军。”袁世凯及一些官员劝他剪辫子，他都不听。在江苏会馆举行的欢迎会上，他发表了一通不能剪辫的理由，说：“全军皆有辫子，我若去掉辫子，必须与军人商量。而且，去年乱时，各军皆有革命党人混入，只有我的军队没有，就是因为我的军队留有辫子。”在陆军部、参谋部及政事堂要人的公宴上，他还说剪辫子除必须与部下商量外，还必须回原籍告之祖宗。总之，就是不剪。1917年，他即以“辫子军”为资本，进京演了一出宣统复辟的丑剧，结果失败。“辫子军”被俘，辫子全被强迫剪去。

至此，除了极少数遗老遗少及思想极端守旧的人，再也看不到留辫子的男人了。

“大阿哥”溥儁的立与废

慈禧立溥儁为“大阿哥”（满语，皇长子的意思），是1900年初的一件大事，也与八国联军之役密切相关。人们对此事了解得不多，对溥儁其人及其被立被废的详情知之更少。

清初的皇帝在位时均立太子，宣布天下。雍正即位后鉴于康熙时诸子争夺皇位，互相倾轧，颁下永不建储的上谕，晚年将嗣皇帝的名字写在纸上，放置在金盒之内，藏于乾清宫“正大光明”匾额之后，命在自己死后取出，纸上写的是谁，就由谁即位为皇帝。此后历代皇帝传为家法，生前均不宣布立储。

可是，1900年1月23日，慈禧太后却令军机处拟出一道用光绪皇帝名义颁发的谕旨交给光绪，大意是：朕身体不好，入继慈禧太后之初，曾奉皇太后懿旨，待朕生有皇子，即承继死去的同治皇帝为子。病体难望痊愈，再四恳求，为同治皇帝立嗣，将来继承大统，太后方才答应以端郡王载漪之子溥儁为皇子。

待其看完，慈禧盛气凌人地问：“你的意思怎样？”光绪伤心达于极点，但又不得不叩头答道：“这是我平素的愿望。”慈禧立命光绪用朱笔照录一通。光绪手颤色惨，屡写屡停，良久方才抄完。忽地气血攻心，咯血不止，几乎晕倒在地上。

第二天，即1月24日（光绪二十五年十二月二十四日），慈禧太后召集亲王、贝勒及各大臣，命光绪宣读了头天抄写的上谕，并将自己的红绒结冠给“大阿哥”溥儁戴上；又谕令明年农历元旦着溥儁到大高殿、奉先殿恭代行礼；派崇绮为溥儁的师傅，负责教授读书，徐桐、常川照料。慈禧将溥儁过继给同治为子，明确宣布将来继承同治大统，等于预立皇储，故史书称此举为“己亥建储”。

同治去世时没有儿子，光绪即位之初，慈禧太后确曾颁发过待光绪生子就承继同治为嗣的懿旨。问题在于，此时光绪只有二十八岁，虽然身体较弱，但何能断言不会康复，今后一定不能生子？退一步讲，即使定要选择皇储，也应在光绪逝世以后，为什么在其生前进行，违背祖宗家法？原来在此之前，慈禧太后就有废掉光绪皇帝的打算了。

光绪幼时是醇亲王府的宠儿，四岁时过继给慈禧。慈禧虽也给予诸般关怀照顾，但其性格阴狠，作风专断，缺少真正母性的慈爱，采用以严厉为主的教育手段，因此，光绪对她只有畏惧，而无亲爱。光绪成年以后，她无视光绪的自由意志，强立光绪并不喜欢的她的侄女为皇后，还对光绪宠爱的珍妃百般打击侮辱，甚至施以酷刑。光绪亲政后，她名义上退居颐和园，实则大权不放。这一切重压都使成长中的光绪大为不满，只是由于性格懦弱，积威之下，不敢公然有所表露而已。慈禧也觉察到这一点，然而这个蛮不讲理的老太婆非但不深刻检讨自己，反而深恨光绪没有良心，不思报其授以帝位和养育的大恩。

1898年，不甘做亡国之君的光绪采纳康有为等人的建议锐意变法，又与慈禧发生尖锐矛盾，慈禧遂于9月发动政变，囚禁光绪，再出训政。接着宣言光绪病重，下诏求医，打算废掉光绪，另立新君。由于外遭各国抵制，内受两江总督刘坤一等封疆大吏反对，她暂时打消了废立的念头。戊戌政变后，康有为、梁启超逃到日本，大肆攻击谩骂慈禧，讴歌颂扬光绪。慈禧在政治上倒行逆施，又使得一些伤时忧国之士痛恨，公开要求归政光绪。社会舆论愈是要慈禧下台，虚荣心、猜忌心愈促使她恋栈不舍，早行废立。而满族顽固分子和觊觎大位者如端郡王载漪、军机大臣刚毅之流，更是从旁煽风点火，助纣为虐。1899年10月，慈禧决定于农历元旦废掉光绪，立载漪之子溥儁为帝，改元普庆。

若论近支宗室溥字辈能够继承皇位的人物，贝子溥伦、镇国将军溥侗和恭亲王溥伟均有资格，然而皆未被选中。溥儁何以能中选呢？主要是靠其父亲、端郡王载漪和母亲会奉迎谄媚，深得慈禧的欢心。

大学士徐桐、军机大臣兼礼部尚书启秀想通过定策之功执掌朝政，同治皇后之父、退居在家的原户部尚书崇绮欲图东山再起，均热衷废立，并拟定了大臣联名吁请的奏稿。消息传出，人心惶惶，许多官员暗加抵制，外国驻京公使也说以后不承认中国有新皇帝。军机首领荣禄怕担恶名，不敢贸然附和，一日拜访即将赴两广总督之任的李鸿章，告以废立即将实行。李鸿章大声说："这是何等事，岂可行之？试问阁下有几颗头颅，敢于尝试？此事若果举行，危险万状，各国驻京使臣首先抗议，各省疆臣更有仗义声讨者。无端动天下之兵，为害何可胜言！"荣禄悚然，旋即叩见慈禧，奏道："各国皆称只认皇上为主，非臣等所能解释，倘行废立，老佛爷的官司就输了。老佛爷辛苦数十年，名誉完全，各国尊仰，今冒此大险，万万不值。倘招起大变，奴才死不足惜，所心痛者，我的圣明皇太后耳。"慈禧问他有何办法，他就献计让溥儁暂时屈居"大阿哥"地位，承嗣同治皇帝，伺机再议禅位。慈禧始打消了立即废立的邪念，改为一时权宜之计，于是便有了1900年1月24日立溥儁为"大阿哥"的建储上谕。

对于爱国变法皇帝光绪的安危，国内一切进步开明人士均极其关注，建储诏旨发布以后，江苏、湖北、直隶、浙江、广西、贵州等省以及海外侨胞先后致电反对。

为求各国承认立嗣，慈禧宴请了驻京各国公使夫人，载漪派人讽示各国公使入贺。但各国公使置之不理。载漪自以为将要当上太上皇，见各国公使如此态度，恨不得立时把外国人斩尽杀绝。恰巧此时义和团运动兴起，以"扶清灭洋"为口号。载漪企图利用义和团达到废立的卑鄙目的，大喜过望。慈禧早就怨恨外国阻挠废立，庇护康有为、梁启超，日思报复，也想利用义和团。在载漪等人纵容下，6月上旬，义和团大批拥进北京，烧杀抢掠教堂教民和一般良民百姓，声言将要攻打外国使馆。10日，载漪取得管理总理各国事务衙门的大权。同一天，为了保护使馆，英、法、德、日、俄、美、意、奥组织的八国联军开始向北京进发。慈禧连续召开御前会议，商讨对策。虽然光绪和吏部侍郎许景澄等极力反对与列强决裂，但载漪等却控制了朝局，力主抚团灭洋。慈禧遂决定孤注一掷，同列强开战，命令各省总督、巡抚招集团民，借御外侮。

1900年2月26日，十五岁的"大阿哥"溥儁奉命入宫读书。他承袭了父亲的遗传基因，性情暴燥，粗野庸俗，愚昧无知，养成了八旗阔少的恶习。当上储君，仍旧不知上进学好，马上将家中养的两只狗要来宫中，整天与太监、宫女嬉戏混闹。他也像父亲一样，对义和团迷信甚深，时常穿着义和团服装，练习拳术。义和团扬言要尽灭洋人，“愿得一龙二虎头”，“一龙”指光绪皇帝，“二虎”指庆亲王奕劻和李鸿章。溥儁也极力效法，常常用泥捏成许多小人，取名为李鸿章、庆王等，然后命太监用绳子绑起来，砍去头颅。更有甚者，他竟然大呼光绪为“洋鬼子徒弟”。慈禧闻听大怒，命人把他抽了二十鞭子。

载漪得知溥儁被鞭打，怒不可遏，状类疯狂，立意要把光绪杀死，使儿子早日登上帝位。6月25日早晨，他率领六十多名团民闯入宫中，寻找所谓“二毛子”，声嘶力竭地呼喊：“皇帝是洋鬼子的朋友！”团民也跟着大呼：“杀洋鬼子徒弟！”慈禧深恐光绪被害引起轩然大波，怒斥载漪说：“你想自为皇帝吗？这样胡闹，成何体制！你不要觉得乘此国事纷乱，就可以任意攫取大权。你要知道，帝位废立与否，惟我有权，你若是倚你儿子为皇子肆行无忌，那就大错特错了。你不自量，我顷刻就可将他废掉。赶快将人带走！如不奉旨，以后不得入宫！”载漪吓得魂飞天外，弑君的毒计未能得逞。

8月15日，八国联军攻进北京，慈禧带领光绪、皇后、溥儁等仓皇出京，星夜兼程逃跑，并晋升载漪为军机大臣。但任命不到一个月，因李鸿章、刘坤一、张之洞和袁世凯联名参劾载漪等庇纵义和团，又将其罢斥。其后李鸿章、奕劻与列强议和，各国皆视载漪为首祸，要求严厉处置。慈禧起初不肯，但经不住列强压力，乃于1901年2月13日将载漪革去爵职，发往新疆，永远监禁。

溥儁随慈禧到了西安，顽劣如故，从不读书，只知骑马、练拳、看戏。他最喜欢淫秽戏，对演得好的演员屡予厚赏；但如台上鼓板稍错，必离席申斥大骂，甚至亲自上台敲鼓板，拉胡琴，加以炫耀。有次率领太监至庆喜园看戏，因为争抢最佳座位而与董福祥的甘军发生冲突，太监们大受创伤，溥儁不敢找甘军报复，却把一腔怒气发泄到戏园身上，命地方官将戏园全部封禁，将戏园老板枷号示众。继而各戏园托人求情，溥儁也因无戏可看异常寂寞，方许开演。

在西安行宫中，溥儁极不安分，更不自爱，经常与太监玩打水漂，以瓦片跳动次数的多少来赌胜负。还对宫女动手动脚，与慈禧的宫女私通，被慈禧重责一顿。宫中的规矩极严，他不能畅其所欲，便同太监出外冶游。有个土娼长得略有姿色，他以其善于房中术，不时光顾淫乐，传染上性病，治愈后仍带着药物前往。事为慈禧得知，下令严禁私娼，此娼始遁。

对于光绪皇帝，溥儁竟丧心病狂，肆意凌辱。有次光绪站在廊下，溥儁忽从背后举拳猛击，打得光绪扑倒在地。光绪向慈禧哭诉，慈禧极为愤怒，命以家法重责了溥儁二十棍。还有一次，他在光绪和皇后就餐时，突然将皇后的簪珥拔去，无礼至极。光绪告诉慈禧，慈禧又命人重责了溥儁四十棍，并大骂道："你如此不法，猪狗不如！若是你登上天子之位，国家都要被你拆坏了。"但溥儁仍然不思悔改，反而咬牙切齿地对光绪说："你不知道帝位快要属于我吗？还这样岸然自大！"有次他在宫殿上踢毽子，管理宫殿的官员告诉他在宝座前不能如此，他自为皇帝当定了，破口大骂："宝座是咱所坐，你敢阻挠！"

溥儁的种种失德丑行，表明他根本不堪造就，遑论君临天下！其"大阿哥"地位不仅被他自己的劣迹所破坏，也为中外的形势所动摇。一些官员认为，八国联军实由"大阿哥"引起，让他当储君，人心难安。如湖广总督张之洞对知县吴永说："此次祸端，实皆由他而起。酿成如此大变，他尚留在储宫，何以平天下之人心？且祸根不除，尤恐宵小生心，酿成意外事故。他一日在宫内，中外耳目皆感不安，于将来议和必增无数障碍。此时亟宜发遣出宫为要着，若待外国人指明要求，更失国体，不如及早自动为之。"极力鼓动吴永见了慈禧将此意陈奏。载漪被发配后，议和大臣李鸿章和奕劻也以罪人之子怎能继承大统为由，力主削去溥儁的"大阿哥"名号。各国更不会承认溥儁为将来的中国皇帝。

1901年6月下旬，已升为道员的吴永回到西安，一日奏事完毕，见慈禧高兴，乘机说："据闻外间有些关于'大阿哥'的议论。"慈禧问道："外间何言？与他有何关系？"吴永答道："众意以为，此次八国联军进京，总由'大阿哥'而起，现在他尚留居宫中，中外人民颇多疑揣，就是交涉上也恐多增障碍，如能遣其到宫外居住，则列强皆称颂太后圣明，和约必易就范。臣在湖北时，张之洞也如此说，命臣奏明太后、皇上。"

中国被列强打得大败，慈禧狼狈逃窜，脸面丢尽，痛定思痛，便对载漪产生了怨恨。在议和过程中，列强没有坚持把她列为祸首而严加惩办，保全了她的面子，她自然只有感激，不敢得罪。她知道作为祸首之子的溥儁若是仍然居于将来皇帝的地位，绝对不能得到列强的认同。再说，溥儁作为罪人之子，也万无继承皇统之理。而溥儁极为恶劣的品德，粗鄙野蛮的情状，又使慈禧抱愧无颜，甚是后悔。尽管立皇位继承人为国家头等大事，不能轻于易置，但有了以上诸种因素，就迫得慈禧不能不下决心废掉溥儁的“大阿哥”名号了。故听了吴永的话以后，她凝思有顷，说：“你暂且保密，到开封就有办法。”

1901年10月6日，慈禧、光绪和百官由西安开始返京。11月13日抵达河南开封，慈禧召见由北京前来迎接的奕劻，问他外国人有何意见。奕劻首先回答要废去“大阿哥”。慈禧说：“我也知道这个孩子没有福气。”30日，她降下懿旨，说：“上年拳匪之乱，肇衅列邦，以致庙社震惊，乘舆播越。推究变端，载漪实为祸首，得罪列祖列宗，既经严谴，其子岂宜膺储位之重。溥儁亦自知惕息惴恐，吁恳废黜，自应更正前命。溥儁着撤去‘大阿哥’名号，立即出宫，加恩赏给入八分公衔奉，毋庸当差。”

溥儁失去“大阿哥”名号，地位一落千丈，当天出宫，移居开封的八旗会馆，士民没有一个怜悯他的。他被取消了当差的资格，只能领低级“入八分公”的俸禄，生活大大不如往昔。直至1908年3月，他才由开封回到北京，依靠其叔父载瀛生活。此时载漪同福晋（夫人）已投奔内蒙阿拉善旗妻兄的罗王府。过了一段时间，溥儁前往内蒙省亲，并与罗王的女儿结婚，而后同妻子返回北京。辛亥革命以后，溥儁曾在总统府挂名参议，有笔固定收入，加上从惇王府分到的地租，生活颇为富裕。他又每天到戏园、酒馆鬼混，吃喝玩乐，抽起大烟。1921年以后，他失去了挂名参议，地租收入断绝，坐吃山空，濒临破产。1927年载漪逝世，他只好向妻兄塔王求借。塔王把他们夫妇二人接到自己家中居住。不久塔王去世，其侧福晋讨厌溥儁，对他妻子也不满，让他们搬到几间小房子去住，再也不以亲戚相待。溥儁非常沮丧，可又无力自谋生活，积忧成疾，一病不起，继而死去。

“官屠”岑春煊

在清末的官场上，有天下“三屠”之称。“三屠”指“官屠”岑春煊，“士屠”张之洞，“民屠”袁世凯。岑春煊之所以被称为“官屠”，是因其为政崇尚严猛，不讲情面，经常参劾违法乱纪和庸劣不称职的官员；由于他忠于朝廷，敢说敢干，不畏权贵，也被称为“肝胆总督”。

岑春煊，字云阶，广西西林人，1860年生。他幼年随任职云贵总督的父亲岑毓英居住在昆明。1879年入京捐纳工部主事，1888年报效海军经费，晋升郎中。1889年其父病故，回籍守丧。1892年服满到京，任光禄寺少卿，旋升太仆寺少卿，署理大理寺正卿。1894年中日战争时曾被派在钦差大臣刘坤一处差委，次年因病开缺。

1898年，岑春煊送其七弟进京会试，上折请安。次日受到光绪皇帝召见，他在奏对时主张发愤自强。光绪正想奋发有为，见他强毅刚直，非常赏识，即下特旨，简授他为广东布政使。他万分感激，发誓效忠。上任之前请训时，光绪对他说：“听说两广总督谭锺麟老迈不能办事，你去了认真察看，据实奏闻。”

岑春煊到了广东，经过调查，首先查出道员、厘金局总办兼督署文案王存善任职五六年，积资数百万，广置房产，有“王半城”之名；并且深得谭锺麟宠信，欺压百姓，商民无不受其鱼肉，还有人因其索诈被逼而死，官员畏其气焰，均不敢说话。岑春煊请谭锺麟将其撤职查办，谭锺麟断然拒绝。布政使为一省的行政长官，主管财赋和人事，岑春煊见其态度如此，毅然行使自己的职权，撤去王存善的厘金局总办职务。第二天又与各官同见谭锺麟，请撤去王存善所兼的督署文案。谭锺麟拍案大骂，气得连眼镜都掉到大理石桌面上摔碎了。岑春煊也极为愤怒，拍着桌子说：“本司（即藩司，布政使的别称）为朝廷大员，所论乃是公事，即使有不妥的地方，总督岂能无礼至此！既然不能相容，你就奏参我好了！”说罢将官帽摘下，掷在案上，拂衣而去，回到署中，即请病假。谭锺麟自知理亏，派人前去劝解道歉。不久有旨令岑春煊入京听候召见，岑春煊愤恨谭锺麟，就把王存善贪污的全案抄录下来，想着入京觐见光绪时当面参劾。走到武汉，他又奉到调补甘肃布政使，勿庸来京请训的上谕。到达甘肃任所以后，他仍将谭锺麟和王存善营私舞弊的事上折揭参，终于使王存善革职，谭锺麟罢官。

1900年，岑春煊得知八国联军向北京挺进，急忙亲率两千多士兵由兰州取道草地，星夜奔驰，到北京“勤王”。8月15日北京失守，慈禧仓皇带着光绪皇帝等人出逃，他又率所部赶去护驾，为慈禧和光绪寻找食物。而后他奏明溃军沿途抢劫，强行买卖，若不申明纪律，极其危险。慈禧命其整肃军纪。他大刀阔斧加以整顿，处斩了抢夺民食的士兵和勒索贿赂的太监，虽然有些粗暴跋扈，秩序却赖以好转。到怀来县见到知县吴永，慈禧和光绪的生活状况略有改善，赏岑春煊头品顶戴，督办粮台。在以后前往西安的行程中，他办事更加认真，也更得慈禧信任，任其为陕西巡抚。在陕西巡抚任内，他参劾了几个办理赈济不力的知县。

1901年3月，岑春煊调任山西巡抚。到任不久，即查出山西防军骚扰抢掠的情形，奏请将十几名管带和哨官即行革职，永不叙用，统领交部议处。

1902年7月，岑春煊调任广东巡抚，未及成行，又调其署理四川总督。

1903年4月，朝廷因广西到处皆匪，人民受害，再命岑春煊署理两广总督，督办广西军务。岑春煊赴任后驻扎在梧州，通过调查了解，得知匪乱根源在于贪婪的广西巡抚王之春和提督苏元春纵容，遂奏请将他们革职。除此之外，广西不法官员被他参劾罢官甚至充军的，还有勒财滥杀、纵容幕友的南宁府知府惠荣，招摇纳贿的知县姜思燮，借案勒索的知县华照，对所部勇丁不加钤束的管带杨发贵，自便私图、不顾大局的右江道道员易顺鼎，遇事苛罚、妄拿无辜、肆行扰民的代理象州知州周朋寿，拥兵不救百姓、蒙混领饷、纵兵抢杀的副将张兴国，还有拘捕了贪残嗜杀、酷逾猛虎的知县陈景华（后为其同党劫走，逃到越南）。广东官员被他参劾的有：清乡无功的陆路提督程允和，贪污残忍的知州徐仁杰等人，以及一些违法乱纪的军官。南海县知县裴某舞弊受贿，声名狼藉，逃到澳门，贿买荷兰人庇护。岑春煊据理力争，将其引渡回来，治以应得之罪。

然而，岑春煊并不是一味地“屠官”，对于有功的官员，也予以请奖。他奉命在广西剿匪两年多，最后论功请奖的即达三百多人，其中有陆荣廷、龙济光等。

1905年5月，朝廷命岑春煊兼任粤海关监督。该缺肥得流油，以往监督均由内务府奏派，一年一换。度支部定下的征额，每年五百万两，但上交度支部的均在三百万两左右，没有一人足额。岑春煊兼任此职后，派人充当提调，切实整理，当年征收即达六百六十万两。该关有个书办周荣耀，贪污二百多万两，到京贿赂庆亲王、首席军机大臣奕劻巨款，获任出使比利时国大臣。尚未出洋，岑春煊即揭发其罪，使其革职。

原来到广州新上任的总督、巡抚、布政使、按察使和道员，所需的一切器具及修葺等事，均由作为省会首县的南海、番禺两县办理供应。岑春煊到任以后，为使县令全力勤政爱民，洁己奉公，将各衙署供应力加裁减，改由善后局特派专员经管，不再令南海、番禺二县办理。省会以外的道府也不许首县供应，以励廉洁。原先官员交卸之时，前任官员往往将所用器具携带一空，新任官员均需另买。1906年9月，他调任云贵总督，一改以前任意带走的恶习，将所用的器具清点以后，全部移交后任。

由于身体有病，岑春煊没有立即前赴云贵总督之任，请假到上海就医。1907年3月3日，朝廷又调他为四川总督，并且不让他到京请训。他以为是贪赃枉法的奕劻和与其紧密勾结的直隶总督兼北洋大臣袁世凯捣鬼，深念巴蜀道远，以后觐见无日，必须向慈禧和光绪面陈种种危迫情形，遂乘船抵达武汉，电请顺道入京，不待批准，即乘火车北上，4月29日抵达北京。

慈禧和光绪得知，非但没有责备，反而接连三天召见了他。

谈到时局日非，岑春煊悲愤异常，毅然参劾奕劻，痛哭流涕地奏道：“近年亲贵弄权，贿赂公行，以致中外效尤，纪纲扫地，皆由庆亲王奕劻贪庸误国，引用非人。若不力图刷新政治，重整纪纲，臣恐人心离散之日，虽欲勉强维持，亦挽回无术了。”

慈禧闻言，颇不高兴，冷冷地说：“何至人心离散？你有何证据，可详细奏明。”

岑春煊不答反问：“臣请问今日中国政治，是好是坏？”

慈禧答道：“因为不好才改良的。”

岑春煊又问：“改良是真的，还是假的？”

慈禧气乎乎地质问：“改良还有假的？这是怎么说？”

岑春煊不慌不忙地答道：“太后固然是真心改良政治，但以臣观察，奉行之人在欺蒙朝廷。朝廷下诏创行新政，现在政治不惟不能刷新，反较从前更加腐败。从前卖官鬻缺尚是小的，现在内而侍郎，外而督抚，皆可用钱买得，政以贿成，丑声四播，所以臣说改良是假的。”继而又问：“太后知道出洋的学生有多少？”

慈禧答道：“听说东洋有七八千，西洋不太清楚，想必也有几千。”

岑春煊说：“臣听说的，也是如此。古人以士为四民之首，是因为士心所崇尚的，民皆信从。过几年出洋学生回到国内，眼见政治腐败如此，他们必定声言改革，一倡百和，处处与政府为难，这就是人心离散之时。到此地步，臣实不敢再说了。”说罢失声痛哭。

慈禧也哭了，说：“我很久没有听到你说话了，谁知政事竟败坏到这个样子。”

岑春煊认为政治都败坏在奕劻手里，抓住紧紧不放，又说：“大臣尽忠，小臣尽职。庆亲王奕劻贪庸如此，身为首辅，何能更责他人？”

慈禧问：“你说奕劻贪，有何凭证？”

岑春煊答道：“纳贿之事，惟恐不密，一给一受，岂肯以凭据示人？臣在两广总督兼粤海关任内，查得新简出使比利时国大臣周荣耀，贪污公款二百多万两，奏参革职拿办。此时奕劻正管外务部，周荣耀是他所保，不是得贿是什么？”

慈禧还想为奕劻开脱，说：“奕劻太老实，是上人的当。”

岑春煊肃然道：“当国之人何等重要，岂可以上人的当自解？此人不去，纪纲何能整饬？”

慈禧面有愧色，转过话题说：“皇室之中，多系少年，还有何人能胜此任？你可保奏。”

岑春煊忙道：“此乃皇太后、皇上特简之员，臣何敢妄保。”继而又道：“此次蒙皇太后、皇上垂询时政，所以披肝沥胆，不敢有一毫隐瞒。惟启程之时，因应奏之事极多，又牵涉奕劻，关系重大，不得不入京面陈，故特冒昧前来。臣话尚未说尽，又要远赴四川，不胜犬马恋主之情，意欲留在都中，为皇太后、皇上作一看家恶犬，未知上意如何？”要求留在北京供职，监视奕劻等人，保护朝廷。

慈禧因其在1900年护驾西逃有功，知道他是位大大的忠臣，极其宠信，遂道：“你这话说得太重了，我母子去西安时，若不得到你的照料，恐怕将要饿死，焉有今日？我久已将你当作亲人看待，你近年在外边办的事情，别人办不了，故未叫你来京，你当能知道我的意思。”

岑春煊感动得热泪盈眶，说：“臣岂不知受恩深重，内外本无分别。只是譬如种树，臣在外系修剪枝叶，树的根本却在政府，倘若根本上的土被人挖松，枝叶纵然修好，大风一起，根本推翻，树倒枝存，有何益处？故臣谓根本重要之地，不可不留意。”

慈禧说：“你说的很对，好在外边现已安靖，我也希望你在京办事。”

在这几天召见中，岑春煊还参劾大员二十多人。

5月3日，慈禧任命岑春煊为邮传部尚书。岑春煊又面奏，邮传部左侍郎朱宝奎工于钻营，吞没巨款，贿买侍郎，并说：“若是该员在部，臣实羞于为伍。”

慈禧说：“朱宝奎既是如此，可以罢斥，但根据什么降旨？”

岑春煊答道：“可言系臣面参。”

慈禧毫不犹豫，当天降下特旨，将朱宝奎革职。

5月7日，御史赵启霖以直隶道员段芝贵送给奕劻寿礼十万两，向其子农工商部尚书载振奉献天津歌妓杨翠喜，获得署理黑龙江巡抚，上折狠狠参了奕劻父子一本，而且还把袁世凯带上一笔。岑春煊也密奏了此事。慈禧遂把段芝贵革职。奕劻立命载振到天津找袁世凯想办法。在袁世凯的精心策划下，很快为奕劻父子摆平了。

岑春煊廉洁奉公，正直无私，忠于朝廷，嫉恶如仇，奕劻和袁世凯本就对他有所忌惮，他到京以后的种种举动，更令他们惶惶不安。摆平参劾之事，他们立即发起反击。由于岑春煊甚得慈禧信赖，一时难于扳倒，他们决定先将其排挤出京再说。于是奕劻以广东钦州等地官府遭到袭劫为借口，奏请派他去剿抚。慈禧受到蒙蔽，5月28日再任岑春煊为两广总督。

岑春煊心知是奕劻不容，上折请收回成命。慈禧觉得事关重大，非他莫属，没有同意。他只好怏怏离京，临行前又一次密参了奕劻。抵达上海，得知清廉的军机大臣瞿鸿禨被罢免，他知道朝局将有大变，政治上益感孤立，请假留在上海治病。

岑春煊虽被排斥出京，但是慈禧对他仍然相当宠眷。奕劻、袁世凯认为他是一大祸根，立意把他搞垮。他们知道慈禧最痛恨康有为、梁启超，于是密奏岑春煊曾入保国会，是康有为和梁启超的死党，欲谋归政光绪。慈禧并未轻信。后来道员蔡乃煌得知这个情况，亟思献媚以求高升，便到照相馆找到岑春煊与康有为的照片，令照相馆将两张照片合成一张，好像两人聚首密商事情的样子，献于袁世凯。袁世凯大喜，立交奕劻密呈慈禧，作为岑春煊交通乱党的证明。7月上旬，御史陈庆桂又两次奏劾岑春煊。慈禧对岑春煊的信任动摇了。8月9日，奕劻、袁世凯的枪手恽毓鼎又上折参劾岑春煊不奉朝旨，逗留上海，勾结康有为、梁启超，借日本势力密谋推翻朝局。这次参劾深触慈禧之忌，8月12日，下谕将岑春煊开缺。其后，岑春煊寓居上海。1911年辛亥革命爆发后，朝廷又任他为四川总督。他见清王朝大势已去，没有赴任。

1913年国民党发起“二次革命”讨伐袁世凯时，岑春煊被黄兴等人推为大元帅，失败后出逃南洋。1916年4月回国，策动南方各省独立，逼迫撤销帝制又自居总统的袁世凯退位。5月1日，岑春煊被陆荣廷、梁启超等拥为两广护国军都司令，派人带信给依附袁世凯、迫于形势宣布广东独立的龙济光：“不杀蔡乃煌，足下虽附义，不足取信于国人。”龙济光只好将蔡乃煌杀死。同月8日，西南独立各省成立统一机关军务院，推举唐继尧为抚军长，岑春煊为副抚军长，代行抚军长职权。

1918年，岑春煊参加孙中山在广州组织的护法军政府，任军政府七总裁之一。孙中山辞职后，他被推为主席总裁。1920年10月军政府取消，他到上海租界做寓公，1933年4月27日病逝。

“三霖公司”斗权贵

都察院的职责是纠察行政官员，伸理冤案，为清政府的最高监察、弹劾机关，同时对皇帝劝善规过，议兴议革，地位和作用至关重要，作为“言官”的御史们肩负着重大责任。但要当好一个御史颇为不易，因为不仅个人要不爱富贵，重惜名节，忠爱朝廷，学问渊博，能提出整肃纪纲、有益于国家的建议，而且必须有敢于撄龙鳞、捋虎须，置生死祸福于度外的勇气。所以在清末都察院的六十多名御史中，真正称职的不多，只有敢于同权贵斗争的江春霖、赵炳麟、赵启霖三位诤诤有声，赢得官僚士大夫的交口称赞。

江春霖，号杏村，字仲默，福建莆田人。赵炳麟，字竺垣，广西全州人。赵启霖，字芷孙，湖南湘潭人。他们都是进士出身，当过翰林院检讨或编修，在1904至1906年期间先后转为御史。他们在学问、品德、性格、嗜好各方面以及在辛亥革命后的政治表现均有差异，但却有一个共同的特点，这就是不避权贵，敢言人所不敢言，并且以气谊相许，感情很好。京城人士皆对他们刮目相看，便借用上海洋商对企业的称呼，戏称他们为“三菱公司”或“三霖公司”。

当时在朝中最有权势的是以奕劻、袁世凯为首的官僚集团。奕劻为首席军机大臣，其子载振为商部尚书，父子俱贵，炙手可热，门庭若市。袁世凯任直隶总督兼北洋大臣，还身兼八大要差，颇受慈禧太后宠信。两人紧密勾结在一起，形成了联合控制朝政的局面。

1905年，在立宪派的要求下，朝廷派遣五位大臣出国考察宪政。1906年五位大臣回国后，同声奏请实行君主立宪。君主立宪是一种资产阶级的民主政体形式，与君主专制不同。经过讨论，朝廷于9月1日宣布仿行宪政，也称预备立宪，就是采取一些措施，为正式立宪做好准备。接着改革中央官制，袁世凯提出实行责任内阁，想和奕劻组阁，掌握中央大权，并限制君权，以免光绪皇帝执政后向自己在戊戌变法时的叛卖行为报复。

对于他们的企图，一些御史都看得相当清楚。赵炳麟在拜命御史后的第三天，即1906年10月8日，便针对他们的企图上折说："立宪之始，必须慎重，预防大臣专横，凌驾于君主之上。立宪国家的君主之所以权力巩固，是因为有下议院监督行政大臣。现在中国的下议院一时不能成立，行政没有监督，倘若一切大权皆掌握在总理大臣和副大臣之手，时间一长，天下就只知有他们，不知有天子了。这种政体不是立宪政体，而是大臣专制政体，目前万不可行，责任内阁只有待下议院成立时方可成立。"四天以后，他又上折强调指出："外国皆实行三权分立，从未有三权合一的。而从内阁官制看，总理大臣非但代替皇上负责行政，而且实际上掌握了立法和司法大权。假若推行下去，皇上就会徒拥虚位，朝廷就有被颠覆之忧。无论如何，必须使上下议院与责任内阁同时成立，以免偏重。"他的奏折总是将落脚点放在权臣将要颠覆大清帝国上，因而也最能打动慈禧太后的心。加以其他大臣的抵制，11月朝廷公布中央官制改革，仍然保留了军机处，没有成立责任内阁。此乃"三霖公司"与奕劻、袁世凯集团的第一次交锋。两折在京中到处传阅，赵炳麟由此获得了名谏官的美称，为天下人所知。

1906年11月，载振和军机大臣、袁世凯的同党徐世昌奉命前去东三省查办事件，道经天津，停留了几天。袁世凯热情招待，并派道员、干儿子段芝贵随去东北进行保卫。1907年1月，载振、徐世昌回到天津，袁世凯请他们看戏。载振看上了色艺双绝的歌妓杨翠喜，段芝贵以为奇货可居，马上用一万二千两银子将杨翠喜赎出，奉献给载振。载振大喜，欣然接受。不久，段芝贵又从天津商务总会会长王竹林处借了十万两银子作为奕劻寿礼，贿买高官。4月20日改革东三省官制，朝廷任命徐世昌为东三省总督，唐绍仪为奉天（今辽宁省）巡抚，朱家宝为吉林巡抚，段芝贵赏给布政使衔，署理黑龙江巡抚。这些人都是袁世凯的党羽，命令一宣布，举朝哗然。尤其是段芝贵，以一个道员超越数级而升巡抚，更令人不平。5月7日，赵启霖毅然上折，狠狠参了段芝贵和奕劻父子一本，顺便也把袁世凯捎上。他在折中叙述了段芝贵献杨翠喜、送寿礼的事实和袁世凯将其提拔起来的情况后，指出："段芝贵无功无才，专靠巴结长官，最无廉耻。奕劻、载振父子，只知大收贿赂，不问时局艰危，尤无心肝。"慈禧太后览折大怒，当即下令撤去段芝贵的布政使衔，不准署理黑龙江巡抚；命醇亲王载沣、大学士孙家鼐查个水落石出，据实复奏。

奕劻闻旨，吓得不知所措，急命载振到天津问计于袁世凯。袁世凯告诉他，必须先将杨翠喜送回天津，消灭实据，然后再设法转圜。载振依计而行。袁世凯遂把一切安排就绪。待孙家鼐、载沣派官员前往天津调查时，杨翠喜已变成别人早就买下的使女，什么也没有调查出来，他们只好将调查情况上奏。慈禧因查无实据，认为赵启霖任意污蔑大臣，下令将其革职。

赵炳麟立即上折说，倘若敢说话的言官被革职，必然造成言路闭塞，人心解散，天下事就很难说了，并以挂冠去职为赵启霖力争。朝旨不准其请。

江春霖心犹未甘，接着上折，指出载沣、孙家鼐复奏的案情有六大疑点，要求朝廷彻底查清。

慈禧对他的上奏也未加理会，不过对赵启霖的冤屈还是了解的，7月便开复了他的处分。可是赵启霖经过此番打击，已看透官场的黑暗腐败，心灰意冷，没有再到都察院任职，而回湖南老家了。当其出都时，士大夫为之饯行于陶然亭旁边的龙泉寺，投赠诗篇极多，有的与他从未谋面，也恋恋不舍地拉着他的衣袖与其惜别。此次"都门帐饮"，几乎前无古人。有些人说赵启霖虽然罢职，其享有的盛名甚高，所失者小，所得者大。

赵启霖走后，"三霖公司"变为二人"经营"。江春霖、赵炳麟和权贵斗争的意志和决心并未因之稍减，反而愈益坚固。

杨翠喜案结束以后，奕劻和袁世凯立即对政敌进行打击报复。他们认为军机大臣瞿鸿禨和新任邮传部尚书岑春煊是赵启霖的后台，首先利用阴谋手段将岑春煊排挤出京，使其重任两广总督；继之加以陷害，使慈禧将他们二人开缺。赵炳麟看不过他们结党营私的卑劣行径，上疏请求命令各部院和直隶总督袁世凯，将康熙皇帝禁绝朋党的上谕竖于衙署，使他们触目警心，预防流弊。袁世凯看到上谕，感到不安，上折为自己辩护，同时奏请实行责任内阁。赵炳麟针对他的野心，连上两疏，揭破他的目的就是使皇上失去大权，颠覆朝廷，挫败了他的企图。

江春霖则在8月10日参劾袁世凯长子袁克定凭借其父势力当上农工商部右参议。9月1日，又上折直攻袁世凯滥保人员，造成朝廷大权旁落。

慈禧看到他们的揭露弹劾，加之其他官员的奏参警告，疑虑丛生，将袁世凯调离北洋，任命为军机大臣、外务部尚书，并调张之洞为军机大臣。袁世凯进入军机后，与奕劻勾结得更紧，党同伐异，肆无忌惮。

1908年9月袁世凯庆祝五十大寿，贺者盈门。10月3日，江春霖上奏朝廷，指出袁世凯权势太重，列举他交通权贵、把持监察院、引进私人、纠结疆臣等十二款表现，名义上虽是为袁世凯“善全始终”着想，实则是要求查办其罪。时刻想着惩治袁世凯的光绪皇帝看了痛哭流涕，但又畏惧慈禧，未敢处理。

奕劻、袁世凯对赵炳麟、江春霖恨入骨髓，而又没有办法剥夺其发言权，便打算将他们外放，赶出都察院。江春霖、赵炳麟知道他们的用心，没有答应。同年11月，光绪皇帝和慈禧太后接连逝世，宣统继位，载沣摄政。一些亲贵大臣向载沣进言，赶快除掉袁世凯，赵炳麟亦献策迅速将袁世凯罢斥。载沣极其痛恨袁世凯，也想将其治罪，但在征求奕劻的意见时，奕劻威胁说：“杀袁世凯不难，不过北洋军造起反来怎么办？”张之洞因主少国疑，也不赞成杀袁世凯。载沣缺少主见，最后以袁世凯患足疾为由，将其开缺。

为防止袁世凯东山再起，1909年1月中旬，赵炳麟向载沣密陈永不起用袁世凯、解散其党羽、处置奕劻等六条办法。载沣召见了他，他又陈述了具体进行之策。载沣与张之洞商量，但遭到张之洞的反对，载沣只得仍让奕劻把持朝政。

江春霖又于同年2月奏陈铲除袁党，5月弹劾袁世凯的军师、东三省总督徐世昌。载沣遂将徐世昌调任为邮传部尚书，令袁世凯的亲信、民政部侍郎赵秉钧退休。但奕劻继续担任首席军机大臣，总叫江春霖义愤难平。1910年2月，他上折揭参奕劻植党营私。载沣以为莠言乱政，令其回原衙门行走。

命下之后，朝野震动。都察院全体御史立即上折，驳斥上谕，要求收回成命。载沣仍然不准所请。

江春霖闻回原衙门之命，冷静地说：“要参庆王爷，自然预备丢官，我总不能不算是景皇帝（光绪）的忠臣。”考虑到“谏不行，言不听，不去何待”（《关于江春霖之片片录》，《申报》1910年3月9日），他向翰林院呈请回籍奉养老母，获得批准。京师国会期成会得知，迅速联合政学各界一千余人进行公饯，赠送银钱物品和诗歌联语。江春霖力辞银钱物品，只接受了诗歌联语。亲友前来慰问的络绎不绝，一些不相识的人也请求相见。东南立宪派的首领汤寿潜致其电云："为大局痛，为公贺。回署归养，莫非国恩。南下过沪，期一痛饮。"（《汇报》1910年3月15日）他到达上海时，预备立宪公会、国会请愿同志会、江苏教育会、华商联合会和上海商务总会等十四个团体在张园召开欢迎大会，五千多名代表参加，一致称赞他"敢言直谏，实为维持纲纪之大要"（《中国纪事》，《国风报》第一年第八号）。梁启超在海外还为他罢职一事撰有专文，赞扬他的高风亮节，并借以攻击清政府藏污纳垢，混浊至极。

至此，"三霖公司"只剩下赵炳麟独力支撑了。1910年5月，他目睹奕劻依然祸国殃民，一改过去论事多的做法，以犀利的言词，大无畏的精神，上折参劾奕劻贪庸无道，负国背君，罪大恶极，天怒人怨，列举了党奸逼主、贪污公款、滥用非人、贿赂公行、营私蔽贤、浊乱内政、损失外交、排斥异己、失政误国等十二大罪状，请求将其罢官，严治其罪。最后还特别指出，不论是按立宪国家的制度，还是按本朝不用亲贵为军机大臣的制度，都不能再用亲贵充当政府首领。

但是，懦弱的载沣由于各种原因，任用奕劻如故。1911年4月，又将赵炳麟开缺，命以四品京堂候补，到广西督办桂全铁路。赵炳麟仍想留在都察院，继续与奕劻斗争。载沣不允，他只得前往广西上任去了。

"三霖公司"的风流云散，使广大有识之士意识到清廷拒纳忠言，任佞去贤，不可救药，纷纷绝望。清廷愈益孤立，不久即被国人唾弃。

革命党人做贼

1911年春，中国同盟会的二号领袖黄兴等人在香港筹备广州起义（后称黄花岗起义），派谭人凤、谢介僧等回湖南、湖北发动响应。到湖南后，谭人凤会见了焦达峰，谢介僧会见了邹永成。

邹永成决定在宝庆准备起事，将祖遗的祭田抵押出去，得到二千元，开了一家商店，作为活动机关。但仍苦经费不足，又与谭人凤之子谭二式商量，叫谭二式找会党朋友，到他族伯家偷盗族中由宋朝留传下来的传家宝——王羲之的墨宝《兰亭序》。谭二式找来几个做贼的能手，邹永成将隐藏宝物的地方详细地告诉他们。但是一连去了三次，不是盗错了地方，便是无法下手，邹永成气苦了，只好在朋友处借了二百两银子勉强维持。不久，活动被当地官府发觉，他得信后便到长沙去了。

焦达峰在家乡湖南浏阳读书时就加入了哥老会，与江湖人物颇为熟悉。1906年参加萍乡、浏阳、醴陵起义失败后逃到日本，入陆军步兵学校学习，加入同盟会。后来又发起成立共进会，用意也在联络会党。他与几个同志到了汉口，与湖北的革命党人居正、孙武、邓玉麟等规划湘鄂同时起义之事。大家都跃跃欲试，无奈没有资金，均感束手无策。居正是湖北广济县（今武穴市）人，其家距蕲州（今蕲春县）洗马畈将近八十里。洗马畈有个达城庙，他有一个少年朋友住在附近，曾到此地旅游，并听朋友说过，庙内供奉着一座金菩萨，极其灵应，香火甚盛。过去他对此事没有在意，现在谈起资金困难，忽然萌发若是设法盗取金菩萨，熔解其金，大可供革命之用的念头，于是讲了自己的想法。众人听了，皆大为欢喜，又值暮春，都争着借此往乡间一游。居正认为人多容易引起怀疑，最后共推他与焦达峰先往查探。

居正与焦达峰乘船至武穴镇，步行至其家，住了一晚。第二天雇了一辆小车代步，当晚抵达达城庙。庙前有居民十几家，但只有香纸店，没有旅店，二人买了点东西吃，在饭店中和衣混过一夜。次日一早买了香纸，来到庙前。该庙院墙高耸，内有房屋三进，每进三大间，金菩萨位于中间正殿之左的一个神龛内。居正因已去掉发辫，不便叩头，事先商量好，让焦达峰叩头。进入庙内，焦达峰装作诚惶诚恐的样子，见神像便拜。来到金菩萨神龛前，只见外面装有玻璃门，门被锁着，玻璃上又是油烟，又是幡幔，又是蛛网，几乎看不见神像。焦达峰端然肃立，居正燃烛点香，一个和尚在旁陪着，口中念念有词。焦达峰拜罢，拿出香资一元，请和尚开锁，瞻仰神像。和尚开始有些作难，而后终于看着一元钱的面子答应下来，将门打开。二人近前逼视，金菩萨简直如同一个臃肿的金骆驼，便问菩萨的由来。和尚说年深日久，威灵显赫，有求必应，故年年有人许愿装金。焦达峰乘机以手试探，金菩萨屹立不动。和尚开锁怕人看见，频促去客堂喝茶，二人只好随入客堂，少坐一会就出来了。用过午饭，即往回赶。回到汉口见了同志，得知广州起义已经失败，风声甚紧，大家坚持仍要盗取金菩萨。焦达峰说，此事非以精练拳棒之武士担任不可，他可以回浏阳征调武士前来。大家同意，于是他回湖南去了。

5月下旬，刘文锦、查光佛来到武汉，与同志商议以武昌为发难之地。谈到经费，居正说了盗取菩萨的事。查光佛说："现在事情紧急，不必等候焦达峰，刘文锦非常勇猛而有威力，此去当可计取。"大家问其有何计策。他说："距达城庙二十里有个三角山，是蕲州的名胜，盛传此处有条奇溪，出产绿毛龟，号称金钱龟，有钱人家视为宝贝，争相购买，价钱昂贵。我们若是入山，多捉些绿毛龟，也是一笔无本的好买卖。"大家说，目的不在于此，闲话休提。他又说："不要急，三角山有个寺观，我们没有辫子的人多，人们会认为是和尚。我们藏身在寺观，下山至达城庙，一夜可以往返，尽可于夜间将菩萨金身请到山上，安置炉子，化成金丹，形骸不留，携带方便，岂不妙哉！"大家听了，拍手称善。

居正与刘文锦、查光佛等这次未去武穴，而是乘船到了蕲州，而后登陆，直奔三角山。走了一天，方到山麓。经牧童指引，晚上继续前进，到达半山腰露宿。次晨攀石附藤，登临绝顶，但见奇峰隐伏，云海翻腾，美不胜收，均狂喜过望。无奈又饥又渴，不可忍耐，刚想寻找寺庙弄点吃的，忽闻读书之声，跟踪探寻，不意找到了居正的故友陈愚溪。陈愚溪见是他们，非常惊讶，又见他们的狼狈模样，急呼家人去端早点。他们等不及洗手洗脸，抓起来就吃。陈愚溪笑道："兄辈中我虽有未谋面者，想来均系好汉，此行当来入伙也。"居正等同声答道："自然，但不畏豹子头林冲来火并？"陈愚溪说："我非王伦。"说完大家相视大笑。

在陈家呆了一天，住了一晚，第二天，居正等告辞，但没有告诉陈愚溪此行的目的。他们绕山而行，闻有潺潺之声，前行不一会，突见银河倒挂，出现一处瀑布。居正等抚着查光佛的背说："下边定有金钱龟，何不去捉？"查光佛叹道："唉，这可不能开玩笑，山势如此险峭，一失足便成千古恨，还要龟干什么？"穿过曲径，来到三角寺，进入寺中，高声呼叫和尚。少时，一位龙钟的老和尚出来，长衫短褂，似俗非俗，似僧非僧，见了他们，呆立不知所措。居正等不待许可，直入内室，安放行李，继而到处游览。至厨房，见一中年和尚正准备做饭，便问："有米吗？"答："不多。""有菜吗？"答："只有蔬菜。""有酒肉吗？"答："下山可买。"居正拿出钱来，嘱其下山买米与酒肉。中年和尚告诉老和尚，老和尚知道他们不是来挂单（行脚僧投寺暂住）的，即令中年和尚照办。居正等终日查探路径，安置炉子，和尚感到莫名其妙。住了十来天，他们也没有想出盗取的好办法，而钱却快花光了。正焦急万分，居正的朋友张梅轩得知他们在山中，约至其家去度端午节。乡间风俗，端午节都去拜神。张梅轩的住处与达城庙只隔着一道小垅，他又是该庙檀越中的绅董，很受和尚尊敬。和尚领着他们前往观看，参过金菩萨，他们都不忍离去。返回张宅，他们争相啖嚼豪饮了一顿丰盛的酒食，准备晚上动手。岂料晚上他们再到庙前，却见庙内灯烛辉煌，无有下手之处，只得废然而返。

6月下旬，焦达峰率领湖南七个大汉又到汉口，对居正等人说："湖南都联系好了，只是款无着落，与我同来的都是好身手，此行定能取得金菩萨出山。"居正等为他们预备好旅费及应用的器具。7月10日晚，焦达峰一行抵达洗马畈，进入一家饭店吃饭，问明此地到达城庙的距离。用过饭，忽然阴云四合，骤雨将至，焦达峰默祝道：“天助我成功也。”急让店主算账。店主说：“天黑要下大雨，客官可留下，前面路上没有住宿的地方了。”焦达峰说：“有事须赶路。”出店未走几步，大雨如注，他们立即奔到一个土地庙避雨。以后焦达峰决定分两班走，一班走大路，一班走小路，分别携带器具，半夜到庙会齐。他自率一班走大路，到达庙前，雨停月出。庙后有个小山坡，坡右有个陂塘，他们伏于坡下，等待走小路的一班人到来，准备由前门闯入，公然行劫。由于听到前门人声嘈杂，似有练习拳脚的声音，走小路的一班人未到，焦达峰改变主意，带人逼近寺庙后墙，命出大锥凿墙。凿了好一阵，方才凿开一个洞，依次钻入，见案上神灯未熄，将各灯加亮。焦达峰命一人守住前门，其他二人斩锁打开神龛，手攀金身摇晃，菩萨丝毫未动。焦达峰叱道：“你们真笨，赶快攀倒。”一人说：“我头晕，手攀不动，莫非菩萨有灵吗？”焦达峰说：“胡说！我来。”上前握住金菩萨的头部，但也没有撼动，随后用锥凿，用力摇，反复数次，又猛一用力，终于将菩萨推倒在地，即命三人拖至后殿。因大斧被走小路的一班人带走，他们只能用锥与刀分解，许久，才砍断一只手及零碎小块，焦达峰命把金菩萨送出洞口。此时天将大明，已有乡人到田间巡视，和尚也鸣锣报警。焦达峰一见不好，说：“坏了，速速将菩萨投于陂塘，不要让人看见。以后若有机会，可再来取。”三人领命，将金菩萨投入水中，逃之夭夭。走到中途，遇到另外四人，焦达峰怒斥道：“你们误了大事！赶快拿出包裹中的衣服，换掉我们身上的湿衣，以免不雅观。”走不上几里，只见闻知金菩萨被盗的善男信女，络绎不绝地到来。他们更加惊慌，分途疾走，虽然几经危险，终于安然而回。几个月绞尽脑汁筹划的盗取金菩萨奇计，来回奔驰三次，耗费了不少金钱与人力，最后还是以失败而告终，正应了俗语所说的，偷鸡不成反蚀一把米了。

其后，邹永成到汉口会见孙武等人，询问湖北革命进行情形。焦达峰在座，说起盗取金菩萨失败，经费困难。邹永成又向他住在武昌的伯母动起了脑筋，说：“家伯母蓄有首饰，还有几根金条，但不知放在哪个箱子里，如有办法取得，可以资助。”便拜托孙武去找麻醉药。孙武找来，嘱咐他放在酒中，解法是多喝咖啡。他便买了一瓶顶好的葡萄酒，一盒好咖啡，把药放在酒中，摇了几摇，来到伯母家中，说：“今天我要到日本去，特地带了一瓶酒来，要和家人痛饮几杯分别酒。”伯母一听很欢喜，留下他吃午饭。由于酒很甜，伯母一连喝了五六杯，他小堂妹也喝了一杯，他又赏佣人和丫头各一杯。怕她们生疑，他也放怀畅饮，觉得头晕，急忙跑到房中拼命喝咖啡。头脑清醒后出来看看，伯母她们一个个还是老样子，只说这酒不好吃，有些难过。他知道麻醉药没有发挥作用，立即告辞。过江以后他又想出第二个办法，打发胞弟邹永乾去骗伯母的八岁小儿子邹安众，说“伯母到汉口看戏去了，要我过江来接你”，把他带到邹永成预先在日本租界租定的日本旅馆藏匿。邹永成的四叔找他要人，他要伯母拿出大笔钱来赎。经其四叔调解，伯母拿出八百元，他才把绑架的堂弟放出。他伯母气他不过，从此结成终身仇恨。

以后邹永成说：“我为革命筹款想出这许多没出息的主意，结果不过得着八百元，也不免有些懊丧。”岂止“没出息”！绑票勒赎和盗窃国家珍贵文物都是盗匪行径，理应受到法律制裁。但他们都是以革命的名义进行的，民国以后又一跃成了辛亥革命的功臣，做贼之事当然不会有人追究了。

汤氏两兄弟

汤化龙字济武，汤芗铭字铸轩，湖北蕲水县（今浠水县）人。其先世经营商业致富，咸丰、同治年间遭遇兵祸，家道衰落，后稍复苏。二人为同胞兄弟，化龙居长，但彼此在志向、政治主张和品德等方面均有所不同，因而所选择的道路也有区别。

汤化龙1902年中举人，1904年中进士，授刑部主事。其时清廷正行新政，他见世事变化剧烈，时局极其危险，以为政治不革新，国亡不可挽救；而欲救国，必须博求新的知识，1906年毅然请求资送留学日本，入法政大学速成科学习。在留学期间，他结交了许多立宪派的朋友，与梁启超意气相投，赞成其君主立宪救国的主张。他有一句口头语："政治不可以骤变，骤变必使新旧接不上头，引起社会混乱。"他衷心推动日本的维新事业，以为可以作为中国革新的榜样。与留学的同乡组织教育学会，成立湖北地方自治研究会，相约回国后各就所能，从地方自治和教育事业着手，推行改革。1908年秋毕业回国，任民政部主事。不久，湖广总督陈夔龙奏调其筹办自治事宜，旋又委派其任咨议局筹办处参事。1909年，他倡立湖北教育会，被推为会长。5月湖北宪政筹备会成立，他任书记，为实际上的负责人。10月当选为省咨议局副议长。

汤芗铭于1903年中举人，后肄业于武昌文普通学堂，1904年选送西欧学习海军。孙中山在巴黎留学生中发展革命组织时，他曾填写自愿书，宣誓加盟，旋又盗取自愿书自首。1909年回国，在长江舰队任职，继而任海军巡洋、长江两舰队统制萨镇冰的参谋。

1910年，封建官习极深的湖北省咨议局议长吴庆焘私自辞退局中书记，任用私人，遭到议员激烈反对，被迫辞职而去。经常驻议员议决，汤化龙递补为正议长。其后，他发起成立汉口宪政同志会，当选为会长，兼宪政讲习所所长。

这一年，全国掀起了速开国会请愿运动。5月，省国会请愿同志会成立，汤化龙被推举为书记员。6月第二次请愿失败后，他对清政府极为不满。8月，出席第一届各省咨议局联合会，当选为主席。他在开幕的讲话中即宣言，要通过联合会组织政党。在讨论议题时，他说：政府颁布的集会结社律，“最不适于政党之发生”，如政治结社不准过一百人，政论结社不准过二百人，学堂教员不许为社员、会员等，“均他国所无，为我所独有者。循是不改，则我国政党必无出现之日，即立宪永无收效之期”。其发言得到大家赞成，将修改集会结社律作为会议的重要议题。会议期间，国会请愿代表团向联合会建议，如果朝廷再不允许速开国会，就不承认新租税。汤化龙认为，不承认新租税，并非鼓动一般国民反抗租税和不法行为，异常支持，叫大家不要过虑。

9月26日，汤化龙回到湖北，立即召开汉口各团体特别大会，向大家报告了咨议局联合会、国会请愿代表和政府对待速开国会的态度，共同决定了第三次请愿的有关问题。10月16日，汉口国会请愿同志会向咨议局递交了陈请速开国会建议书，咨议局立即审查通过，转呈总督代奏。22日，汉口同志会再邀武昌总商会、宪政筹备会、教育总会、咨议局等八大团体的代表开会，研究请愿方法，决定向总督请愿。28日，得知政府定于1913年召开国会的消息，汤化龙等人立即以咨议局名义致电军机处，要求速行召集国会。

1911年4月下旬，汤化龙赴京出席第二届咨议局联合会，湖北各团体数百人特为其设宴饯行。启程时，各界一千余人又列队到火车站为之送行。汤化龙至为感动，表示：“此次入都，自必竭力以死相争，不负诸君厚望。”抵京后，得知清政府向外国借款修筑铁路，他急电湖北咨议局和铁路公司，马上派代表赴京力争，并云：“如朝廷不肯收回成命，决定不缴税纳捐。”

5月12日，第二届咨议局联合会召开，汤化龙当选为审查长。次日会议一开始，他就提出要推倒皇族内阁。与会人员同意，推他起草文件。6月6日，联合会呈请都察院代奏，皇族不宜充当内阁总理，请另简大员组织内阁。12日，联合会本应闭会，因朝廷对联合会所上的几个呈文未发明谕，以后还有许多工作要做，主席谭延闿要求大家不要出京。汤化龙支持，说：“我们所抱之大希望是改良政府，此事一时既做不到，我们只好求之于社会。若抱救亡目的而来，不能得一字解决，遂烟消瓦解而去，使政府看我们直是乌合之众，我们将来定不能再做全国政治上之事，此种影响甚大。”又说：“大家回去后，必须将此次请求不得之情形宣告于国民，内容即系宣布政府罪状，而各局（咨议局）开常年会时急须同时提出建议上奏案，总之内阁问题我们不能放松一步也。”大家决定先不出京。

6月16日，联合会就内阁问题再次研究对付政府办法。汤化龙提出三条：（一）仍向政府上书；（二）写一篇文章布告全国，“实质即是宣布政府罪状”；（三）致函各省督抚和驻外国使臣，求其赞助。大家同意。25日闭会时，汤化龙又说：我们提倡推翻皇族内阁的舆论，“是极健全而不可抗之舆论，果能布告国民，使国民确知现政府之不可恃，生出种种恶感，将来政府一定能推倒，此是确有把握的”。

7月4日，他与会议成员一起署名，将《请明降谕旨另简大臣组织内阁文》呈都察院代奏，不仅再一次指出皇族内阁违背君主立宪制度，而且指出对立宪制度、国家和君主都将带来严重危害，质问朝廷届时如何解决。并向各省发布报告书，指出内阁执行的政策都是亡国政策，名为内阁，实则军机；名为立宪，实则专制。次日奉旨，用人为君上大权，不准干预。他们又发表通告各团体书，严厉驳斥了上谕，表明了对清廷的绝望。会议期间，他还参与发起组织完全在野的政党宪友会，被推举为湖北支部发起人之一。

汤化龙平时与革命党人颇有交往，从北京回鄂以后，正值保路风潮激荡，他与最亲信的胡瑞霖、阮毓嵩、时象晋数次商议今后对待时局的办法，接受了时象晋“主张革命爆发，我们应该参加，不应该避开”的意见，具有了革命思想。

10月10日，革命党人在武昌起义。他们自以为出身低微，难资号召，亟欲找一个声望素著的人物充当领袖，物色的第一个对象就是汤化龙。汤化龙以文人不知治兵婉辞，但表示可在政治民事方面从旁赞佐。接着，他参加了革命党人召集的会议，“向首义同志表示欢迎与赞美”，并说：“革命事业，鄙人素表赞成。但是此时武昌发难，各省均不晓得，须先通电各省，请一致响应，以助大功告成。何况总督瑞澂遁走之后，必有电报到京，清廷闻信，必然派兵来鄂，与我们为难。此时正是军事时代，兄弟非军人，不知用兵。关于军事，请诸位筹划，兄弟无不尽力帮忙。”

会上推举原新军第二十一混成协统领黎元洪为都督，汤化龙为民政总长。会后，汤化龙即代表咨议局通电各省咨议局，声明“维新绝望，大陆将沉”，号召“奋起挥戈”，“立举义旗”；又同黎元洪致电资政院和各省咨议局，陈述清廷违拂民意，不实行真正的宪政，人民愤激，不得已起而革命，旗帜鲜明地表明了他与清政府敌对的革命立场；同时召集咨议局议员集议表决，先将官钱局、造币厂、藩署三处现存之款，支给军用，解决了起义军队的粮饷问题；还到处发表演说，“成则共图勋名，败则生灵涂炭。我汉人从此扬眉吐气，在此一举，我汉人万劫不复，亦在此一举”，鼓舞士气，维系众心。13日，美国驻汉口领事到军政府询问革命后建立何种政体，他坚定地回答：“当废帝国，建民国，用共和政体。”为扩大巩固革命战果，他还代替黎元洪给海军巡洋、长江联合舰队统制萨镇冰写信，劝其起义。其后又带信劝他弟弟汤芗铭策动海军早日反正。他还参与制定了《军政府组织条例》，该条例对于消除起义初期的喧嚣混乱局面，加强军政府的统一领导和指挥效能，起了积极作用。在民政方面，他也做了大量工作。起义以后，省内各地政事无人过问，又值遭受水灾之际，社会动荡不安，他向黎元洪提出，宣布义军宗旨，使吏民各还职业，免去全年丁赋，以纾民困，使省内秩序得以迅速恢复。

萨镇冰在辛亥革命爆发后奉命率舰队赴汉口协助清军作战，汤芗铭随同前往。萨镇冰接到黎元洪的信，知道清廷大势已去，命令舰队下驶九江，只身去沪。而汤芗铭接到其兄来信，即举行起义，被推为临时海军司令，遂率舰队驶近武汉，参与对清军作战。南京临时政府成立，任其为海军部次长、海军北伐总司令。1912年南北统一，他入京觐见临时大总统袁世凯，极表忠忱。袁世凯亦乐于利用，授其为海军中将。

汤化龙担任民事部长后，因平素主张君主立宪，与革命党人主张不合，稍不自安，并未行使职权，怕引起革命党人误会。然而，革命党人因其为立宪派，掌握民事大权，所援引的局长皆非革命党人，深为不满，加以怀疑他篡夺军事大权，因之对其言语不恭，甚至要以手枪对付。他见势不佳，悄悄离开武昌，前往上海。1912年1月1日南京临时政府成立，任其为法制局副总裁，但他未就职，发起组织共和建设讨论会，并被推为统一党理事。4月入京，当选为临时参议院副议长；5月，加入共和党，当选为干事；10月，另组民主党，被举为干事长。

1913年，以孙中山为首的国民党因宋教仁在上海被暗杀而发动“二次革命”，袁世凯命军队镇压，汤芗铭率海军参加了这一行动。国民党很快失败，袁世凯将曾宣布湖南独立的都督谭延闿调入北京，委任汤芗铭为湖南查办使，旋正式任命为湖南都督。汤芗铭至湘后，实行极其残暴的统治，两年间屠杀了万余革命党人和无辜群众，人民称其为“汤屠户”，其要政就是“抄、押、杀”，因此，极受袁世凯赏识。1914年6月，袁世凯裁撤各省都督，任汤芗铭为靖武将军，督理湖南军务。

汤化龙在1913年当选为第一届国会众议院议长，出任进步党理事兼湖北支部长。袁世凯镇压了国民党的“二次革命”后，下令取消国民党籍的议员资格，迫使国会无法开议。汤化龙面见袁世凯力争，并与其他众议员一起联名上书质问袁世凯：此举是根据何种法律？国会在民国是否还有必要？1914年袁世凯正式解散国会后，任命汤化龙为教育总长。

1915年8月，袁世凯背叛民国，授意杨度组织筹安会，鼓吹帝制。汤芗铭马上积极响应，怂恿叶德辉等发起组织筹安会湖南分会，制造舆论，大得袁氏欢心。9月，他想在各省军民长官中抢个拥戴袁世凯称帝的头功，首先电请改行君主立宪，并特别向袁世凯表达了一定要把他拥上皇位的赤诚忠心，发誓说：“倘怀挟私意之徒公然阻挠救国大计，誓当为王前驱，除此公敌！”10月28日，他按照袁世凯的意旨，召开国民大会，进行国体投票，严嘱各代表务必竭忠赞成君主立宪。投票一致通过后，他又亲率全体文武官员和国民代表北面长跪，并立即致电袁世凯说：“伏乞我大总统俯顺舆情，早登大位。”12月12日，袁世凯接受代行立法院的参政院推戴，承认帝位。接着为笼络人心，21日册封汤芗铭为一等侯。岂料25日，蔡锷和唐继尧等便通电全国，组织护国军，讨伐袁世凯叛国称帝。袁世凯非但不知悔改，反而谋求帝位愈急，竟于1916年元旦将总统府改称新华宫，称中华帝国，以“洪宪”年号纪年，接受百官朝贺，做起皇帝来了。

汤化龙与其弟相反，得知袁世凯帝制自为后，非常绝望，先托词前往天津就医，旋辞职赴上海展开讨袁活动，保卫共和制度。他联合参众两院议员，领衔发表国会议员通电，进行声讨，本人亦发表劝告袁世凯退位电，派人劝汤芗铭宣布湖南独立。1916年3月22日，袁世凯在护国军和全国人民的强烈反对下，被迫撤销了帝制，但又恬不知耻地自居总统。汤化龙致电袁世凯说："国民今日不能以取消帝制恕公，实为国民历史争一线之人格，非仅感情之冲动也。"逼其下台。又列名十七省国会议员通电予以斥责："反复诡诈，觍颜恋栈"，"出尔反尔，毫无顾忌"。

汤芗铭起初尚不理会乃兄劝其反戈，继见袁世凯大势已去，长沙已成孤城一座，自己的生命和地位因汤化龙通过谭延闿联系，得到了保证，方于1916年5月29日通电反袁。其致袁世凯电说："顾我公一日不退，即大局一日不安，现状已不能维持，更无善后之可言。湖南军民愤慨，无可再抑。已徇全湘绅民之请，宣布独立，以促我公引退之决心，以速大局之解决。深望毅然独断，即日引退。"紧接着又电袁说："须知公即取消帝制，不能免国法之罪人。芗铭虽有知遇私情，不能忘国家之大义。""但使有穷途之悔悟，正不为箕豆之相煎。如必举全国而牺牲，惟有以干戈相见。情义两迫，严阵上言。"袁世凯视其为一条忠实的走狗，阅过电报，受到极其沉重的打击，原有的病情更加严重，从此卧床不起，6月6日一命呜呼。

袁世凯死后，黎元洪继任总统。1916年8月国会重开，汤化龙复任众议院议长。1917年5月辞职。以后出任段祺瑞讨逆军参赞，声讨张勋复辟，后任段祺瑞新内阁内务总长。因反对恢复旧国会，主张召集临时参议院，受到南方护法军政府的明令通缉，11月随段祺瑞下野。1918年3月出游日本，历时半年。继而去美洲，9月1日在加拿大维多利亚市被国民党籍华侨王昌枪击身死。

汤芗铭在袁世凯死后寄居北京，以研究佛经自遣。1922年，总统黎元洪任其为湖北省长兼武阳夏商场督办，因遭吴佩孚等人抵制，未能到任。1937年日寇侵华后，他一度充当伪维持会长。抗战胜利后加入民社党，任常委，得到党魁张君劢庇护，未受处分。中华人民共和国成立后，两次被捕，均免于起诉处分。1975年初病逝。

如出一辙

1911年5月，以庆亲王奕劻为首的皇族内阁宣布实行铁路干线国有政策，同英、法、德、美四国银行团签订了湖广铁路借款合同。“铁路国有”本来理论上没有问题，官办商办都可以，向外国银行借款也可以。但向外国借款，按照资政院章程，必须要经资政院通过；政府收回商办铁路国有，涉及到湖南、湖北、广东和四川这几省商民的利益，按照咨议局章程，也要经咨议局通过。而这两件事，皇族内阁都擅自决定，完全违背立宪原则，因而遭到四省人民的抵制和反对。四川的商办铁路股款系按亩加捐，直接关系到劳动人民的利益，6月借款消息传到成都以后，几千万人一下子就闹起来了，四川咨议局议长蒲殿俊、副议长罗伦和立宪派人士立即成立了保路同志会，承担起领导保路的斗争。

8月24日，成都各学堂开始全体罢课，全城罢市。保路同志会在劝告不要暴动的同时，连夜印发“圣位牌”，正中写“德宗景皇帝（光绪）之神位”，两边分写“庶政公诸舆论”、“铁路准归商办”，要各家供奉于门口，焚香膜拜。“庶政公诸舆论”和“铁路准归商办”都是光绪皇帝颁发的上谕中的话。以先皇光绪的上谕来对抗当今宣统的上谕，是立宪派人士采取的一种高明的斗争策略，使得政府和地方官吏有口难言。在成都的影响下，罢课、罢市迅速蔓延全省。

署理四川总督赵尔丰将人民罢课、罢市的激动情形，发电报向朝廷奏明，并提出将借款问题提交资政院议决，以便转危为安。皇族内阁非但不理会四川人民的要求，反而命赵尔丰进行严厉镇压。邮传大臣盛宣怀致电赵尔丰说："要胁罢市、罢课，即是乱党。"大肆叫嚷："罢市、罢课倡首数人，一经严拿惩办，自可息事宁人。"（《辛亥革命前后》，第130－131页，上海人民出版社，1979年）内阁命令赵尔丰："如敢再有借词煽惑之人，即行严拿惩办。"（中国社会科学院近代史研究所档案）

四川人民看到清政府所下的命令，"无一非与国民宣战之书"（《辛亥革命前后》，第138页），9月1日，四川铁路公司股东会决议不纳租税，立即通告全省。少数地区的人民开始了捣毁地方巡警局、厘金局、经征局的暴动，同政府的斗争已到了短兵相接的地步。清政府闻知，非但不想方设法缓解矛盾，反而命令赵尔丰切实弹压，并命督办粤汉、川汉铁路大臣端方迅速带兵赴川查办。赵尔丰为了保住自己的地位，下令严厉查禁。9月6日，有人散发《川人自保之商榷书》的小册子，赵尔丰硬指该书意图独立，次日即将咨议局、保路同志会、铁路公司的领导人蒲殿俊、罗纶、邓孝可、颜楷、张澜、胡嵘、江三乘、叶秉诚、王铭新诱捕，软禁于督署。

赵尔丰的野蛮行为使得整个成都震动了，群众扶老携幼，手捧着或头顶着光绪皇帝的牌位，像潮水一般涌向督署，要求释放蒲殿俊等人。惨无人道的赵尔丰竟下令士兵向徒手的群众开枪射击，打死三十二人，年龄最小的仅十三岁，受伤的不计其数。

赵尔丰尽管扬言蒲殿俊等人"谋为不轨，查有实据"，可是根本拿不出来，更无法坐实群众暴乱。为了掩盖刽子手的血腥暴行，他只好血口喷人，栽害诬陷，在下令进行大屠杀的同时，特意密令警务公所提调路广钟在靠近督署的联升巷放火。赵尔丰向朝廷谎报说：蒲殿俊等谋于9月8日"聚众起事，先烧督署，旋即戕官据城，宣布独立"，突有"匪徒数千"，均带火具，先使人在附近放火，以图扰乱，旋即凶猛地扑向督署，砍伤官兵数人，进冲二门，直至大堂，并扑两廊官房，他"见事势已急，当即饬令兵队开枪抵拒"（《四川保路运动史料》，第315页，科学出版社，1959年）。朝廷相信了他的奏报，命其迅速查拿，命湖广总督瑞澂派兵迅即入川。

鲜血使四川人民认识到"当道横蛮"，"残毒暴烈"，"不能以法理要求"，"朝廷暨督抚系大大之强盗"，"官逼民反"。（《四川保路运动史料》，第318、459页）9月8日，保路同志军便开始向成都进军，全川响应，清王朝迅即被辛亥革命的大风暴所埋葬。

1912年中华民国建立，在历经了袁世凯、黎元洪、冯国璋、徐世昌、曹锟几位总统以后，“执政”段祺瑞于1926年又制造了一起“三一八”惨案。

这一年3月12日，冯玉祥的国民军与奉系军阀作战，日本军舰违反国民军提出的必须遵守的起码条件，掩护奉军军舰驶进天津大沽口，国民军发空炮警告，日本军舰竟报以实弹射击，国民军不得不予以还击，将其逐出大沽口。日本却向中国提出抗议，并联合英美等八国于16日向段祺瑞执政府提出最后通牒，要求撤除大沽口国防设备等要求，限四十八小时答复。“大沽口事件”及各国的威胁立即激起中国人民的极大愤怒。3月18日上午十点，由李大钊主持，北京总工会等团体和各校学生五千余人在天安门集会抗议。大会结束后，二千多人高呼着“打倒帝国主义”、“驱逐帝国主义公使出境”等口号，前往铁狮子胡同向国务院请愿。抵达国务院东辕门后，群众推举五位代表入内。不久，段祺瑞竟下令卫队开枪，打死群众四十七人，打伤一百五十余人。

惨案发生后，段祺瑞政府为了开脱责任，掩饰血腥罪行，在当天发表了一通颠倒黑白的指令，说李大钊等人“假借共产学说，啸聚群众，屡肇事端”；此次惨案，系李大钊等人“率领暴徒数百人，手持枪棍”，闯到国务院，袭击军警，“泼火油，抛炸弹”，军警出于“正当防御”，以致互有死伤。（《申报》1926年3月21日）这种骗人的鬼话，稍微有点政治头脑的人，谁都不会相信。鲁迅在当时就一针见血地指出：“墨写的谎说，决掩不住血写的事实。”（《无花的蔷薇之二》）

段祺瑞制造的“三一八”惨案与赵尔丰制造的成都大血案相隔十几年，而他们在枪杀无辜的爱国群众以后，却都颠倒黑白，诬蔑群众为“暴徒”，事情如出一辙。历史这般相似，究其原因，就是他们手中缺少真理，只能依靠暴力统治，而又不敢让人民知道事情的真相，不得不用谎言加以掩盖。他们的这种手段虽然卑鄙到极点，为一切正直人士所不齿，但总有后来者。

赵尔丰镇压人民群众遭到了“现世报”，辛亥革命爆发不久，即被四川人民处决。段祺瑞没有落得赵尔丰那样的下场，但很快也下台了。历史真相是瞒不住的，谁也休想篡改。为人民做了好事的执政者，人民会永远纪念他；屠杀人民的，纵然能够得意嚣张于一时，但最终逃脱不了被钉在历史耻辱柱上的命运。历史是公正的，也是无情的！

杨乃武与《申报》的一段机缘

杨乃武与小白菜（即毕秀姑，葛品莲之妻，貌颇清秀，喜穿绿色衣服，腰系白色围裙，人们给她起了个绰号叫小白菜）案是晚清一件轰动朝野的大案。起因是小白菜与葛品莲结婚后，租住杨乃武家一间屋，其时杨乃武妻子刚死不久，两家比邻而居，来往较为密切。时间一久，葛品莲怀疑其妻与杨乃武有染，但也只是怀疑而已。1873年冬，葛品莲忽然暴死，其母即向余杭县控告小白菜谋杀亲夫。县令刘锡彤轻听传言，草率验尸，认为葛品莲是中毒而死，遂对小白菜滥施酷刑。小白菜经不住折磨，便违心地供出与杨乃武通奸，合谋杀夫。刘锡彤又将杨乃武拘捕，杨乃武矢口否认。杭州府知府继续审讯，杨乃武在酷刑之下只得屈打成招，承认从药店买了砒霜毒死葛品莲。知府拟定小白菜凌迟处死，杨乃武斩首示众，上报到省。巡抚杨昌濬虽经审讯，仍照知府所拟罪名及判决上报刑部。后经许多周折，朝廷下令刑部复查。直至1877年1月，刑部当众开棺验尸，验明葛品莲并非中毒而死，系得病而亡，杨乃武与小白菜的冤情终于得到昭雪。对此案情，由于后来《杨乃武与小白菜》戏曲的上演，可说是家喻户晓。但对《申报》在案件审理过程中的仗义执言及杨乃武平反后任《申报》主笔和离开的事，就不为人知了。

《申报》由英国人安纳斯脱·美查于1872年在上海创办，杨乃武被捕入狱之后，此案就引起该报的密切关注，不过，都是有闻必录，其中自然免不了道听途说，不尽真实。随着案情的进展，《申报》就逐渐同情杨乃武与小白菜，并为他们鸣冤叫屈了。1874年12月，该报登载了一篇《论余杭县案》，此文在简略地叙述了案情之后，明确指出：设使此案系小白菜受屈，县官全不顾忌，放胆施刑，曲断害民，古今天下之冤，实无甚于此者，可谓奇而益奇之冤。1875年8月，该报闻知接办此案的浙江学政胡瑞澜秘密审讯，刊发消息，表示出强烈不满。11月得知胡瑞澜维持小白菜凌迟处死、杨乃武斩首示众的原判，用“乃武归天，斯文扫地”为题进行报道，替杨乃武大鸣不平。杨乃武的同乡看了，对审判异常气愤，向京官诉说案情疑点。12月刑部上奏请旨，将此案驳回再审。继而十余位浙江籍的京官和绅士联名呈请都察院平反冤狱。慈禧遂决定将此案交刑部秉公审断，命令巡抚杨昌濬提齐人犯、证人、案卷和尸棺，送往刑部。谕旨到达浙江以后，作为卖砒霜给杨乃武的重要证人钱宝生却突然死去。1876年3月，《申报》登出新闻，怀疑钱宝生之死；4月，又发表署名文章指出，当提案进京之际，钱宝生适以病死，何以这么巧呢？1877年1月，案犯、证人、案卷和尸棺及县令等人押解至京，人称“黑包公”的刑部尚书皂保亲自审讯，真相终于大白于天下。

杨乃武之能得到平反昭雪，与《申报》虽无直接关系，但《申报》能够仗义直言则是无可置疑的。《申报》的老板美查相当精明，知道杨乃武素有刀笔之能，颇富文才，便想利用其知名度来提高报纸的发行量，于1878年聘请他担任该报主笔。杨乃武在案结后回到浙江原籍，经过一段时间的调养，身体慢慢恢复。通过此案，他接受了教训，再无昔日的霸气，并将世事看穿，心灰意冷。为了答谢《申报》的援手大恩，他经过再三考虑，还是答应了。谁知他进入报馆不久，又因编发的一篇译文惹来一场大麻烦。

1878年7月19日，《申报》登出一条新闻，题为《星使驻英近事》（中国古代称皇帝的使者为星使，近代指驻外国公使；1876年，郭嵩焘被任命为首任驻英国公使），其中有这么一段话：

英国各新闻纸（报纸）言及中国朝廷驻外大使（实为公使）之事件，每涉诙谐。近阅某日报云，英国最近设立之画院内有一小像，俨然是中国朝廷的驻英大使。据画师古曼云：“我欲画大使的小像，见大使有踌躇之意，延迟许久才答允。我又多方相劝，大使才肯就座。我欲观其手，但大使置在衣袖中，不肯出示。我必欲挖而出之，大使遂更局促不安了。坐定后，大使正色说：'画像须两耳齐露，若只一耳，观像的人岂不要说，一只耳朵已被割去了吗？'大使又说：'帽子上的翎顶必应画入。'我以为翎顶为帽檐所蔽，翎枝又在脑后，断不能画。大使听说后，即俯首至膝，问我说：'如今见到翎枝否？'我回答说：'大使的翎顶虽见，但大使的面目不存在了。'大使闻听此言，彼此大笑。大使愿意脱帽而坐，帽子另绘一旁。我又请大使穿朝服，大使正色说：'若穿朝服，恐贵国臣民见之，磕头不遑了，才不穿朝服。'"以上皆画师古曼所说而经该报（西字报）刊载。画既成，大使认为此画惟妙惟肖，欲请画师古曼为其夫人画像云。笔者认为，此事如果确实，在大使不过是游戏之语，西字日报何必述录之，岂不是对大使肆意取笑吗？显然对睦邻之道是不合。本报之所以译刊此文者，是告诉西人，此等文字虽刊在西字报纸，华人也能知晓，不要徒逞舌锋，使语言文字之祸又见于今天也。

杨乃武虽然声言英国报纸谈到中国驻外使节之事，每涉诙谐；指出这篇文字对使节肆意取笑，不合睦邻之道，但古曼的谈话却把郭嵩焘形容得像个滑稽小丑，严重地损害了他的形象。

管理外交的总理各国事务衙门大臣见到这条消息，认为郭嵩焘这种神态，殊失公使身份，遂发出函电，予以诘责。郭嵩焘当时正在法国巴黎，接到函电，惶惶不安，旋亦看到了《申报》的译文，不禁大怒。画像之事确实有，那是1877年夏天，他看到副使刘锡鸿请古曼画的一幅天主圣母像颇佳，嘉奖了几句。古曼便说："今蒙钦差不弃，愿画尊照一幅，不计画工，但赐笔费，就可以了。"郭嵩焘甚为欢喜，遂议定笔费二十镑。正拟择日绘画，郭嵩焘不耐久坐，便与古曼商量，可否先以相片作为蓝本，古曼同意。次日他们便同使馆随员、英国人马格里赴照相馆拍照。拍照之时，郭嵩焘认为顶珠必须露出，否则外人不知所戴为何帽子；脸面不可正，也不可过偏。拍完了照片，洗出来交给古曼。郭嵩焘与古曼的上述活动，均由马格里担任翻译。十日之后，古曼送来画稿。此为当时画像的情形，使馆人员都知道。

而《申报》所登的则是另外一种情形，郭嵩焘见报后怎能不怒？他当即令马格里致函古曼，诘问何以妄造此言；同时致电《申报》，询问此条新闻译自何报。其时古曼出游在外，家人无法通知他。《申报》则两次电询，均无回音。后来古曼来信说：《申报》所登各节，全系虚妄。并说他一方面致函各报辩白，一方面根究此项新闻出自何报，恢复自己的名誉。郭嵩焘见《申报》两次电询未复，又发第三次电报，告以如不答复，定当诉之法庭，并将复电费汇去。至此，《申报》再也不能置之不理了。

杨乃武编发的新闻是翻译人员译自英国人在上海出版的英文报纸《字林西报》，《申报》的股东们恐怕道出实情会连累《字林西报》，影响以后本报翻译《字林西报》的业务，对杨乃武更为不利，乃复电郭嵩焘说：该项新闻，译自本年某月某日《欧卧阑报》。郭嵩焘遂令马格里前赴该报查问。《欧卧阑报》系每星期日发行，《申报》所说的某日并非星期日，该馆并不出报。马格里估计《申报》复电所说的日期可能有误，便将该报全月购买下来，遍阅也没有找到。郭嵩焘更加愤怒，一方面令当事人古曼和马格里各写辩白函，分寄《申报》及欧洲各日报登载，使人知道此事的原委；另一方面，再向《申报》追查，要其交出译文的底稿，并威胁说，如不交出，后果自负。《申报》谎称译自《欧卧阑报》，原想搪塞一下就无事了，没想到郭嵩焘志在彻底根究。事情到了这个地步，实在无法隐瞒下去，只好交出了《字林西报》的英文原稿。

郭嵩焘接到《字林西报》的英文原稿，令使馆人员详细调查，始知《字林西报》是转载自伦敦5月16日的《喀尔司喀尔纳报》。再进一步调查，又查到古曼身上了。原来，古曼之弟古丹为《代立太理格拉弗报》的主笔，闻听其兄为郭嵩焘画像的消息，便去探问当时的情形，随后告知《代立太理格拉弗报》的编辑，但恐妨碍古曼，又介绍给《喀尔司喀尔纳报》，由该报登出。该报登出时并无虚夸的情节，是《字林西报》转载时加进去的，郭嵩焘为此花费了往来电报费三千余元。恰巧此时郭嵩焘任满回国，没有继续追究下去，此案就不了了之了。

杨乃武经受了上一次的冤狱，已成惊弓之鸟。现在又得罪了郭嵩焘，怕其报复，加以听说上海道下令追究责任，急忙辞去主笔的职位，返回余杭。《申报》员工深恐其再遭牢狱之灾，对外绝口不谈此事的底细。杨乃武回到家乡，更是讳莫如深。所以外界对他离开《申报》的原因，均不知道。直到事过境迁之后，《申报》员工才稍稍向外界透露。

第二章　预备立宪时代

清政府无意改革政治制度，更无意进行重大改革。其之所以在1906年决定改革封建专制政治制度、预备立宪，主要是以立宪派为代表的人民群众促成的。

预备立宪是怎样搞起来的

1906年9月1日，执政的慈禧太后以光绪皇帝的名义发布了一道“仿行宪政”的上谕。这道上谕在叙述了中国国势不振和各国富强的原因后写道：“时处今日，惟有及时详晰甄核，仿行宪政，大权统于朝廷，庶政公诸舆论，以立国家万年有道之基。但目前规制未备，民智未开，若操切从事，涂饰空文，何以对国民而昭大信。故廓清积弊，明定责成，必从官制入手，亟应先将官制分别拟定，次第更张，并将各项法律详慎厘订，而又广兴教育，清理财务，整饬武备，普设巡警，使绅民明悉国政，以预备立宪基础。着内外臣工切实振兴，力求成效，俟数年后规模粗具，查看情形，参用各国成法，妥议立宪实行期限，再行宣布天下，视进步之迟速，定期限之远近。”（《清末筹备立宪档案史料》，第43－44页，中华书局，1979年）

所谓“宪政”，就是民主的政治。当时在资本主义国家有两种政体形式，共和国家实行民主立宪，如美国、法国等；有君主的国家实行君主立宪，如英国、德国、日本等。上谕中所说的“立宪”即指君主立宪。君主立宪就是制定宪法，将无限制的君主权力限制在一定的范围之内。有无宪法限制君权，是君主立宪与君主专制的根本区别。而宣称“仿行宪政”，“以预备立宪基础”，就是公开承认中国的政治制度不如资本主义国家优越，必须向外国学习，大加改革，为实行正式的民主政治打下基础。

戊戌政变时，慈禧曾把提倡君主立宪视为大逆不道，而今则准备实行。短短几年时间，其态度何以会有如此重大变化？这就需要从此前的国情谈起了。

一

1900年义和团运动爆发，慈禧太后欲加利用，向与其有一定矛盾的列强进行报复，于是下令开战，结果被八国联军打得大败。首都北京沦陷，她急忙率光绪皇帝等人仓皇出逃，一直逃到西安方才稳定下来。1901年9月，清政府与列强签订了《辛丑条约》，人民的灾难愈益深重，中国的半殖民地化进一步加深。蒙受如此空前绝后的奇耻大辱，全国人民无不痛心疾首，有识之士均认为这是慈禧推翻戊戌维新、重用顽固守旧大臣所造成的恶果，纷纷要求她下台。列强对慈禧的顽固守旧更加厌恶，曾想把她当作祸首处置。慈禧感到脸面丢尽，无法向天下臣民和反对开战的光绪皇帝交代，相当懊悔。为博取列强好感，笼络安定人心，保住统治地位，她在出逃途中即下令实行新政，接着设立了推行新政的领导机关督办政务处。其后虽在某些方面做了一些改变，然而由于徘徊观望、敷衍塞责的官员多，成绩不太显著。

早在慈禧推翻戊戌变法以后的1899年，有识之士看到她执行的政策遏绝了维新生机，极其不满，就发出让维新皇帝光绪重新执政的呼喊。经过1900和1901年国家民族所遭受的巨创深痛以后，她推行的新政自然更无法满足广大人民的心理需求。人民急欲改变国弱民贫的面貌，迫切要求在政治上来一番重大的根本的改革。

对封建专制的中国来说，走君主立宪之路符合人民的利益和愿望。国人首倡者为郑观应，大力宣传这一思想的要推“舆论骄子”梁启超。1901年6月，梁启超发表《立宪法议》一文，介绍了世界上现存的君主专制、君主立宪和民主立宪三种政体，指出君主立宪最为优越，立宪是世界历史发展的潮流，中国也要立宪，任何人都阻挡不住。他认为如真爱国，就应当兴民权，实行君主立宪；但又认为中国现在还不能马上实行，应先做好预备立宪的工作，并设想了实施的次第。其后又连续撰文阐述宪政思想，劝告清廷实行立宪。

在日本的部分留学生和国内的先进分子也将立宪视为救国方案之一，大力呼吁。君主立宪作为一种社会思潮初步勃兴起来了，维新派的称谓遂为立宪派所取代。

1904年2月，日本与俄国为争夺朝鲜和中国东北地区而爆发战争。由于战争是在中国的土地上，又是在立宪的小日本和专制的大俄国之间进行的，立宪派人士倍加关切。他们见全球富强之国不是立宪，就是共和，认为立宪胜于专制乃是世界的“公例”。可是，由于素称头号强国的俄国存在，他们又对这一“公例”产生怀疑，不敢遽下结论，说话的口气硬不起来；他们期望日本胜利，证明这一“公例”。

战争的结局完全符合他们的期望，日本战胜了俄国。立宪派人士认为，这种“以小克大”的结局除了用立宪与不立宪来解释，再也找不出别的理由。其他开明人士也受到了启示，纷纷说：日俄战争不是军队竞争，而是政治竞争；不是日俄两国之战，而是立宪与专制两种政体之战。一致得出结论：专制必败，立宪必胜。日俄战争有力地刺激着国人的觉醒，连许多守旧人物也鄙弃专制，投入立宪运动的洪流。

民族危机的加重也迫使人民加快了要求立宪的步伐。在日俄战争期间，英军攻占了拉萨，强迫西藏地方当局订立条约，妄想把西藏作为其独占的势力范围；德国和法国都派军舰驶入鄱阳湖，提出无理要求；美国则索取榆林、延安两府的煤矿权；俄国还分兵侵犯新疆的喀什噶尔和伊犁等地。日俄战争结束后，东三省主权能否保得住，也令国人深忧。立宪派大声疾呼：今天的中国已经到了生死存亡关头，欲救其亡，只有彻底改革专制制度，实行立宪政体。

革命运动的兴起是促使立宪运动高涨的又一因素。1904年国内革命团体相继出现，次年孙中山领导的中国同盟会在日本成立。革命派主张推翻清王朝，建立共和国，实行民主立宪，反对君主立宪。立宪派对革命极为同情，但认为革命不一定能够成功；即或成功，也要造成天下大乱若干年，消耗无数民财，残害无数人命，大伤国家元气；倘若列强乘虚而入，国家即有被瓜分的危险。从国家民族的大局和利益考虑，倒不如全国人民促使清廷，实行根本的政治改革来得稳妥而有利，所以他们反对采取暴力手段推翻清王朝。他们说，要消除革命，只有实行立宪一途。因为实行了立宪，一切平等，就可以融化满汉形迹，平息汉人的不平之气，汉人就不会仇满、排满、革满人之命了；立宪以后，国民取得了民权，可以参政，革命党人的目的达到，也没有借口了。

基于以上几种因素，再加上海的《中外日报》、《时报》、《东方杂志》和天津的《大公报》等积极鼓吹，至1905年，赞成立宪的人数骤然增多了，立宪的呼声更加高昂了，上自权贵大臣，下至学校士子，无不言立宪，一唱百和，异口同声，群呼："今日俄之役既明明示以立宪之利、专制之害，苟中国之人心犹未死尽，则其翻然悔悟，固不必待上智神圣之生。"（《论各省督抚议请立宪事》，《警钟日报》1904年5月20日）"二十世纪之时代，不立宪诚无以为国，不自由诚无以为民。"（《论自由必先具裁制之力》，《时敏报》1904年9月22日）"振兴中国，变专制为立宪，实为当务之急。"（《振兴中国何者为当务之急》，《大公报》1905年4月21日）一时之间，立宪的声浪响遍全国，"乃如万顷洪涛，奔流倒注，一发而莫之或遏"（文元：《中国政体变迁论》，《大同报》第7期），形成全国性的运动，"立宪"二字遂成为士大夫的口头禅。

二

大造舆论的同时，立宪派的精英们开展了实际活动。江苏、浙江的立宪派走在全国的最前面，中心人物有江苏名流张謇，浙江名流汤寿潜，以及张元济、赵凤昌、张美翊等人。他们认为要促成实行立宪，首先必须策动地方和中央权要，打通其思想，使其对朝廷施加影响和压力。

日俄战争刚刚爆发，江浙的立宪派人士便进行了紧急磋商，一致主张政府应当迅速派遣专使分赴各国，声明东三省主权属于中国，否则将来非常危险；并将想法向办理商约大臣盛宣怀陈述，请其联合大员作速上奏。盛宣怀遂与另一办理商约大臣吕海寰、湖北巡抚端方、两江总督魏光焘和署理两广总督岑春煊联衔上奏。但执政者以为为时过早，奏折被留在宫中，未予发表。立宪派人士得悉，又致函两广督署的幕僚们敦请岑春煊牵头，联合一批满汉大臣，合词再请。

张謇则不断地与魏光焘和湖广总督张之洞讨论立宪问题，并代他们拟出立宪奏稿。张之洞小心谨慎，嘱其探询直隶总督袁世凯的态度，以决进止。张謇早年为庆军幕僚时，曾受提督吴长庆的委托，教授袁世凯读书；吴长庆去逝后，张謇鄙视袁世凯的所作所为，断然与其绝交，至今已经二十年。考虑到如能得袁世凯加入倡导，对推动立宪极为有利，张謇毅然捐弃前嫌，致其一函，劝其效法日本明治维新时期的伊藤博文等人，赞成立宪。袁世凯认为还不到时候，没有同意。张之洞和魏光焘见其如此，未将折稿呈进。

此招不成，张謇和汤寿潜等人又进行了多次会谈，让张美翊上书军机大臣瞿鸿禨，请他认清形势，果决地倡导立宪，派人调查宪法。张謇听说首席军机大臣奕劻及其子商部尚书载振有赞成立宪之意，马上催促赵凤昌赶紧印刷《日本宪法义解》，分送宫廷和达官贵人。接着汤寿潜又致函其师瞿鸿禨，加以鼓动，同时献策说，应将派人出洋考察政治与保卫国家主权结合起来。

1905年6月，张謇再次致函袁世凯，从个人的安危荣辱下说词。袁世凯果然心动，联合调为两江总督的周馥和张之洞奏请实行立宪政体，以十二年为期。不久，岑春煊亦电奏：惟有举行立宪，方可救亡。瞿鸿禨在接到《日本宪法义解》后，即派其弟前往上海选购有关各国宪法的书籍，此时又秘密向慈禧面奏派员出洋，并准备亲自出洋考察政治。此外，还有出使法国大臣孙宝琦的上书和云南巡抚林绍年的奏请。对大臣们接连不断的奏请，慈禧十分重视，7月上旬即命朝中大臣对是否派遣大臣出洋考察政治进行了多次讨论。同月16日，清廷便颁发上谕，派遣镇国公载泽、初入军机的徐世昌、户部左侍郎戴鸿慈和湖南巡抚端方为出洋考察政治大臣，命他们率领随员，“分赴东西洋各国，考求一切政治，以期择善而从”。这一决定预示着清政府将在政治制度上加以变革。

三

为了节约时间和经费，五大臣出洋考察分途进行，载泽、徐世昌、绍英（后来加派的）一行前往日本、英国、法国、比利时，戴鸿慈、端方一行前往美国、德国、意大利、奥地利、俄国。但在1905年9月24日，他们由北京正阳门乘火车起行时，遭遇革命党人吴樾的炸弹爆炸，载泽与绍英受伤，没有走成。革命党人的炸弹惊醒了权要们，他们越发感到立宪的必要与紧迫。立宪派也以此事为契机，要求政府速行立宪。

为防止革命党人破坏，清廷设立了巡警部，徐世昌被任命为尚书，负责筹备；绍英受伤较重，不便远涉重洋，遂改派山东布政使尚其亨和出使比利时国大臣李盛铎代替他们二人。11月，出使俄国大臣胡惟德将俄国工人阶级和广大人民反抗专制统治，迫使沙皇政府让步，承认人民有言论出版、集会结社、人身和信仰自由，扩大选举权，召开国家杜马（议会）的情况报告了清政府。俄国一立宪，世界上的专制大国就剩下一个中国了，慈禧深感孤立，极度不安，马上谕令政务处大臣先拟出立宪大纲，待考察政治五大臣回国后再行修改。接着，出使美国大臣梁诚联合了一些曾任和新任出使各国大臣奏请宣示立宪宗旨，颁布地方自治制度，制定集会、言论、出版法律，五年改行立宪政体。慈禧又下令设立了考察政治馆，专门研究、编选各国宪政资料，供朝廷参考。12月，考察政治五大臣分两起先后出京，由上海放洋。

考察政治大臣们除了考察既定的出访国家，还参观了几个小国，一共周游了十四个国家，1906年7月回到国内。

昔日的统治者绝大多数受“夷夏大防”的思想禁锢，从不派人出国考察，不知外部世界是什么样子，自以为中国的文物制度、礼仪教化、风俗习惯等等最先进，哪国也比不上；老子天下第一，高明得无与伦比，根本瞧不起外国人，一概轻蔑地贬之为“夷”；他们视“国粹”如生命，死守死保，故步自封，一味盲目地坐井观天，夜郎自大，自吹自擂，自我陶醉，自欺欺人。通过这次出访，考察政治大臣们目睹了资本主义国家的物质文明和政治制度的优越性，眼界为之大开。他们最大的收获就是学会了“比较学”，懂得了“谋国者”必须“善用其比较之法”，也就是必须与外国作横向比较，才能晓得与外国有无差距，差在何处。在他们看来，中国与列强的根本差别不是任何别的东西，而是先进与落后两种社会政治制度的不同，不革除封建专制政治，中国无论怎样努力，也不可能缩小与外国的差距。当此“霸国主义”时代，中国若想生存，国富兵强，除采用立宪政体之外，别无他术。因此，他们回到北京以后，都详陈立宪利国利民，奏请采用立宪政体。

由于立宪是一场深刻的政治变革，朝内朝外许多官员顽固的思想意识、有限的陈旧知识、因循的作风习惯、敷衍的办事能力，都无法与其相适应。他们唯恐被淘汰，到处散布立宪有百害而无一利的言论；有的上折为专制制度辩护，说中国贫弱不在专制，而在君权不振；有的说立宪不利君、不利国、不利官，只助长民气嚣张。针对他们的谰言，载泽上折指出："宪法之行，利于国，利于民，独不利于官。"因为立宪以后，当官的权力不如以前大，利益不如以前多，所以极力阻挠，他们不是爱朝廷，而是为了一己私利；那些说立宪利汉不利满的人，也不是为国家着想，而是为满人谋一人一家私利；同时驳斥了人民程度不足的说法；请求圣明独断，不为众论所移，不为浮言所动。（《宪政初纲・奏议》，第4－7页，《东方杂志》临时增刊，光绪三十二年十二月）

慈禧看了载泽的奏折，大为感动。8月25日，她命醇亲王载沣、军机大臣、政务处大臣、大学士和参预政务大臣袁世凯阅看考察政治大臣条陈的折件。三天后大臣们进行讨论，绝大部分赞成实行立宪，事情就此确定下来，于是便于9月1日颁发下"仿行宪政"的上谕。

这道上谕尽管有强调"大权统于朝廷"，对政权的开放相当有限，没有确定正式立宪年限等缺点；但它确立了实行立宪的基本国策，准备改革政治制度，与国际接轨，使国家从此进入到预备立宪的新时期，即由封建专制政治向资产阶级民主政治过渡的新时期，正式拉开了中国政治制度近代化的序幕，是一个巨大进步。

在中国历史上，只要政治经济不陷入深刻的危机，社会不出现严重的动乱，统治者就自我感觉良好，按着老路子走下去；凡是重大改革，基本上都是在统治者觉得再也无法照旧统治下去的情况下，被迫无奈实行的。

清政府确立预备立宪亦然，并非执政者的先知先觉。1901年慈禧下令实行新政、命大臣条陈政见之始，出使日本国大臣李盛铎即明确奏请实行立宪，第二年又有官员奏请实行立宪，然而均不为慈禧和督办政务处所采纳，连两广总督陶模设立议院（并非真正的议院）的意见也不理会。

清廷在1901至1904年期间所推行的主要新政，如改总理衙门为外务部，增设商部，考核部院官员，翰林院编修、检讨以上官员学习政治，停止报捐实官；整理财政，设厂铸币；设立铁路、矿务、农务、工艺各公司；设立商会，保护利权；科举考试废除八股，改试策论，增考中国政治史事论和各国政治艺学策，停止武科生童试和乡会试，复开经济特科；各省府州县设立大中小学堂，选派留学生；裁减绿营、防勇，编练新军；办理巡警；满汉通婚等，均为行政、财政、经济、教育、军事、社会等方面的，无一涉及政治制度。由此可见，清政府无意改革政治制度，更无意进行重大改革。其之所以在1906年决定改革封建专制政治制度、预备立宪，主要是以立宪派为代表的人民群众促成的。

尚其亨出国考察丑闻

尚其亨，字惠丞，号会臣，奉天（今辽宁省）海城人，平南王尚可喜之后，1858年生。1892年中进士，1900年11月任山东按察使，1905年1月晋升山东布政使。

1905年7月16日，清廷决定派遣大臣出洋到各国考察政治，准备进行改革。9月24日，考察政治五大臣载泽、戴鸿慈、徐世昌、端方和绍英由北京正阳门车站乘火车启行，革命党人吴樾化装一番，携带炸弹上了火车，企图炸毙考察大臣。但在机车与列车挂接时车身震动，其携带的炸弹受撞，自动爆炸，载泽受伤很轻，绍英受伤稍重，五大臣出访日期被迫推迟。10月8日，为了预防革命党人破坏，清廷设立巡警部，任命徐世昌为尚书，徐世昌进行筹备，一时难得脱身；绍英创伤未愈，不便远涉重洋。于是又改派山东布政使尚其亨和新任命的出使比利时大臣李盛铎代替他们二人。

此时的尚其亨正回京城丁忧（遭父母之丧为丁忧。丁外忧指父丧，也称丁外艰；丁内忧指母丧，也称丁内艰。清代制度，官吏丁忧，必须离职在家守丧三年。如果政府命令不必离职，或者丧期未满令其复职，叫做夺情），他之所以能够被夺情，荣任出洋考察大臣，是因为他与慈禧太后有亲戚关系（其妹为慈禧之弟桂祥之妻）。但他平时放荡成性，酷好挟妓渔色，服丧期间仍然花天酒地，整日带着妓女林黛玉坐着雕车，招摇过市。故朝廷派其为考察政治大臣之后，知其人者无不骇然变色，以为派如此之人出洋，必然贻笑列国。

这次出洋考察分途进行，载泽、尚其亨、李盛铎一行前往日本、英国、法国、比利时，戴鸿慈、端方一行前往美国、德国、意大利、奥地利、俄国。1905年12月11日，载泽、尚其亨、李盛铎出京。身为出洋考察政治大臣，不仅责任重大，而且代表国家形象，既为国内人士所敬重，又为各国政府所注目，本应极为自爱，处处检点。然而尚其亨本性难改，恃有内援，刚出京城，到达天津，就召名妓留连竟日；至上海，又住宿迎春坊二巷林寓，酣饮三日三夜。

若是仅在国内渔色纵欲，尽管名声极坏，但却不用公款报销，国人也就看着考察大臣的面子，出于维护国家形象起见，不予计较了。岂料1906年1月16日抵达日本后，尚其亨再次故态复萌，上演了一出贻笑各国的丑剧。日本政府甚为欢迎中国的考察大臣，但由于习惯上尊重日本天皇家族，他们也重视中国的皇族，在接待时对皇族出身而又为考察大臣之首的载泽礼貌上自然优待一些，与尚其亨、李盛铎有点差别，尚其亨和李盛铎对此颇有意见。不过，李盛铎尚能顾全大体，约束自己。尚其亨则在载泽与日本元老伊藤博文、大隈重信等讨论问题时，置身事外，寻欢作乐，与一个日本妓女下田松子打得火热，神魂颠倒，不能自持。此事为日本媒体探悉，各报竞相登载，以致丑声远播，为各国所轻视。中国报界见其只知“专心研究于嫖界中之事业”，对朝廷派遣大臣出洋考察这种“中国历史上未曾有之盛举”，“至大至要至郑重之事”，“藐视若此”，以致使外国人“轻视我中国”，“辱国若此”（《论出洋大臣之尚其亨》，《申报》1906年4月26日），更是极为愤怒，予以严厉抨击。

对于尚其亨在日本的所作所为，清政府亦有所闻，发电切责载泽。载泽无可置辩，只能引咎自责。

负责纠察官员的都察院左都御史陆宝忠气愤不过，毅然上折参劾，请求将尚其亨撤回。折云：“查出使大臣尚其亨，平日虽貌似有才，口齿便给，实则行止荒谬，有玷官常。其服官山东时纵恣贪鄙，臣已早有所闻。此次奉命出洋考察政治，深维吾皇太后、皇上求治之殷，委任之重，天下臣民咸谓国家振兴之机，在此一举。乃尚其亨不以君命为重，惟以冶游为事，在津在沪狎妓饮酒，肆无忌惮。……在东洋时亦惟征歌选妓，以为行乐之场，驯至报纸喧传，众口腾说，且将编为历史，重贻国家之羞。臣窃维人生大节，以忠孝为根基，尚其亨丁忧持服未及一年，而日事荒淫，是谓不孝；委君命于草莽，招列国之讥评，是谓不忠。苟非丧心，何至荒谬若此。况时至今日，外人方有轻视中国之心，若再令其遍历欧西，流传秽迹，不特有玷国体，且恐有碍邦交。至载泽年纪尚轻，人素长厚，原不足资约束。李盛铎本系纨绔子弟，平日行踪诡秘，声名平常，此次与尚其亨声应气求，朋从逸乐，亦属不成事体。相应请旨将尚其亨、李盛铎立即撤回，其应如何惩儆之处，出自圣裁。”（《豫备立宪意见书·奏章》，第21—22页，教育品物公司校印，1906年）

折上以后，朝廷命载泽查办。载泽恐怕撤回尚其亨影响更坏，复电说：“酒食酬酢，亦交游之常事，拟请俟将来回京再行议及，目前务请毋庸撤回，以全国体。”（《申报》1906年7月6日）在京的某大臣也面奏慈禧太后和光绪皇帝说，考察政治大臣等于全国的代表，若是一经宣布，必然贻笑中外，而且远涉重洋，酬酢细节似未便苛求。为了维护国家形象，陆宝忠的参折被留在宫中，未予发表。后来慈禧太后和光绪皇帝查知国内国外舆论均为李盛铎辩护解释，游宴等事实未参预，谕令其考察完后仍赴出使比利时大臣之任，毋庸回京。但慈禧太后对尚其亨冶游，深遭物议，极其愤怒，恨恨地骂道：“何不跌入海中淹毙！”（《申报》1906年7月6日）

1906年7月23日，载泽与尚其亨考察完毕回到北京复命，慈禧太后与光绪皇帝召见了他们。其后尚其亨虽然运用各种手段保得脸面，没有受到查办，慈禧太后对他仍然相当冷淡。11月中央体制改革时，他还太不自量，想运动当某部尚书，自然是难以如愿。丁忧期满，也未得缺。直至1907年8月14日，方简任他为差事较少的福建布政使。福建人民颇不以朝廷此举为然，立即致电军机处，拒绝尚其亨到任：“福建大局阽危，藩司（即布政使）为吏治枢纽，尚其亨误公辱国，万难胜任。”恳求留下原来的布政使，或另简贤能，以救危局（《北京公益报》1907年8月25日）。但朝廷没有接受福建人民的请求，尚其亨还是厚着脸皮上任了。

咨议局不愧为代议机关

设立咨议局是清政府预备立宪的重大举措之一，1907年10月朝廷命令各省总督巡抚迅速慎选官绅创办。1908年7月公布《各省咨议局章程》和《咨议局议员选举章程》，限令一年之内一律成立。

由于来不及调查人口，各省议员名额是以科举所取学额的百分之五为标准而定的，最多的一百四十名，最少的三十名。驻防旗人当时尚未编入民籍，不能同汉民一同选举，又在额定之外，增设少数旗籍专额议员。

咨议局在本省的职任权限、应办事件为：议决应兴应革事件；议决财政预算、决算、税法、公债、担任义务之增加，单行章程规则之增删修改和权利之存废事件；选举资政院议员等。另外，还可呈请督抚批答有疑问的行政事件和查办官绅纳贿及违法事件，呈请资政院核办督抚侵夺咨议局权限或违背法律的事件。咨议局的议长、副议长和常驻议员均由议员选举产生。开会一个月之前，由议长将应议事件通知议员。会议非有半数以上议员到会，不得开议。议决议案，以到会议员过半数通过为准。会议一般不禁旁听，议案均予公布。会议程序、表决方式、对议员的处分、内部组织等等，均符合立宪国家地方议会的精神。章程表明，咨议局是个初级形态的地方议会。

督抚对咨议局职权范围以内的事情，无权干涉。咨议局议决的议案，如表同意，即颁布施行；如果反对而咨议局仍执前议时，必须咨送资政院核议，督抚没有最后的裁夺权。同时，督抚不能擅自公布不经咨议局议决的地方法律，或以行政命令取消咨议局的议案。实际上，二者的地位是对等的。

议员全部由选民选举产生。选举章程关于选举区域、办理选举人员、选举年限、初选、复选、改选、补选、选举诉讼、处罚等，都规定得极其详尽，同立宪国家的复选制度基本一样，从选举方面体现了咨议局是民主政治的产物。其最大的缺陷是对选举权和被选举权的资格在年龄、文化、财产和职务等方面的限制过严，既把广大下层劳动人民和妇女摒隔于参与国政之外，也否定了官吏、幕友、军人、巡警和学生的选举权和被选举权，以及小学教员的被选举权，其不平等性是显而易见的。这种现象出现在封建制度刚刚向资本主义制度过渡之时并不奇怪，重要的是封建专制这块冻结数千年的“坚冰”开始被打破，民权已经以立法形式肯定下来，付诸实施。

办理选举，首先是调查选民情况，宣示选民名册，如有错误或遗漏，可以呈请更正。初选由初选区选民用无记名投票法选举，当选人名次以得票多寡为序，票数相同者，以抽签决定。选出后，选举监督即给予当选执照，并将其姓名、职衔张榜公示。复选由初选当选人齐集复选监督所在地进行，投票方法和名次排序与初选相同，当选者即为咨议局议员。当选人的被选举资格不符，当选票数不实，选民可以呈控；若被判定确实，选举即被认为无效，并将当选人的姓名、职衔及原因张榜公示。落选人如认为所得票数可以当选，或候补当选人名次错误、遗漏，同样可以呈控。选举人如以诈术获登选举人名册或变更选举人名册，处十元以上、一百元以下的罚金；以财物利诱选举人，或选举人受财物利诱，及居中周旋说合者，处六个月以下之监禁，或二百元以下之罚金。办理选举人员违法、舞弊或干涉选举人员投票，也予以处罚。凡被处罚者，在二至十年内取消其选举及被选举资格。

民主选举在中国尚属首次，选民缺乏训练和经验，加以个人认识和品质不同等诸种因素，初选中存在着一些问题，比较普遍的现象是投票不踊跃，其次是少数人采取不正当手段拉选票。经过初选、复选两次筛选与检举揭发，当选议员的不良分子少得多了，选举的主流还是好的。1909年10月14日，除新疆确有困难、准许缓办外，全国二十一个行省的咨议局均如期成立，同时开议。咨议局的成立，突破了封闭式的封建政权结构，削弱限制了地方长官的专制权力，标志着专制政治体制走向解体，人民参与管理国家政治生活的正式开始，是政治制度民主化的实际起点。立宪派和绅商学界“为我国人民获有参政权之第一日”欢呼祝祷不已。

由于议员们都是第一次参与国家政治，深知这种权利来之不易，人民在殷切期待着，均有一种强烈的责任感，决心兴利除弊，为国民谋利益。如浙江议长陈黻宸曾对议员说：“以最宝贵之地位，当极困难之时势，应有何等之筹画，何等之措施，应如何始无负代表人民之天职，此固统我中国今日之议员所当惕然深省者也……朝廷既重视我民，我民又重视我议员，我议员尤当自重。当从其关系之重且大者着想，庶几尽心竭力，为民请命，以冀上不负国家，下不负选举。”（《陈介石先生年谱》，第99—100页，瓯风社，1934年）然而由于各省情况不同，表现不很均衡。

按照清政府预备立宪的规划，1909年各省不实行预算，故此届常会无关于预算的议案。各省提出的议案多是强调咨议局的立法作用，保护咨议局的职任权限；保护主权，收回利权；纠举不法官吏，要求澄清吏治；发展各项实业；办理各项新政、宪政；剔除弊政，减轻人民痛苦和负担；保护发展森林，兴修农田水利；改良社会风俗习惯，发展社会公益事业等，这些都是有益于社会和人民的。

少数咨议局也存在一些问题，有的事前未做切实预备，有的出现宗派主义集团。湖北的议长吴庆焘以前在江西当候补道，咨议局选举前忽然辞职回省，遂被选举为议员、议长。可他是个地地道道的旧官僚，出入均乘四人肩舆，大白天也于轿后悬挂着两个灯笼，大书“湖北咨议局”、“江西候补道”字样。往谒总督时，他不以议长资格拜会，乃具江西候补道手本，坐在官厅等候传见。他还很专横，滥用职权，扣压议员提出的触犯官场的议案，不肯交议。为巩固自己的地位，又同荆州等上五府的议员联合起来，共同对付对其不满的副议长汤化龙、夏寿康及议员。1910年1月，他又擅自将局中一个书记辞退，引用私人接充。议员们认为议长无此权力，与其大起冲突。吴庆焘一意孤行，竟暗中备文请总督委任私人。汤化龙闻悉，立即将公文索回，邀请常驻议员开会质问。吴庆焘根本没有民主意识，自以为是局中的“一把手”，就得自己说了算，竟恬不知耻地扬言：“我是议长，遇事要归我主持，你们十九人（指常驻议员）抵不得我一个！”大家听了同声斥责：“阁下是议长，诸事均应依据章程，为众表率”，“岂能独行己是”！要他交出大印，以免将来乱行公事（《时报》1910年2月18日）。他见专制的老办法行不通，只好交出大印，灰溜溜地辞职而去。

但总的来看，绝大多数开得虽不十分圆满，也还差强人意。江苏开得较好，议员皆能积极提出议案，态度严肃认真；议事有记录，会下有临时公报，议决之案能及时发表，让全省人民了解，连外国人见了亦甚赞许。浙江、黑龙江、奉天的督抚都称赞本省咨议局的议案切中时弊，有益地方；会议秩序井然，议员争论出以公心，无负指陈利弊、筹计治安之责任。山西和陕西两局则受到英国《泰晤士报》记者莫理循和另一个英国人濮兰德的赞许。

咨议局成立之前，宪政编查馆曾通知咨议局与地方官吏来往公文体制，督抚用“札行”（上级对下属用），司道以下用“照会”（平行机关用），咨议局均用“呈文”（下属对上级用）。开议以后，许多咨议局和议员对规定极其不满，群电宪政编查馆质问驳斥，主张对督抚及司道领衔局处均用平行文书，以鲜明的态度表明了咨议局不甘居于督抚之下的独立自主的高尚品格，不允许以任何形式侵犯它的尊严。宪政编查馆说不出正当理由，只好被迫再三修正。

鉴于外交失败，内政不修，由江苏咨议局发起，1909年12月各省咨议局代表在上海开会，共同议决前赴北京请愿速开国会，争取人民参政，监督政府。1910年，全国掀起了国会请愿运动。与此同时，为了解决几省或全国共同的问题，各省咨议局决定组织咨议局联合会（又称咨议局议员联合会）。这是一个各省咨议局协商联络的机关，1910年8月召开，议决的议案绝大多数属于政治问题，重要的有：陈请速开国会；要求资政院具有完全立法性质；《结社集会律》限制结社和集会人数，禁止教员结社集会，于法理不合，必须删掉等。

第二届咨议局会议于1910年10月3日召开，一般都较去年开得好。此次会议的最大特点是咨议局竭力维护自身的职权和人民的利益，同督抚和政府的侵权违法行为进行坚决的斗争，其中比较突出的有广西、浙江、湖南、江西、广东、云南、江苏各省。

上届会议上，广西咨议局通过了巡抚张鸣岐提出的禁绝鸦片烟议案。及至届期，张鸣岐又应烟商请求，将禁烟期展限五个月，交咨议局常驻议员协议。常驻议员认为无权推翻全体议员通过的议案，巡抚也无权更改业已公布施行的法令。而张鸣岐却仍强行展期，自行奏报。议员认为他“显系摧残议案”，乃于二届会期的前三日开会，决定全体立即辞职，以示抗议。

浙江咨议局为了要朝廷收回不准汤寿潜干预浙江铁路公司事情的成命，抗议邮传部以命令变更法律，剥夺民权，议决停议待旨，副议长沈钧儒和一些议员为此辞职。

湖南咨议局抗争的是巡抚杨文鼎奏请发行公债票未交局议，侵权违法。

江西巡抚冯汝骙奏请将统税改征银元，实际上提高了税率，咨议局认为他不交咨议局议决，径行入奏，侵夺权限，坚决不予承认。

广东咨议局与总督袁树勋争执的是禁赌期限。袁树勋担心赌饷减少，影响财政收入，不想确定禁赌期限，咨议局则主张确定期限，通过了呈请总督三日内宣布广东赌博一律禁绝期限的决议，未奉照准之前，即停议力争，争之不达，即行全体辞职。

云贵总督李经羲在盐价昂贵的基础上又决定每百斤加银一两。咨议局认为增税累民，关系税法，不交局议是违背局章，要求取消告示，并决定停止会议，如不能挽回，即全体辞职。李经羲改为每百斤加价五钱，暂行试办。咨议局虽开议，但仍不认此举为合法，坚持致电资政院核办。

争执最普遍的要数预算问题，各咨议局都为此事与督抚闹得不可开交。多数咨议局都召开了临时会，经过反复的争论辩驳，预算案总算最后通过。但有不少督抚对咨议局核减经费很有怨言，甚至与咨议局发生尖锐冲突。如两江总督张人骏就认为核减过多，超过答复期限也不公布。江苏全体常驻议员认为他有意破坏，声明引咎辞职。一般议员也以自己负有审查责任，陆续全体辞职。在各方压力之下，张人骏终于将预算案公布。

1911年5月12日，第二届咨议局联合会提前召开，会议确定以推翻新成立的皇族内阁为中心议题。与会会员说：“现在一切政治之中心在于内阁，须由此处着手，若不以推倒现内阁为先决问题，则其余皆无讨论之价值。”（《直省咨议局议员联合会第二届报告书·审查报告》，第1页，1911年），开始他们注重皇族一概不得充当内阁阁员，谒见了某些政府要员以后，知道事实上难以办到，遂改为专反皇族充当总理大臣。6月6日呈请都察院代奏，皇族不宜充当内阁总理，请另简大员组织内阁。政府未予理会。会员提出：“大家回去后，必须将此次请求不得之情形宣告于国民，内容即系宣布政府罪状，而各局

（咨议局）开常年会时急须同时提出建议上奏案，总之，内阁问题我们不能放松一步也。”应对国民陈述皇族不能充当内阁之理由，“使国民确知现政府之不可恃，生出种种恶感，将来政府一定能推倒”（《直省咨议局议员联合会第二届报告书•记事录》，第57、65、66页）。接着，他们再次上书，请另简大臣组织内阁。与此同时，还发布报告书，指出皇族内阁所推行的政策是“亡国政策”、“铁路外有政策”、“媚外政策”，“名为内阁，实则军机；名为立宪，实则专制矣”，“新内阁若此，吾人民之希望绝矣”（同上，第97－104页）。7月5日，朝廷发布上谕，严斥咨议局联合会干预朝廷用人大权，违背君主立宪本旨。会员见之无不满腔愤怒，他们又写了一篇通告各省团体书，指出政府罪恶滔天，人民对它深恶痛绝，继而严厉驳斥了上谕。报告书和通告书把政府的种种罪状公诸于世，使全国人民无比憎恨，务必将其打倒，标志着立宪派人士的大多数正在与清政府分道扬镳。

皇族内阁深恐议员回省之后煽动国民，密令各省督抚务须加意防范，接着又下令残酷地镇压四川等省的保路运动。10月10日，革命党人乘机在武昌起义。南方各省咨议局相率站在革命一边，促成本省独立，脱离了清王朝的统治，为辛亥革命的胜利做出了重大贡献。北方的河南、山东和直隶咨议局也为清帝退位尽了一份力量。

综观咨议局的表现，大都能认真履行职责，为本省人民和社会做了许多有益的事情。尤其难能可贵的是，议员们大多非常自重、自尊，不贪恋名利，宁愿辞职，也要竭力维护立法机关的神圣尊严。当看到清政府不可救药时，他们便及时转变立场，加入革命行列。咨议局不愧为各省选民的代议机关，大多数议员也无负于选民的委托。

中国最早的议会——资政院

1906年9月1日，清政府宣布仿行立宪，决定设立资政院。1907年9月任命总裁，进行筹备。1909年颁布《资政院院章》和议员选举章程。1910年9月23日召集议员，正式成立。原定钦选和民选议员（各省咨议局选出的议员）各一百名。由于新疆咨议局尚未成立，缺少两名民选议员，钦选议员也减少两名。

清政府设立资政院，是考虑到“中国上下议院一时未能成立，亟宜设资政院以立议院基础”。也就是说，目的在于培养锻炼议员的能力，为成立两院制的正式国会奠定基础。正因为是一个过渡性的立法机构，所以它不像立宪国家的议会那样实行两院制，而是由钦选议员和民选议员混合组成。其立法权也不如立宪国家的议院大，无权制定和修改宪法，但宪法以外的其他议案是有权议决的，只是通过以后，还要经过君主“裁夺”。然而它却拥有议决国家财政预算、决算、税法和公债的职权，拥有宪法以外各种新定法典及其修改的职权，还有质问弹劾行政部门和大臣的权力、核议督抚侵夺咨议局权限的权力等；从法理上说，它是国家的最高立法和监督机关。

资政院会议分为常年会与临时会两种，会前由总裁、副总裁将议事日程表通知议员；会议非有议员三分之二以上到会，不得开议；议决以到会议员过半数通过为准，若可否同数，取决于议长；议员在议事内的发言，不受院外诘责。其《议事细则》规定的开会、讨论、表决方法与立宪国家类似。开会除涉及军事或外交秘密，一般不禁止旁听，充分表现了它的开放性和透明度。

1910年10月3日，资政院召开第一届会议，议员特别是民选议员都深知自己肩负着全国人民的重托，责任异常重大，极为珍惜“人民代表”的荣誉，严肃地履行职责。

资政院开会时，议员们对一切议案，不论是政府提出的，本院提出的，还是各省团体和人民陈请的，均按照立法程序，直言不讳地发表意见。每个议案从审查、讨论到表决的全过程，完全是议员表达自己的意志，行使自己的职权，在必要的时候，议员还可以要求改变议事日程。总裁或副总裁只负责组织会议和维持会场秩序，完全听凭议员议决，从不暗示议员如何如何，更无公然引导和强制，只有当赞成与反对的票数相等时，总裁或副总裁的态度才起作用。

议员们的工作态度都极其认真负责，讨论修改法律条文和奏稿，总是字斟句酌，力求做到准确无误。审核1911年预算，更是一丝不苟。政府交出的预算总额短亏五千多万两。议员们认为，人民生活非常困苦，自己既是民众的代表，就应减轻民众的负担，决不能拿着纳税人的钱供政府挥霍浪费。因此审核时应尽可能地裁冗员，节糜费。不过，他们并不是随意缩减，而是对机构设置、人员编制、事情该不该办、经费多少等等，认真推究核对。有不明白的地方，就请在场的政府特派员解释，合理的接受，不合理的进行辩驳，锱铢必较。对于必需的用款，他们一分不减，甚至同意追加；对于不必要的用款，他们一分也不多给。例如，邮传部的预算京奉铁路杂费中的纸笔一项就是六万多两，议员认为，就是随便用，也用不了这么多，于是核减了五万多两；该路还有另一笔经费叫“免票费”，是专门供钦差、总督、巡抚、将军到外边调查用的，共有八万多两，议员认为，各国只有议员有免票费，现在我们议员也不愿用，何况是钦差等人？所以通通裁去。经过多次详细审核，将国家原预算总额三万七千六百三十五万两核减掉七千七百九十万两，使岁入总额略有盈余。

议员们通过的许多议案，对于整顿国家财政金融，发展教育和工商业，开发边疆，加强法治建设，摧毁专制禁网，扩大人民民主权利，减轻民众负担，都是非常有利的。他们奏请赦免包括革命党人在内的国事犯，尤能表明他们胸怀大局，出以公心，以国家民族利益为重，没有囿于本派本人的私利。在他们看来，赦甲党，不赦乙党，“殊非代表全体人民之意”，作为人民代表，理应尽到自己的责任。所以他们大部分都主张不分党派，一体特赦。

在本届会议上，大部分民选议员均显示出一身正气，没有奴颜媚骨。为了捍卫资政院的职权，他们不畏皇权，不唯政府之命是听，敢于坚持原则，同一切违法和不负责任的行为进行斗争，既敢弹劾军机大臣，也毫不客气地批评指责皇上颁发的上谕。

1910年10月资政院奏请速开国会，11月4日，朝廷宣布将召开国会的期限由1916年改为1913年，缩短三年。7日开会时，议员吴赐龄说：在立宪国家，议案表决之后，皇上裁可“不过是名义上之裁可”，没有不实行的道理；“今本院具奏案主张明年速开，而王大臣议定要宣统五年，则这议案效力全失，所谓资政院‘立议院基础’、‘养议院精神’者何在？”他指责朝廷违背以前的许诺，赢得场内一片掌声。议员于邦华又发言，抨击政府要员不速开国会“是为贪官污吏开搜括之门”。（《宣统二年第一次常年会资政院会议速记录》，以下发言均同）

11月8日，资政院上奏湖南发行公债事件，指出巡抚杨文鼎不交咨议局议决，显系侵夺咨议局权限，应令其将原案交咨议局议决，并量予处分。当日军机大臣副署的谕旨说：杨文鼎未交局议，系属疏漏，既经度支部议定，奉旨允准，着仍遵前旨办理。谕旨在会上宣布以后，民选议员指出：咨议局章程属于国家法律，军机大臣这样副署谕旨，就是“以命令变更法律”；“立宪国精神全在法律，督抚违背法律而不予处分，则资政院可以不必设，咨议局亦可以不必办，宪亦可以不立！”“似此无法律可守，不如就请皇上解散资政院！”大家一致要求暂时停议，请军机大臣特别是首席军机大臣奕劻到院答辩。军机大臣没人敢来，议员吵嚷不休，整个下午会场都处在紧张气愤的氛围之中。

不久，军机大臣答复了易宗夔的说帖，谓：副署谕旨本于乾隆年间旧制，与外国的内阁副署用意不同。说帖所质问的军机大臣对各部、各省行政是完全负责任，还是不完全负责任的问题，无法答复。

11月20日，资政院上奏广西高等警察学堂限制外省籍学生案，应照民政部章程不收外省学生办理；云南盐斤加价案，总督应交咨议局议决，未议决之前应停止施行。当日奉旨，前者交民政部察核具奏，后者交盐政大臣察核具奏。资政院上奏的是请旨裁夺事件，准与不准应当由皇帝直接裁决，而上谕竟委诸行政衙门察核，轻蔑资政院已到了无以复加的程度。

11月22日会议开始，议员们就撇开议事日程表，纷纷登台发言，交相指斥军机大臣。易宗夔说：立法机关是独立的，不能将其议决的议案交行政衙门去察核；军机大臣副署的两道谕旨，是“侵资政院的权，违资政院的法”，应该弹劾。他的倡议得到热烈支持。许多民选议员指出：“可见军机大臣要把资政院推倒了”，“不足以辅弼皇上”，“既不负责任，还要军机大臣做甚么用？”为了“保全资政院的资格”，“尊重法律”，“今天对于此事必须存一个不怕解散的决心”，一定要弹劾军机大臣。发言常为震耳的掌声所打断。

之后，政府特派员出来代表军机大臣进行解释。

吴赐龄又发言：“此次弹劾案如军机大臣自己见得不是，就应自己辞职；若以资政院为不是，就应奏请解散资政院，断无调和之理。”

黎尚雯紧接着说：“我们与军机大臣势不两立。”

发言至此，议员们通过了具奏弹劾军机大臣案。

25日，朝廷颁下一道谕旨，广西、云南两事均依院议，以显示前两道谕旨并非有意蹂躏资政院章程，希图资政院取消弹劾。

这道上谕在资政院会上宣读之后，议员的意见发生分歧。有的认为既已奉旨依议，弹劾奏稿应该取消。有的认为近年内政外交弄得这样坏，都是由于军机大臣不得其人，现在军机大臣既然不负责任，就不应当由他们主持国事，仍需弹劾。后来他们虽然改为恳请“明定枢臣责任并速设责任内阁”具奏案上奏，但仍尖锐地指出：军机大臣不负责任，受禄惟恐其后，受责惟恐其先，徒有参预国务之名，毫无辅弼行政之实。请迅即组织内阁，并于内阁成立之前明降谕旨，将军机大臣担负的责任宣示天下，使其无所诿卸。

同一天，军机大臣联袂奏请辞职。摄政王载沣颁发两道朱谕（军机大臣回避，未副署），一是慰留军机大臣，二是不让资政院过问。后者写道：“设官制禄及黜陟百司之权，为朝廷大权”，“军机大臣负责任与不负责任暨设立内阁事宜，朝廷自有权衡，非该院总裁等所得擅预，所请著毋庸议”。

议员们非但没有被朱谕训斥所吓倒，反而产生更大的对立情绪，对朝廷也相当不恭了。

次日会议一开始，李素就针对朱谕发言，提出解散资政院，说：“朱谕的意思，似乎以本院为不知大体，擅行干预，我们何必自己取辱？”“解散倒觉痛快”。

易宗夔说：从前的谕旨是军机大臣署名，议员可以说话；这回是朱谕，我们就没有说话的地方了。由此看来，以后议决的一切议案一概都归无效了。“不但资政院绝无用处，就是以后的国会都可以不要了，这个是非常之危险的。因为立宪国精神是议院与政府对待（处于相对地位之意），现在弄成议院与君主对待。这个只有两个办法，一个是积极的专制，甚么资政院，甚么国会，甚么立宪，都可不要；还有一个不得了的结果，这个人民没有别的法子，只好拿出他的暴动手段出来”，“所以我们要想个法子解决这个问题”，“还要上奏弹劾军机大臣”，如不准，就解散资政院。

吴赐龄说：“军机大臣平日将‘君主大权’四字附会欺哄皇上。遇事便抬出‘君主大权’，使旁人一句话也不能说，所以把这两道朱谕看来，愈见军机大臣欺君误国之罪”，还是“作为弹劾案为是”。

邵羲说：“以君主对待国会就不是立宪的精神。”

汪龙光说：“军机大臣一经责难，对于上则以辞职为要挟，对于下则挟天子以令诸侯，我们一般议员谁敢与皇上相对？将来必至无事敢议，无口可开，势必由立宪复返于专制，宪政前途非常危险。”此次具奏要把立宪的要素解释清楚，朝廷如以为是，“则是真立宪”，“如以为非，则是假立宪，不惟资政院无可存立，便连国会也可无庸开设了”。

于邦华、罗杰、陈树楷皆赞成弹劾，郑际平则主张解散资政院。

末代状元刘春霖也发言，认为资政院不能过问军机大臣不负责任之事，“是与预备立宪很不合的”。

钦选议员陈懋鼎闻听他指责了摄政王载沣，赶快插言，请其对朱谕说话留意。

刘春霖慷慨激昂地接着说：“自古有直言敢谏之人，实在是国家之幸福”；“对于朱谕不能持积极主义，就得持消极主义，既不能说旁的话，惟有全体辞职”；“此次再行具奏，将该大臣等据实弹劾，就请监国摄政王收回成命亦无不可，否则全体辞职亦无不可”。

辩论结束，多数通过了具奏明定军机大臣责任案。

议员们口口声声不敢与君主“对待”，实际上处处指责批评上谕，千方百计要其收回成命。在立宪与专制的根本原则问题上，他们的立场是毫不含糊的。

各省咨议局得知朱谕内容，纷请资政院再争，声明争之无效，愿与资政院同时解散，给以有力声援。

以后议员讨论奏稿，又产生严重分歧，结果原奏稿被否定，通过了请速设责任内阁的修正案。紧接着朝廷下令宪政编查馆赶紧编订内阁官制。溥伦觉得上谕既让速定内阁官制，奏折似乎无必要再上，当晚把奏折追回，拿到12月26日的会议上征求意见。一派认为，军机大臣不负责任，弹劾的理由仍在；另一派认为，既命成立责任内阁，不必再进行弹劾。表决的结果取消了奏稿。

28日下午会议刚刚开始，李素就发言说："我们资政院敷敷衍衍，反反复复，何面目以谢天下？本员今日有个倡议，前日之表决是取消奏稿，并非取消问题。我们此次须指实弹劾，不要再如前次之调停，方足以对天下。"邵羲、罗杰、黎尚雯、于邦华接连发言予以支持。总裁问大家要不要讨论，议员大呼无须讨论，于是上折弹劾，主要是说军机大臣溺职，难资辅弼。尽管奏折被留中（即皇帝将臣下章奏留于宫中，既不交议，也不批答），议员们的一片苦心并没有白费，在全国产生了很大影响。

1911年春夏之交，资政院议员曾要求召开临时会，但为新成立的内阁所拒绝，并将不听指挥的总裁溥伦和副总裁沈家本调离，改以世续与李家驹代之。

第二届会议始于1911年10月10日革命党人发动的武昌起义之后十几天，许多民选议员均未赴会，情况比较特殊。在开议后的一个月内，资政院召开了十余次正式会议，讨论了一些问题，通过了一些议案。其后由于独立各省已居全国大半，均不承认在京的本省议员有代表国民的资格，纷纷催其回省；一些民选议员认为资政院失去人民信用，不愿贻笑天下，辞职而去，或不告而别；还有许多议员不参加会议，剩下的议员不足法定人数，只好改开谈话会。1912年1月16日，袁世凯获得南方举其为总统的保证，奏请实行共和之后，剩下的议员知道资政院万无存在之理，纷纷离京，资政院名存实亡。2月上旬，新简派的议长许鼎霖看到清帝退位已成定局，奏请将资政院解散。

1912年2月12日，清王朝灭亡，第二届资政院会议通过的议案完全失去效力。不过，在会议期间，议员们打倒了违法违宪的皇族内阁；推翻了朝廷不准抗违的宪法钦定原则，取得资政院起草并议决宪法的神圣权利；废除了政府禁令，开放了党禁；排除了阻挠，争得了早日召开国会；他们起草的《十九信条》是中国第一部真正意义上的资本主义宪法纲领，要求实行英国模式的议会政治、虚君共和，彻底废除君主权力，一切权力皆归国会，在实质上达到与民主立宪同等的程度。这些都清楚地表明了立宪派所执着追求的政治目标。

资政院是在清政府预备立宪的过程中成立的，在中国属于首创，标志着清政府政治改革深化到最高层次，加速了政治民主化的进程，人民取得了部分参政权，在中国宪政史上具有重要意义。议员们敢于直言无隐地发表自己的观点，维护法律的尊严，同一切破坏民主和法治的专制独裁行为进行不懈斗争，表达了民意所向，体现了民主政治精神，彰显了资政院的独立品格。它是随着清王朝的灭亡而消逝的，尽管存在的时间很短，后人仍可从中得到有益的借鉴和启示。

晚清地方自治的尝试

地方自治是西方国家的一种地方管理制度。清政府预备立宪一开始便向西方国家学习，将地方自治看做立宪的根本，列为宪政规划的一项重大举措，在全国范围加以推行。

在预备立宪之前，自治业已在极少数地方出现了。1904年日俄战争正在东三省进行，清政府无力统治，奉天兴京厅和海龙府的绅商为了自保，便自发地组织起来，创立了东三省保卫公所，实行自治。1905年3月，经日本军政署允许，袁金铠也在辽阳联合四十六村成立了公议局，实行自治。但这些均为个别情形，出现的历史背景也很特殊。

1905年7月，直隶总督袁世凯奏请派遣官绅游历日本，开启民智，为将来实行自治打下基础；继而又有几位官员奏请实行地方自治。清政府令奉天和直隶两省先行试办。直隶于1905年8月设立天津府自治局，派员筹办，但直到1907年8月才在天津县成立了议事会。奉天更晚，只设立了全省地方自治局、调查员养成会和自治研究所，没做多少工作。

与此同时，立宪派广造舆论，说自治是人民固有的权利，不必等待政府允许，号召绅商士民主动实行。1905年10月，李平书、郭怀珠等人即集议创设了上海内外城厢总工程局，并按照西方国家的自治模式设立了代议机关议事会，执行机关参事会，议事以多数意见为准。

民政部对实行地方自治颇为重视，为开创风气，特命京师内外城巡警总厅加以倡导，并通告各省督抚仿照直隶办法，择地试办。在民政部迭次督催下，一些省开始摸索试办。

1908年8月，清政府在筹备立宪的总体规划方案中规定，各省先筹办城镇乡下级自治，后筹办府厅州县上级自治，到1913年下级自治一律成立，1914年上级自治一律成立。1909年1月，首先颁布了《城镇乡地方自治章程》和《城镇乡地方自治选举章程》，命令各级官员迅即筹办，实力奉行，不准稍有延误。从此，自治作为一种固定的地方管理制度正式确立下来，并把全国的地方自治纳入统一的轨道。后来又颁布了《自治研究所章程》、《府厅州县地方自治章程》、《府厅州县议事会议员选举章程》和《京师地方自治章程》及其选举章程。

城镇乡地方自治范围极广，凡是基层应办的事情几乎无所不包。主要有：教育文化（包括小学堂、蒙养院、教育会、劝学所、宣讲所、图书馆、阅报社等），医疗卫生（包括清扫道路、垃圾处理、药局、医院、医学堂、公园、戒烟会等），道路工程（包括修筑道路和桥梁、疏通沟渠、建筑公用房屋、路灯等），农工商务（包括改良工艺与种植、牲畜及渔业、工厂、工业学堂、整理商业、开设市场、防护青苗、兴修水利等），慈善事业（包括救济、恤寡、育婴、义仓积谷、贫民工艺、救生会、救火会、救荒、义棺义冢、保存古迹等），公共营业（包括电车、电灯、自来水等），筹集款项，还有过去一向归绅董办理而无弊端的各项事情。

关于自治组织，在城镇设议事会和董事会，在乡设议事会和乡董，人口过少的乡，不设议事会，改设选民会。议事会为议决机关，议员由选民选举产生，正副议长由议员选举产生，皆为名誉职务，不领薪水。其职权为：议决应兴应革事宜；筹集经费，审定年度预算、决算；订立自治规约；惩戒有过错的自治职员；调解诉讼；选举董事会职员，对之进行监察等。每季开会一次，还可开临时会；会议必须有半数以上出席才能开议，议决以出席者过半数的意见为准。董事会为执行机关，设总董一人，董事一至三人，由议事会议员选出。其职权为：办理议事会选举；执行议事会议决的事件；执行地方官委任办理的事件。每月开会一次，以总董为议长，非有三分之二以上出席不得开会，议决以出席者过半数的意见为准。乡董、乡佐各一人，由议事会选举，职权与城镇董事会一样。

城镇乡自治章程和选举章程都是以日本的町村制为蓝本增删修改而成

的，有两个规定很不合理，很不平等。一是选民资格限制过严。作为基层组织，凡是成年人理应全部享有选举权和被选举权，可是章程却作了财产（纳税捐）和文化程度的限制，将选举权与被选举权给予部分居民，剥夺了贫民、文盲和妇女（个别富有的妇女予以特殊照顾）的正当权益。二是划分选民等级，选举采取等级制度。选民分为甲、乙两级，以年纳正税或公益捐数额为全部选民所纳总额半数的若干人为甲级，其余为乙级，两级选民各选一半议员。换句话说，列入甲级的少数人可以与列入乙级的多数人选出同样数目的议员，选举权大于乙级选民。如此一来，当选的只能是一些富有者阶层和士绅。

府厅州县的自治事宜包括：有关全府厅州县的公益事务，或城镇乡不能担任的公益事务；以法律、命令委任办理的国家和地方行政事务。议事会议员选举、议事方法与城镇乡一致。不同的地方在于，府厅州县不设董事会，而设参事会，执行者为地方长官。

地方自治关系到城镇乡居民的切身利害，按说能够获得广大民众的支持，进展比较顺利。可是，实际情况并非如此。

在筹办过程中，或因地方官办理不善，勾结劣绅苛敛；或因宣讲不力，民众误会，不断掀起暴动或骚乱，这就增加了筹备难度。从1909年至1911年9月的两年多时间里，直接因反对调查户口、征收自治费等而发生的骚乱事件，即遍及全国十五个省区。许多调查员、办事员、董事被殴打，房屋被拆除，自治局被捣毁。有的声势较大，与官府对抗，波及周围地区。如1909年9月直隶迁安县筹备自治时，董事胡某、施某到冷口去调查户口，强行按牲畜头数摊派自治经费，索取供应，激起各村农民反抗。知县非但不惩治他们，反而派人拘捕为首的农民，滥施酷刑。群众极其愤慨，鸣锣聚众万余人围困县城，并捣毁了胡、施两家住宅。1910年4月，河南密县农民因反抗征收自治经费，一千七百余人进城，烧毁了县署。直隶易州自治局开办后，局绅张某借筹自治经费为名抽捐，尽入私囊，又借调查户口，按户敛钱。近五千人焚毁了自治局、中学堂，向知县提出归还义仓积谷、不再敛钱、处死自治绅董等条件。1910年11月，河南叶县万余人因反抗筹办自治增加杂捐，进城示威，要求取消自治。这些反抗斗争迫使地方当局不得不暂时推迟筹办进程。

在这两年多中，还有许多地方发生严重灾荒，广大人民无以为生，暴动事件层出不穷。这些同样打乱了地方当局的部署，筹办被迫延缓下来。如1910年湖南就因灾乱奏明缓办。山东有三十六个州县由于防疫和遭受水灾，赶办不及。江苏宜兴、荆溪两县因选举经费无着，不得不把成立时间后推。河南因筹集经费困难，1911年上级自治成立者寥寥无几。

清政府深以各种反抗风潮有碍筹办自治为忧，为了排除干扰，如期完成筹备工作，民政部指令各省严惩办理自治不好的官员和劣绅，不要操切，要向群众耐心剖解自治之利益和调查之宗旨，开通乡民知识，以免误会。

尽管存在着诸多困难，由于立宪派和热心士绅的积极参与，朝旨不容拖延，各地还是做了许多工作，取得相当可观的成绩。只是由于缩短了召开国会年限，又修改了原先的规划方案，要求各级自治1912年全部成立，各省的步调不再一致，有的省进度较快。至1911年8月，奉天除六个县因为刚刚设立县治，不在原定计划，五个县因为人口稀少，下级自治尚待续办外，全省两级自治已一律竣事。吉林限于1911年年底各级自治全部成立。直隶上级自治成立一百二十四个府厅州县，下级自治成立八十个城镇乡。山东城镇下级自治全部成立，上级自治成立共七十个州县。浙江成立的城镇乡议事会已逾百分之九十，董事会及乡董约占百分之八十，上级自治已核定二十四个州县办理。其他省有的先办下级自治，有的改办上级自治，有的齐头并进，都在加紧进行，不久由于辛亥革命爆发而中止。

在筹备自治的过程中，不少地方的人民发挥了主动性和创造性，特别值得一提的是苏州商民创办的市民公社。发起者为商务总会会董等人，1909年6月首先成立了观前大街市民公社。凡年满二十五岁，在本街居住或营业一年以上者，经介绍即为会员。社内总副干事、评议员均由全体社员公举，总副干事总理一切事宜，评议员民主议决问题。试办一年，效果良好，其他市民也起而仿效，1910年又成立了三个市民公社。农村中则有些地方主动实行村庄自治，要求建设自治模范村，还有的实行家族自治。

刑法的里程碑

在长期的中国君主专制社会里，法律都是诸法合体，刑事、民事不分，没有其他独立的法典。20世纪之前，清政府的成文法典仅有一部乾隆时期完成的以刑法为主要内容的《大清律例》，简称《大清律》，律后附例，多年没有修订。而在1870年以后的三十多年中，国际和国内形势都发生了巨大变化，旧律已经不能适用。清政府有感于此，1902年设立了修订法律馆，任命沈家本、伍廷芳为修订法律大臣，参酌各国法律加以修订。1906年预备立宪以后，清政府对修订法律更为重视。修订法律馆陆续制订了一些法律，《新刑律》即为其中之一。

对于制定刑法，修订法律馆确定了删修《大清律例》与另订《新刑律》同时并举的方针。这样，在清末就产生了两部刑法，即《现行刑律》和《新刑律》。

《现行刑律》是根据《大清律例》删改而成的，1910年 5 月15日颁布。之所以如此，首先是因为旧律已不适用，《新刑律》施行尚需时日，以应现实急需；其次是为了打下推行《新刑律》的基础。这是一部过渡性质的法典，与《新刑律》不同，也与《大清律例》有别。

关于制定《新刑律》的指导思想，沈家本等一开始就确定："中国介于列强之间，迫于交通形势"，"万难守旧"，必须以"模范列强为宗旨"，"务期中外从同"。但1909年2月，朝廷却谕令法律馆不可将旧律中有关三纲五常的伦理诸条，率行变革。沈家本等认为，外国商民之所以在中国享有领事裁判权，就是因为中国的法律和外国不同，为收回领事裁判权，必须进行变通；旧律中有些规定等级森严，与宪政抵触之处甚多，均应按照立宪国家的成规加以改正；仍然坚持刑律不能墨守旧时范围，应与国际接轨。关于伦理方面的内容，绝对不可将其作为正文，只能列为附则，作为暂行章程，“沟通新旧”。

第一届资政院（国家最高立法机关）会议因时间关系只通过了《新刑律》总则。1911年1月25日朝廷批准将《新刑律》先行颁布，其分则和暂行章程待资政院下届会议时再行修正。不久辛亥革命爆发，清王朝灭亡。《新刑律》虽然没有来得及施行，但在民国之初却体现出了它的价值。1912年4月，经民国政府临时参议院议决，将《新刑律》中与民国政体抵触的极少内容加以删改，正式颁布实施，只不过名为《暂行新刑律》罢了。

《新刑律》的正文采用了资本主义国家的刑法体例和原则。尤其值得称道的是，采用了资本主义国家的“罪刑法定”原则，规定：“法律无正条者，不问何种行为，不为罪。”也就是说，只有法律明文规定为犯罪行为的才算有罪，法律没有明文规定为犯罪的，不论何种行为，不得定罪。这就废除了旧律的比附，杜绝了官府任意定人以罪的专制行为，使刑法真正进入法治时代，并使个人权利得到保障。它表明《新刑律》是对专制时代法律的根本改革，是中国第一部资本主义性质的刑法法典，是中国刑法史上最重要的里程碑。其后民国修订的刑法都继承了这一法统，如1928年施行、1935年又加修正施行的《刑法》规定：“行为之处罚，以行为时之法律有明文规定者为限。”

《新刑律》还规定了对特殊人群的保护，如：“凡未满十二岁人之行为，不为罪；但因其情节，得施以感化教育”；“精神病人之行为，不为罪；但因其情节，得施以监禁处分”；“喑哑人或未满十六岁人或满八十岁人犯罪者，得减本刑一等或二等”。1935年施行的《刑法》也规定：“未满十四岁人之行为，不罚。十四岁以上未满十八岁人之行为，得减轻其刑。满八十岁人之行为，得减轻其刑”；“心神丧失人之行为，不罚。精神耗弱人之行为，得减轻其刑”；“喑哑人之行为，得减轻其刑”；“未满十八岁人或满八十岁人犯罪者，不得处死刑或无期徒刑。本刑为死刑或无期徒刑者，减轻其刑”。这种对特殊人群保护的法律，在古代就有，如唐朝明确规定，老小病残犯罪减免刑罚。唐朝法律的“老”，分七十岁以上、八十岁以上和九十岁以上三个档，“小”分十五岁以下、十岁以下和七岁以下三个档。各种残废人、精神病人也按其程度不同作了区分。这些人犯罪，老的年龄越大，小的年龄越小，疾病或残废者程度越重，刑事责任就越轻。

中华人民共和国成立二十余年，一直没有颁布一部刑法。1979年制订、1980年实施的刑法也没有采取“罪行法定”原则。目前实施的《中华人民共和国刑法》方才规定：“法律明文规定为犯罪行为的，依照法律定罪处罚；法律没有明文规定为犯罪行为的，不得定罪处罚。”对此，有人给予了高度评价：“这一规定以具体法律条文的形式确立了罪刑法定这一现代刑法的首要原则”，“体现了民主思想和法治精神，因而在中国刑法史上具有里程碑意义”；同时认为刑法强化和突出了对特殊群体，即对精神病人、盲人、聋哑人和未成年人的人权的特殊保护，也是一大创举。实际上，“确立了罪刑法定这一现代刑法的首要原则”的里程碑，早在百年之前就已经竖立起来了，现行刑法的规定并不是什么发明创造。对特殊群体的人权保护，在一千多年前的唐朝也有明确规定，现行刑法在这些方面同样谈不上什么创新。有人歌颂现行刑法规定的罪刑法定原则是中国刑法史上的里程碑，不是对刑法史缺少起码的常识，就是有意献媚取宠。

温世霖请愿获罪

温世霖，字子英（一作支英），直隶（今河北省）天津县（今天津市）人，1870年生。幼聪敏，考取秀才。因家道中落，放弃举业，曾在官署担任文案，获有候选府经历职衔。1901年以后，他在本村设立女子家塾，在天津城内创办普育女学堂，并任监督。当时风气未开，大为士林所不齿，也遭到本族人的责难，但他办学意志愈益坚定。随着各项新政的举行，其事业终于获得社会公认，声望也逐渐提高，成为天津的知名人士。1907年天津县议事会成立，他当选为议员。1908年5月，他发起速开国会请愿，并被推举为代表到北京呈递请愿书。1909年，他又参与筹办直隶自治研究所和直隶宪政研究会。

1910年，全国掀起国会请愿运动，温世霖以饱满的爱国热情积极投入。1月16日，各省国会请愿代表向都察院呈递了第一次请愿书。23日，他即与各界人士研究继续请愿方法，议决以直隶团体的名义直接上书请愿，发动各界签名，推举代表。5月初，他响应请愿代表团的号召，发起成立直隶国会请愿同志会支部，当选为干事长，兼交际部干事。6月第二次国会请愿失败，他又派人分赴各府组织同志会，更广泛地发动人民群众签名。10月5日，他作为请愿书的领衔人，率领数千群众到总督署请愿，首开全国发动群众游行请愿之端，继而参加国会请愿代表团第三次请愿。

11月4日，清廷发布上谕，宣布于宣统五年（1913年）召开国会，不准再请愿，否则按法惩办，并令民政部和各省督抚晓谕请愿代表即日散归。宣统五年（1913年）召开国会比原定计划缩短三年，但东三省和直隶人民由于地处日俄侵略的前线，危亡感倍加深切，仍然继续请愿。12月，奉天（今辽宁省）各界群众万余人到总督署请愿，又推选代表董之威等入京呈递请愿书。15日，董之威等在天津下车，与各省在天津的学生共开茶话会，希望同学组织全国学生请愿同志会，作为东三省的后援。学生热忱奋发，立即组织全国学界同志会，公推温世霖为会长。20日，温世霖和咨议局议长阎凤阁等带领各校学生三千八百余人，打着各色旗帜，高举着“立宪救国”、“速开国会”等标语，呼喊着“誓死请愿”等口号，游行至督署请愿，强烈要求总督陈夔龙代奏。21日，朝廷接到陈夔龙电奏，令其宣示不准再联名要求渎奏。陈夔龙马上贴出布告，宣称倘再聚众要求，就是意存扰乱，定当严拿惩办。

学生愈愤，22日推举进京代表，决定各省在津学生派人回省发动，并以天津全国学界国会请愿同志会的名义通电各省，速起以为后援，号召全国学生罢课，再掀起一次请愿热潮。

陈夔龙闻讯大怒，诬陷学生“意存叵测”，“大干法纪”（陈夔龙：《梦蕉亭杂记》卷2，第53－54页），立派军警前往镇压。赤手空拳的学生代表敌不过如狼似虎的军警，在各界人士劝导下，痛心地做出了解散的决定。

为了彻底镇压学生的请愿运动，陈夔龙接连饬令解散同志会，停印学生血书，禁止报馆“危言耸听”，传知商界人士不准附和，将严拿查办的告示贴于咨议局门首，命令军警持枪巡逻，随时驱散聚集的群众。24日，学部通电各省，严禁学生请愿，如不听劝告，严加惩办，“全体解散，亦所不惜”（《申报》1911年1月7日）。陈夔龙悍然调兵包围学堂，勒令开课。保定学生闻悉，以罢课的实际行动表示对天津学生的支持和对陈夔龙的抗议。陈夔龙急调国防部队陆军和警兵将各学堂包围，“不准学生自由出入，往来函件必须拆视”，“昼夜巡防，不稍松懈”（《盛京时报》1911年1月8日）。1911年1月2日，朝廷深恐罢课风潮蔓延全国，又严令各省督抚随时弹压，从严惩办。陈夔龙立即照办，饬令学堂复课，否则解散学堂，将学生押送回家。保定学生终于在武力高压下停止了罢课。

为了杀一儆百，清政府曾密电指示奉、直两省总督侦查请愿领导人，稍有可疑，即行密拿请惩。1911年1月7日晚，陈夔龙下令将温世霖逮捕。次日他密电朝廷，诬指温世霖为“乡里无赖”，“结众敛钱”，“有害地方”，“擅捏会名，妄称会长，遍电各省，广肆要结，尤为意图煽动，居心实不可测”，应发配新疆，交地方官严加管束。（《国民公报》1911年1月20日9日）朝廷允准。

陈夔龙逮捕温世霖后不交司法部门，未经任何审判，任意定下罪名，野蛮残暴已极。可是，他们非但没有感到轻松，反而更加心惊肉跳。清政府诚恐各省公愤，大起风潮，特电各省严加防范；陈夔龙则诚恐因之暴动，严令军警监视学堂。同时他发布告示说：“温世霖假名结会，遍电各省，胁令罢课，要结挟制”；“此等不安本分，藉端滋扰之徒，自难稍事姑容”；威吓士民不要轻听浮言，“倘有混徒造谣生事，扰害治安，定即严拿惩办，决不稍贷”（《大公报》1911年1月12日）。

天津各界著名人士得知温世霖被捕，8日晚即自动集会，共商营救办法，议定以教育家张伯苓等二十六人的名义上禀，质问被捕理由。9日，张伯苓等禀见。陈夔龙只接见张伯苓，声言“温世霖出身微贱，胆大妄为，此次执法，实为地方除害”，不要他们过问。（《盛京时报》1911年1月14日）张伯苓等准备晚上再进一步研究办法，北洋师范学堂、农业学堂和天津县四十乡议事会议员也向咨议局陈请，为温世霖辩护。狡猾的陈夔龙唯恐生变，当即密令军警偷偷将温世霖押赴新疆。咨议局致电清政府，全体议员愿保温世霖，然已无及。

此事引起社会舆论的高度关注。《时报》为此发表社论，极其愤怒地指出：“一般舆论谓政府此举，为揭出假立宪面具之一铁证也。不然际预备立宪之时，何以政府作为竟与立宪原理相背驰若此，岂非一面以立宪饵国民，一面又以专制压抑国民乎？”“今日政府所作为，无一不与立宪相背驰，观其严厉之手段，将有出于梅特涅之上者。”“语曰：民不畏死，奈何以死吓之。愿政府诸公毋以此面具吓人也。”（《论谕旨发遣温世霖事》，《时报》1911年1月12日）

罪名定下之后，直隶各界人士对温世霖极为关注，深念新疆路远山遥，天寒地冻，兼之温世霖眼疾未愈，途中可虑，公议集资白银一千两，供其沿途花费。王庆绪十分同情温世霖的不幸遭遇，挺身而出，愿与他同往新疆，加以调护。一些人还联名倡议将天津学界请愿同志会所余的九百余元全部赠送。北京某校师生亦集资五百元，并写了一封万余言的送别书，派人密送给他。温世霖虽有巡警押解，但沿途各地人民并不将其视为罪犯，反而当作上宾。1月行经河南时，受到一千余人的热情欢迎，并集资八百余元相赠。农历腊月二十四日抵达陕西省城西安，温世霖请假十日，在此度过春节，又受到盛大欢迎和招待，该省咨议局和绅学商军各界以及在陕西的直隶人士皆有馈赠，还有的赠送了鲜花。“公道自在人心”，于此可见。辛亥革命爆发后，经资政院奏请，他终于获释。

末代状元刘春霖

近年见到两种张謇传记，书名均冠以“末代状元”的头衔，相关的书评亦然，实在令人吃惊。张謇中状元在1894年，其后科举考试还举行过三次，最后一次是1904年慈禧太后七十大寿增加的一次恩科，考中状元的为刘春霖。1905年清政府应袁世凯等督抚奏请立停科举，下令自丙午（1906年）科开始，所有乡试、会试和各省岁科考试一律停止。至此，科举考试彻底废除。故末代状元只能是1904年的刘春霖，而不是1894年的张謇。

刘春霖，字润琴，直隶省（今河北省）肃宁县人，诗画书法均有极高的造诣。由于他是中国历史上最后一名状元，故他又自称“第一人中最后人”，而别人则称他为“古代状元的谢幕人”。状元及第后授职翰林院修撰（也称为殿撰），可他没有在国内做官，毅然到日本留学。1907年回国，任保定高等学堂监督（校长）。1909年举行咨议局（中国最早的省议会）议员选举，他当选为直隶省议员，继而又当选为资政院（中国最早的国会）议员。

国会请愿遇到的风波

1910年，以各省咨议局为中心在全国掀起了请愿速开国会热潮。6月进行第二次请愿时，军机大臣吴郁生回拜在京的直隶请愿代表时，谈了没几句，突然说：“刘润琴殿撰向政府上书声明，谓此次国会请愿签名，他的名字系别人代写的，自己并不知情，此一人既属不实，则三十余万人的签名可想而知。”吴郁生之所以特别指出刘春霖，不仅因为他是末代状元，还因为他是直隶省请愿书的领衔者。

在请愿热潮中竟然出现全省的领衔人向政府声明签名为别人代写之事，又是出自状元之口，影响巨大，致使清政府怀疑签名的真实性，实乃骇人听闻。因此，代表闻听，均极惊疑。直隶代表王法勤和国会请愿代表团立即致函顺直（顺天府和直隶）请愿同志会质问，请他们赶快查明事实真相。

顺直请愿同志会接信之后，马上查出刘春霖之名系由保定高等学堂签发的，火速致函保定国会请愿事务所，请其切实查核刘春霖签名是怎么回事，同时致函刘春霖询问。

刘春霖接到来信，立即回复顺直请愿同志会说明事情的原委：近日接到在京友人来函，说在军机处见到直隶的请愿书，系以贱名居首，又有京官数人，皆不知情，问我是否与闻其事。我当即答复说，鄙意并非不赞成速开国会，但此次请愿并未列名，尤其未预闻领衔之事。友人或许向军机处谈及此事，然而我并未向政府声明系别人代写。惟此次请愿书领衔，实系别人代写，方欲写信诘问，而尊函适至。回忆去年咨议局闭会之前，议长让议员签名请开国会，鄙人以未见书稿，当场声明不愿签名。近在保定公举国会请愿代表，鄙人亦以不见书稿，声明不列名，亦不投票，这是出于慎重。不料上书乃以贱名居首，殊可怪骇。天下岂有行此大事，使人负此全责，而不与商量的吗？真不知他们是何想法。

正在请愿同志会调查的过程中，岂料颇具社会影响力的天津《大公报》忽然于7月1日披露两条新闻，事情急转直下，引起一场风波。一条题为“代表与状元何伤”，写道：此次直隶绅民国会请愿，签名者达数万余人，欲举一素有名望者为领衔代表，于是公推科举时代最后之状元领衔，状元也承认，遂定议实行。不意军机大臣深疑签名或有捏造之弊，暗地调查签名者是否皆出自本意。状元得此消息，首先禀告某公转达政府，坚称此次衔名确不知情，不知为何人捏造。政府果深信其言，请愿代表的价值就消失了。另一条题为“贻羞士林”，写道：经检查，签名册系由某处高等学堂寄来，头一名即系殿撰，并非捏造无疑。

天津各团体看过这两条新闻，均极气愤，准备派人与刘春霖交涉，并有主张将其驱逐，不认其为直隶人者，还有的主张挥拳惩创。

刘春霖见《大公报》乱加评论责难，名誉所关，也很气愤，致函该报，斥责其轻听一面之词，不察事实。继而讲了与北京友人通信的事，指出这是与友人间问答的私函，何谓上书政府？友人或许将此意传出，然而并非鄙人托其代为转达政府。至于说公推领衔，我亦承认云云，尤为谬妄。所谓公推者出于何人？推于何时？公推后何以绝不通知？所谓承认是以书面，还是以口头？此等凭空嫁罪、毫无根据之词，动辄率尔登录，不怕损害贵报的价值吗？鄙人前在天津、保定屡经宣言，如不见书稿，断不列名。此次或有友人未知鄙意，代为书入，原亦不足深问。然若以之领衔，岂有不使预闻之理？这种事情难道可以秘密进行吗？代表有强派之权吗？若以我名为轻，则不宜使之领衔；若以我名为重，则不宜如此儿戏。

保定国会请愿事务所的调查很快落实了，7月2日答复顺直请愿同志会说：查今春在保定公举请愿代表之时，刘春霖曾声明不见书稿，不肯列名，亦不投票，此为在保定同人所共知。今又到保定高等学堂查问，实由他人未与刘春霖面商而为代写的，遂至彼此歧误。

可是，顺直请愿同志会在接到刘春霖说明原委的信后并未公开澄清事实，以致某些报纸还在相继转载，甚而攻击他反复无常，取媚政府，卑鄙无耻。7月3日，刘春霖又致函顺直请愿同志会申辩，同时致函《大公报》，指责其事实尚未查明，妄事讥评。

《大公报》虽然没有对先前刊登的新闻声明更正，但在7月3日至6日期间陆续登出了上述各方面的往来信函和刘春霖致《大公报》的信，无形中作了自我批评，也算是表明了态度。此后真相大白，风波即告平息。

刘春霖不认签名领衔上书风波尽管为时甚短，却闹得沸沸扬扬，全国皆知。从事件本身看，刘春霖确实未签名请愿，系本校同人代签的。刘春霖说他没有预闻领衔之事，确系事实。之所以出现这种情况，责任并不在他，而在代签之人和顺直请愿同志会。请愿是一种极其严肃的政治活动，完全出于个人的自觉自愿，任何人都无权强迫或代书其名，这也关系到对个人的尊重。领衔全省请愿，责任重大，尤其必须如此，此乃常识问题。顺直请愿同志会既公推他领衔，却事先不征得他的同意，事后也不通知他本人，这种做法违背常情常理，十分错误。

刘春霖坦然承认不愿签名，但并非反对请愿速开国会，而是因为没有看到请愿书，出于慎重。他也坦然承认曾在友人私函中谈及并未预闻领衔一事，但并非是向政府声明。这种是即是、非即非的实事求是态度，非但没有使其声誉受损，相反，正反映了他胸怀坦荡、光明磊落、刚正不阿的高尚人格。

当国民代表

1910年10月第一届资政院会议开幕，刘春霖出席。他在参与讨论议决国家大事时是如何当国民代表的呢？

一、不畏强权，敢于弹劾军机大臣

刘春霖坚持依法办事，对违法行为进行坚决斗争。1910年11月8日，资政院上奏湖南巡抚杨文鼎发行公债，不交咨议局议决，侵夺咨议局权限，违背法律，应令其将原案交议，并量予处分。当日上谕颁下，说杨文鼎未交局议，属于疏漏，既然已奉旨允准，着仍遵前旨办理。9日，刘春霖在会上发言说："'庶政公诸舆论'一语屡见于上谕，今资政院所议决的不能不算舆论，现在何以忽然不'公诸舆论'呢？本议员想造成这个原因的就在军机大臣。""推原军机大臣的本意，不过藉此稍示其端，且看资政院之权可以侵不可以侵，资政院之法可以违不可以违。若本院不复质问，便是默示承认，默认之后，恐军机大臣对于资政院侵权违法之事，必相逼而来。"（《宣统二年第一次常年会资政院会议速记录》，下同）要求军机大臣出席答辩。

有个议员担心如此做法，军机大臣心里会很不舒服。刘春霖又说："我们资政院必要求着军机大臣心里舒服，还成个甚么资政院呢！""现在议决的案军机大臣就不照行，将来无论再提出何等议案，一定是无效的，就是将来军机大臣侵权违法，也不过以'疏漏'二字了之。还是请军机大臣来院答辩，问他到底是何意思，将来别项议案才能解决。"他的发言赢得议员们阵阵热烈掌声。

其后，资政院上奏广西高等警察学堂限制外省籍学生案和云南销售食盐提高价格案，当日奉旨，分别交民政部和盐政大臣察核具奏。刘春霖认为全院议决的议案，应该由皇上亲自裁可，如觉不妥，可交资政院复议，不能另交行政衙门察核具奏。否则，国家何必花钱来办资政院！交行政衙门查核，是军机大臣企图嫁祸于盐政处与民政部，坚决主张弹劾军机大臣辅弼无状。

二、不畏皇权，敢于批评上谕

当时宣统皇帝幼小，由其父亲摄政王载沣当政，以皇帝名义发布上谕。12月18日，资政院上折奏请迅即组织内阁，明降谕旨，宣示军机大臣责任。载沣颁下两道朱谕（军机大臣回避，未副署），一为慰留辞职的军机大臣，二为不准资政院干预用人和军机大臣是否负责任及设立责任内阁。对此，刘春霖十分激动地指出："这两道朱谕与预备立宪的时代不相符合。""资政院虽然不是国会，其实对于军机大臣负责任不负责任是可以说的。今看第二道朱谕，对于资政院似乎绝对的不能说话。""对于朱谕不能持积极主义，就得持消极主义，既不能说旁的话，惟有全体辞职。""就请监国摄政王收回成命亦无不可，否则全体辞职亦无不可。"朱谕"不叫军机大臣负责任，而君主与人民直接立于对待的地位，于立宪精神很相背驰，将来立宪政体很不牢固，仍恐要变成专制的"。"既然由专制政体改为立宪政体，这个话是断断不适用的，还是请收回成命，明定出军机大臣负责任为是。"他一再声言上谕违背立宪原则，要求收回成命。

三、不留情面，指责奴颜婢膝的议员

资政院中有极少数民选议员很不自重，有意攀附当权亲贵。对此，刘春霖十分反感，几次在大会上公开指责说："有几个议员在政府里头平素多奴颜婢膝，而政府遂轻视资政院，这一种议员不但自失身分，并且说所谓全体议决其实并不是全体，不过几个人胡闹而已。政府觉得你不是全体，所以越发看着资政院很轻，致使资政院议案全归无效。"这几个议员实在"不能为国民的代表，看他的宗旨，纯以趋附政府为宗旨。比如会场之上发出议论，不敢公然反对，每每用调停主义；出了会场之外，昏夜叩权贵之门"。"政府一看这个奴颜婢膝的议员，觉得这一般人就可以拿着势力压倒他的，并可以拿着利禄羁縻他的。""我们议员中要保守自己的身分，才可以自立，以后对于军机大臣再不可有趋奉的意思。”

在庸俗之人眼里，刘春霖身为状元，理应对朝廷感恩戴德，百依百顺，歌功颂德。而刘春霖相反，发言坚守原则，直言无隐，毫无顾忌，从不献媚取宠，展现出令人钦佩的铮铮铁骨和人格魅力。其所以能够如此，主要是对忠君爱国观念和国民代表、皇帝有着卓越独特、难能可贵的认识。

他说：“本员说话诚不免有过激的地方，但是发于忠爱之至诚。本员受先朝特达之知，今日又为国民代表，断不敢作谄谀的话，贻误全局。”“语虽激切，实发于忠爱之至诚，在上可以对皇上，在下可以对国民，就是本议员见了监国摄政王，也是这样说，不敢作谄谀之词。”在他看来，不论是作为参与国家大政的国民代表，还是作为“受先朝特达之知”的状元，对皇帝和政府陈述意见均应直言敢谏，绝不可阿谀奉承。唯有如此，才算尽到了国民代表的责任，尽忠于朝廷，才是真正的爱国。

不仅如此，他还说：“自古圣帝贤王未有不以改过为美者，我们何必以谄谀之词上陈？若说皇上的话没有不是，这不是资政院议员应当说的，比不得作诗作赋，当用颂扬的话头。这个时候我们参预大政，一言系国家安危，不应作颂扬语。”“自古有直言敢谏之人，实在是国家之幸福。”认为皇帝是人不是神，也会犯错误，应当以纳谏改过为美德；从国家安危着想，国民代表可以进行批评，直言敢谏，不能只知颂扬，这才是国家之福。相比之下，那些奴颜婢膝的议员显得何等卑劣渺小，更不用说只会肉麻吹捧上司的大小官员！

1911年6月立宪派成立了合法政党宪友会，刘春霖被推举为直隶支部发起人之一。9月29日，宪友会直隶支部成立，他当选为候补干事。

1914年，刘春霖被袁世凯委任为总统府内史（秘书），编写历代皇帝的言行录，供袁世凯阅读。1915年10月，袁世凯强奸民意，召开国民代表大会，投票改变国体，推戴他为皇帝，刘春霖被指定为中央特别区域的代表之一。12月12日袁世凯接受“国民总代表”参政会的推戴，承认帝位以后，刘春霖作为直隶省的领衔人，又参加了全国请愿联合会奏请袁世凯早正皇帝大位。这在他的生平中，是很不光彩的一页。

1917年，刘春霖任中央农事试验场场长，以后历任总统府秘书兼代秘书厅厅长、直隶省教育厅厅长等职。1927年辞职家居。1934年，他拒绝了伪满洲国总理郑孝胥的邀请。1937年日本发起侵华战争，他退隐民间，以卖字为生。伪华北政务委员会委员长王揖唐登门请他出山，又为他严辞拒绝。他不做亡国奴的高尚气节和爱国义举受到国人传颂。1944年病逝。

资政院的两位总裁

设立资政院是清政府预备立宪时采取的一项重大措施，1910年10月3日举行开院典礼，为中国最早的议会。外国议院的议长均由议员选举产生，中国不同，资政院的总裁（议长）由朝廷任命。从成立到清王朝灭亡，朝廷先后任命了溥伦、世续、李家驹、许鼎霖四位总裁。李家驹是在辛亥革命爆发后二十天才正式任命的，为时甚短，许鼎霖接任没几天清王朝即已灭亡，皆不足论，唯溥伦和世续任职较长，尚有可述之处。

维持宪政大局的溥伦

溥伦，字叙斋，1869年生，出身于天潢贵胄，曾祖父为道光皇帝，1881年承袭贝子爵位。1907年9月，朝廷下令筹备资政院，任命他与孙家鼐同为总裁。1909年11月孙家鼐逝世后，总裁只有溥伦一人，1910年9月任命沈家本为副总裁，两总裁制变为一正一副。

当初拟订资政院院章时，军机大臣对资政院的职权极力加以限制，溥伦认为各国的议院均有一定权限，中国岂能独损，一再辩争。

按照清政府的宪政规划，1916年召开国会。鉴于国内外形势，1910年各省咨议局发起了全国性的请愿速开国会运动，要求一年之内召开国会。溥伦认为北方人民的民主程度比不上南方，并不十分赞成，但又向请愿代表表示：如果奉旨准开国会，他也非常愿意。

同年9月23日，资政院召集议员，正式成立。溥伦首先讲话，极为激动地说：“今天是资政院第一次召集，为我中国数千年以来没有行过的盛典”，“务望诸位协力匡助，共襄盛举”（《宣统二年第一次常年会资政院速记录》，第1号，第1页）。

10月4日，第一届资政院会议开始议事。26日，议员一致通过了请速开国会的奏稿。摄政王载沣问溥伦有何意见，溥伦奏对时势危迫，不能不早开国会，以为补救。载沣又问应比原定年限缩短几年。他回答说非缩短三年，不足以满足天下之望。但11月4日载沣颁发了缩短三年召开国会的谕旨后，议员仍不满意，群起质问国会为何迟开。溥伦如实地将议员的质问奏明，并向军机大臣陈明议员的激昂情形及国势危迫的状况。军机大臣非但不表同情，反而怪他对议员太过放任，不能压制，甚至加以赞助。庆亲王、首席军机大臣奕劻仗着辈份高、年纪大，还把他呵斥了一顿。溥伦十分气愤，对人说他们“以资政院为衙门，吾辈乃堂官（部的长官），堂官应有弹压之责任（对下属），此种眼光极为荒谬。不知议长与议员原是一体，不过主席及维持院序（资政院秩序）而已，至于议事，全在从众取决，方合议院本旨。吾意，吾辈惟以联络政府（指军机大臣）与国民（资政院议员为国民的代表）为一气，为第一之职务。”（《政府授意要贺电》，《民立报》1910年11月21日）他看透了军机大臣要其压制议员的用心，而自己又不能做违背宪政之事，知道难以担当“联络政府与国民为一气”的重任，心情颇为抑郁，从此即有辞职之意。

11月8日，资政院以湖南巡抚杨文鼎发行公债不交本省咨议局议决，显系侵夺咨议局权限，上奏应令其仍交咨议局议决，并量予处分。当日谕旨颁下，说既已奉旨允准，着仍遵前旨办理。资政院开会时，议员们指出：咨议局章程属于国家法律，军机大臣这样副署谕旨，就是以命令变更法律；资政院是立法机关，议决的议案没有效力，不如请皇上解散资政院！他们纷纷要求暂时停议，请军机大臣特别是奕劻到院答辩。军机大臣哪有胆量同议员辩论，没有一个出席，议员吵嚷不休，整个下午，会场都处在紧张气愤的氛围之中。

10日会见军机大臣时，沈家本详述了开会情形。溥伦朗声接道：朝廷“预备立宪，特设资政院，为将来议院之基础。乃每次表决之案，政府不能通过，又不能解释不能通过之理由，无怪各议员有此举动。公等如能到院答辩甚善，否则请旨解散该院，溥伦亦将上奏辞职。似此不痛不痒，外贻人笑，内失民心，上负朝廷，下惭清议，溥伦虽愚，决不为也”。话虽不多，却充分表明了他维护宪政的大公无私之心。

军机大臣们听了，面面相觑，好一阵不发一言。奕劻终于忍耐不住，斥道：“他们不遵朝旨，这样胡闹，还了得！”

溥伦毫不示弱，正色答道：“此是资政院胡闹，不是他们胡闹，要没有这资政院，岂不干净！我看还是请公等请旨解散他们为上策，我也不愿干了。”

奕劻更加恼怒，冷笑几声，说：“到下期议会，自有办法。”（《枢府连日会议纪详》，《申报》1910年11月17日）

溥伦受到斥责，颇为愤懑，气得称病请假。载沣派人前往慰问，又亲自召见劝慰。溥伦恳切地对他说：“各议员之争辩，系为维持大局起见，并非抵抗谕旨，亦非专与政府为难。且在新内阁未成立前，军机大臣即系将来之总理大臣，应代君主担负责任。今各军机大臣一闻质问，仍施以激烈手段，恐宪政终无成立之日。”（《要闻》，《大公报》1910年11月13日）载沣以为然，要他照常议事。

不久，军机大臣答复议员说不能对各部各省行政负责任，所副署的谕旨又把资政院上奏的请旨裁夺事件发交行政衙门察核具奏。议员见他们竟然答复不负责任，极其轻视资政院，再也无法容忍，通过了弹劾军机大臣案。军机大臣得知，对溥伦的感情愈益恶劣。溥伦并不害怕，更不想讨取军机大臣的欢心，可是有些气馁，愤愤地对人说：“本大臣奉简为资政院议长，只能尽议长之责任，安能事事曲阿各枢臣（指军机大臣）之好恶，致为舆论公敌。今既结有如此恶感，将来必不免大受挤排，拟即奏请赏假一月，俟该院闭议后，当将各项兼差一律奏请开去。”（《伦贝子又将请假》，《盛京时报》1910年11月29日）

由于朝廷又将交行政衙门察核具奏的事件改为依照资政院议决，议员们取消了弹劾军机大臣案，但仍然上奏军机大臣不负责任，要求迅速组织责任内阁，并在责任内阁成立之前明降谕旨，将军机大臣应负的责任宣示天下，使其无所诿卸。军机大臣无比恼恨，同日联袂奏请辞职。当天载沣颁下朱谕（军机大臣回避，未副署），不让资政院过问军机大臣是否负责任和设立责任内阁。第二天会议一开始，议员就纷纷批评朱谕不是立宪的精神，提出还要弹劾军机大臣，如果不准，就解散资政院。

载沣得知议员反对如此激烈，急忙召来溥伦，要他向议员详细解释，对激烈者予以裁制，与军机大臣和解，千万不要激成解散资政院或议员辞职的风潮。溥伦没有完全接受，肃然答道："时局至此，各议员热心为国，惟因年少气盛，持论不免过激，然其心实属无他"（《盛京时报》1910年12月29日），"且议会与政府冲突，各国恒有，不足为病"（《时报》1910年12月25日）。

对于资政院通过的财政预算，各省督抚以其削减经费，群起反对，军机大臣也在暗中支持。溥伦力称预算既经全院议决，又得政府同意，万无破坏之理，坚持执行。

在溥伦主持下，除了速开国会、弹劾军机大臣、执行预算，资政院这届会议还通过了其他重要议案，对于整顿国家财政金融，减轻人民负担，发展资本主义工商业，开发边疆，发展教育，加强法治建设，摧毁专制禁网，扩大人民民主权利，都是有利的。但不少没有得到朝廷批准，这个责任应由军机大臣来负，不能责怪溥伦。

由于资政院上奏的议案多未收到效果，溥伦觉得自己没有尽到责任，深感惭愧，甚为灰心。1911年1月11日资政院闭会以后，便向载沣提出辞职。载沣不准，溥伦决定将资政院未结的各案清理完再行请退。接着修改资政院章程，见奕劻等人又出而干预，反而激起了他的勇气，打消了退意。他对人说："幸本总裁于监国（载沣）前尚见信用，遇事可以直陈，拟将从前退志取消，始终维持资政院，直至议院（国会）成立。倘竟从此引退，另易议长，恐与朝廷诸多隔膜，则资政院之将被摧残，势必更觉不堪设想。"（《伦贝子始终维持资政院》，《盛京时报》1911年2月14日）

然而，溥伦虽想继续维持资政院，军机大臣却不容他维持下去。军机大臣当初之所以同意简任他为总裁，只因他年纪较轻，阅历较少，以为必能俯首听命。不意开议以后，他自有主见，不看别人的眼色，事事力持大体，尽心职守，维持宪政，遵照民主原则议事，与多数议员行动保持一致，感情亦颇融洽。因此，溥伦常常与军机大臣的意见分歧，甚至冲突。军机大臣不过视资政院为一件装饰品，见其不服从指挥，于是由讶而怨，由怨而怒，深悔委任非人，有养虎伤身之惧。故在闭会之前，就把议员的“嚣张”、“胡闹”，归咎于溥伦的纵容，准备换人。1911年3月，资政院多数议员因外交失败要求召开临时会议，溥伦与军机大臣协商。奕劻以其不能压制议员，怒不可遏，忿然说：“又招惹他们多生事端，决不赞成”（《时报》1911年3月17日），决计将其调离。沈家本是著名的法律专家，也不为军机大臣所容，遂奏请改派正副总裁。3月22日，朝廷下令调溥伦任农工商部尚书，沈家本任法部左侍郎；以大学士世续为资政院总裁，学部右侍郎李家驹为副总裁。

不愿当傀儡的世续

世续，字伯轩，满族，曾任军机大臣，坚决反对速开国会，是出名的守旧官僚。李家驹为政府的第一红人，简任他们为正副总裁，意图十分明显，引起社会极大反响。《大公报》评论说：“此次之更动，实出于政府一二人之私意。在政府意中，不过示威国民，俾后之为总裁者鉴于前车，不敢显与为抗，于以保专制于不朽耳！”（《论资政院总裁之更动》，《大公报》1911年3月24日）

对于资政院议员，特别是各省咨议局选出的议员在会议上的表现和他们的雄辩能力，世续是一清二楚的，他知道自己不受议员的欢迎，也担心下届会议更不好收拾，很难处理好资政院与军机大臣的关系，确实打心里不愿接任总裁，奉命后立即辞谢。但载沣不允，他只得硬着头皮走马上任。见到多数议员要求召开临时会议，他认为召开临时会议解决上届遗留的问题也有必要，便去找军机大臣商议。奕劻等人圆滑透顶，不明确表态，要他自己拿主意。他回去后大发雷霆，公开讲：“他们既强以此重任委之于我，遇事仍不负责，是欲以我为全国舆论之公敌。我即不作此总裁，亦不能为他们之傀儡。”（《大公报》1911年4月1日）遂上奏召开临时会议，但以奕劻为首的皇族内阁没有同意。其后皇族内阁深恐第二届会议时难以答复议员的质问，演出更为激烈的弹劾倒阁风潮，再次提出修改院章，对资政院的职权严加限制。世续与李家驹意见不合，又见议员对修院章极其不满，预料将来开会时很难措置，决心辞职，实践前言，从7月下旬开始连请病假。10月30日，载沣准其辞职，任命李家驹为总裁。

资政院是国家的最高立法机关，本就应该代表国民的意志，独立地行使职权，不必仰人鼻息。世续思想守旧，在维护宪政等方面均不如溥伦开明。可是，他具有独立的人格，不愿当权贵的傀儡，不愿成为舆论的公敌，这一点就非常人所及，值得称道，不能因其思想守旧而加以抹杀。

民政部尚书善耆

善耆，字艾堂，自号偶遂亭主，爱新觉罗氏，满洲镶白旗人，1866年生。清初有八大“世袭罔替”，即世世代代承袭的亲王，俗称“铁帽子王”，肃亲王为其中之一，善耆即为肃亲王的第十代，1899年袭封王爵。他为人不拘小节，性好诙谐戏谑，对家庭采取放任主义，儿女们都很放荡不羁，甚至胡作非为。他酷爱京剧，喜饰武生，勇捷超过善演孙悟空的京剧著名演员杨小楼（人称“杨猴子”），常常以此自豪。而又极为好客，交游广泛，素有贤名。

1900年8月八国联军攻占北京，慈禧率领光绪皇帝等人仓皇出逃。善耆得知，追随前去，慈禧命其留京办事。1902年逃到西安的慈禧太后回到北京，看到地面混乱，亟须整顿，派他督修街道工程，管理工巡局，维持治安。他创办了巡警，以后历任御前大臣、崇文门监督、镶黄旗蒙古都统、管理理藩院事务、宗人府左宗正。

过去，京师崇文门每年的税收，最多十七万两。他任崇文门监督时，严禁贪污受贿、勒索肥己，在同样的税率下，税收竟高达六十四万两，极受舆论好评。

1905年，清政府设立巡警部，分设民治、警政、疆理、营缮、卫生五司，直接管辖京城的内外城巡警总厅、教养局、习艺所、巡警学堂、消防队等。外城巡警总厅佥事许世英巡视时，发现辖区许多地方经常发生交通阻塞现象，前门大栅栏一带更加严重，于是下令把大栅栏与珠宝廊划为单行道，由大栅栏进，珠宝廊出。实行之初，士民不知或不习惯，违反规则的不少。有一天，善耆的福晋（夫人）买东西，从大栅栏进出了四次，巡警不敢干涉，报告了许世英，许世英依法判罚福晋十元大洋。福晋回家向善耆投诉。善耆大怒，立即召来外城巡警总厅厅丞朱启钤和许世英，盛气凌人地问为什么处罚福晋。许世英答道："本朝宗法规定，立法必自亲贵开始，使他们成为民众的模范。现在巡警厅为了改善全城交通，把大栅栏改为单行道，实行未久，民众尚未遵行，如今处罚了福晋，可以让民众知道，连肃王的福晋都要处罚，他们绝对不敢违反交通规则了。我可以保证，从明天起，那边的交通秩序，一定可以完全改观，政府的命令就可完全贯彻了。"善耆听了，怒意马上消失，还很高兴地说："好，只要一直这样认真地做，我一定支持你！"

1907年6月，善耆出任民政部尚书。民政部由巡警部改名而来，掌握着维持社会治安和监督言论、集会结社等方面的大权，是中央一个极其重要的部门。他到任后积极拥护朝廷预备立宪，坚持原则，依法行事，非但不滥用手中的大权迫害国民，反而多方维护，是满族亲贵中极为少见的开明人士。

1909年12月，各省咨议局代表为挽救民族危机在上海开会，议决赴京请愿速开国会。善耆得知，极表赞成，准备邀约皇室亲贵联名奏请，后因庆亲王奕劻等人坚决反对而作罢。

1910年1月，国会请愿代表将请愿书呈递都察院代奏。30日，朝廷颁发上谕，嘉奖了代表的爱国热忱，但又以筹备未完全、国民程度不齐加以婉拒。对此，善耆不以为然，派警官前往安慰代表，勉以"有志竟成"（《盛京时报》1910年3月1日），不要松懈。

6月16日第二次国会请愿后，军机大臣们主张解散代表团，限制自由开会演说，派遣密探侦察请愿代表的行动，同时令民政部速劝代表离京。善耆拒绝执行。7月4日，代表团到北京外城巡警总厅为国会请愿同志会立案，巡警总厅呈报民政部，民政部的多数官员不敢批准，提出须与军机大臣商定。善耆深恐军机大臣阻挠，听后甚为不悦，对他们说："凡人民结社立会能不违背法律者，本部即有保护之专责。查国会请愿一事，多系志士热心爱国，以和平主义力求进行，该会既无强挟之要求，即为不背法律，应即允准立案，无庸请商政府，以致多所转折"（《大公报》1910年8月13日），当即批准。

10月7日，代表团孙洪伊等二十余人前往摄政王府上书，当时摄政王载沣已赴宫内，回事处不便收受。代表商议留下六人，在府前露宿等待。善耆得报，亲往慰问，并保证向载沣代陈，劝他们回去。代表听从了劝告，请他转交上书。第二天，善耆即极为诚挚地向载沣详陈了各代表的爱国热情，学生为请愿而流血的情形。

10月9日，代表到资政院呈递了第三次请愿书。载沣命会议政务处大臣各上说帖发表意见。善耆所写的最为激烈，其中有“若不速开国会，民心忿极，大祸必发。屡次遏抑民气，倘有不虞，民政部实难担此重任”（《时报》1910年11月7日）等语。但其他人多持反对态度，会议政务处开过会议之后，他很不高兴，对人说：我看“各王大臣对于国会之态度，不独无真实赞成，且大有反对之意；即或敷衍缩短，亦迫于时势使然，将来必仍有阻力之发现。乃外间不知，犹殷殷企望，此则诚可悲悯者耳”（《肃邸之孤掌难鸣》，《大公报》1910年11月2日）。

11月4日，朝廷宣布召开国会年限缩短三年，不准再请，令民政部晓谕国会请愿代表团即日解散回省。但代表团没有立即解散。军机大臣恐怕代表闹事，催促善耆赶快执行，并说如再不遵，就施行强迫办法。善耆答道：民政部“系奉旨剀切晓谕，并未奉旨强迫驱逐，故无论如何决难从命”（《大公报》1910年11月10日）。过了几天，军机大臣又询问代表团是否解散。善耆答道：“国会期限缩短宣统五年（1913年），舆情甚属欢舞，惟代表团以湖北、河南两省电争，又责代表无状，致无从解散，亦是各尽其职。”（《盛京时报》1910年11月18日）尽力为代表团辩解。军机大臣告以只能遵旨办理。善耆不敢违背谕旨，又不愿担当强行解散代表团之名，甚觉为难，随即请假。

自10月3日最高立法机关资政院开议后，善耆几乎无日不到，与一些民选议员的关系较好。议员们因军机大臣侵夺资政院职权，不负责任，纷纷要求进行弹劾。政务处大臣讨论对付的办法，因为首席军机大臣奕劻未到，会议未开，大家坐着喝茶闲谈。谈到资政院议员，大多数说的都是愤激之言。只有善耆声称：“若以议员之心脑换置政府诸君身上，虽无议员，亦可强国。”（《泽公肃邸调和之政策》，《盛京时报》1910年11月30日）后来军机大臣以为弹劾与报纸鼓吹极有关系，对善耆说：“现在民选议员敢如此狂纵嚣张者，系多以报馆为后援之故，否则，断不至此；且各报登载续请国会及剪发等问题，均足以扰害大局，尤非严加禁缔不可。”善耆晓得他们怕落下专制暴虐的骂名，让他去当替罪羊，当即凛然答道：“资政院既准报馆旁听，则照议场情形登录，即不能限缔。且会议剪发、国会等事，亦为确有之事，并非虚捏，与违犯《报律》者不同。本部虽有管理报馆之责，亦断不能滥行干预，致负摧残舆论之谤。”（《枢府固无往而不摧残舆论者》，《申报》1911年1月9日）坚持依法行事，理直气壮地将他们顶了回去。

12月22日，东三省的第四次国会请愿代表到庆王府求见奕劻，未得允许，他们只好在极其寒冷的冰天雪地里等待，冻得簌簌发抖。

善耆听说，马上前去看望，对代表董之威、孙振香和王惕说：“此处王爷暂时不能见客，休息三日，再见如何？”

董之威答道：“如三日准见，我等即立候三日无妨。”

善耆说：“这太难为情了，要不然，请至巡警厅上少息。”

孙振香问：“王爷是否将代表等送交巡警总厅？”

善耆忙答：“不是，不是，是请诸君暂到厅上，待以客礼。”

孙振香仍存怀疑，说：“客礼不敢当，代表等知守法律，如王爷交厅拘留，不敢不往。”

善耆诚恳地说：“噫，拘留所岂是以待国民的地方！诸君不辞劳瘁，为四万万同胞奔命，我若拘留诸君，诸君固然有词以谢三省同乡，本爵何以对天下人民！本爵为人居心，诸君当可相信，睹此时势艰危，心如潮涌。”说时泪痕承睫，盈盈欲堕。（《第四次国会代表谒见庆邸详记》，《盛京时报》1910年12月28日）后来即进内劝说奕劻接见了代表。

旋即，朝廷下令不准再请缩短国会年限，并令民政部将东三省代表护送回籍。而后载沣询问此事，善耆详陈了“代表之热心国事，实为时势所迫”，并请催促宪政编查馆迅速编订内阁制度，改订筹备宪政清单，“以副人民之望”（《四次国会请愿了矣》，《申报》1911年1月4日）。次日东三省代表回籍，他亲自到车站相送。

1911年4月，管理皇室宗族事务的机构宗人府召开秘密会议，请善耆参加。会上有人提出，近日各报言论排斥亲贵大臣任内阁总理，对于温生才一案（温生才为同盟会会员，1911年4月8日刺杀广东水师提督李准，误认广州将军孚琦为李准，将其击毙，被捕就义）的报道，言论中无不含有种族革命，提倡暗杀主义，“若不设法消灭，流弊所及，大局何堪设想！”接着有人拿出一份名单，上有京中报界颇有声誉及发起国民会、讲报社的三十五人，均冠以某某党派的罪名，交善耆入奏，请旨拿办。善耆阅后肃然答道：“此事关系甚大，恐滋纷扰，碍难遵办。”（《清末四十年申报史料》，第281页，新华出版社，1988年）与会人员见其如此，不欢而散。

即使对主张武力推翻清王朝的革命党人，善耆也不是做得太绝，甚至表示好意。1907年7月6日，徐锡麟在安徽起事，枪杀巡抚恩铭被捕，清廷以罪人恶极，多主抄家灭族之议，独善耆以为时方预备立宪，不当用此残酷刑罚，致失人心，故仅处以斩刑。他还引用革命党人程家柽为府中幕僚，颇示优待。同盟会会员白逾桓、田桐、景定成诸人在北京开设报馆，程家柽予以相助，善耆知道也不过问。他还派程家柽赴日本送给同盟会总部3万元，章太炎特写信劝其入会，合谋革命。善耆没有同意，但对程家柽表示，愿相扶助。1910年4月初，汪精卫与黄树中（后改名黄复生）、罗世勋密谋用炸弹暗杀摄政王载沣被捕，法部尚书廷杰主张立即判处死刑，善耆说他们都是政治犯，应当采取怀柔政策，力主从宽处理。载沣也意主宽大，因此判处汪精卫与黄树中终身监禁，罗世勋有期徒刑十年。善耆还提出对他们应当优待，一再探监，馈送食品和金钱。

1911年5月8日，以奕劻为总理大臣的皇族内阁成立，善耆改任民政大臣。由于他的政见与奕劻等人往往不同，载沣因其执行命令不太坚决，也对他疏远了，8月15日，将他调任为理藩部大臣。

有人说善耆之所以有上述表现，是想别树一帜，取代庆亲王奕劻，出任第一任内阁总理大臣，从而掌握国家大权。如果善耆真的当上了内阁总理大臣，就其思想行事来看，绝不会像奕劻那样，不经资政院和各省咨议局议决，悍然违背立宪原则和民意，宣布铁路国有政策，向外国借款筑路，以致引起保路运动，断送了清王朝。历史也许就要改写了。

刘廷琛拍马取辱

刘廷琛，字幼云，号潜楼，江西德化（今九江市）人。1894年中进士，选为庶吉士，入翰林院庶常馆学习，散馆后授职翰林院编修。1906年任陕西提学使，次年任学部右参议，1908年1月调任京师大学堂（北京大学）总监督（校长）。1911年10月辛亥革命爆发，摄政王载沣重新起用被罢官的袁世凯。11月，内阁总理大臣袁世凯组阁，以刘廷琛为学部副大臣。清王朝灭亡后，刘廷琛积极参与策划复辟活动，1917年张勋复辟时任议政大臣。复辟失败后逃到青岛，1932年病逝。

1910年10月，第一届资政院会议开议。其时刘廷琛正任京师大学堂总监督。12月27日，正当资政院弹劾军机大臣的时刻，他忽然上了一个“巩固君权以符君主立宪”奏折。该折的中心意思是说：“资政院为议院基础，其议事自有范围，议决事宜由该院总裁具奏，请旨裁夺，是议决之权在议院，准驳之权仍在朝廷。今该院议员习气嚣张，议论偏激，轻更国制，各兢私谋，持正者不敢异同，无识者随声附和，赞成虽云多数，鼓噪实只数人，勾通报馆以煽乱人心，奔走权门以刺探消息，始缘轻蔑执政，继且指斥乘舆，一似议决事宜，朝廷不能违异，是朝廷避专制之名，而议员行专制之实，神圣不可侵犯非皇上，乃议员矣。”“今日资政院已欲持太阿之柄，异日国会岂复知堂陛之尊，魁柄一去而不可复收，民气一动而不可复遏，始不过夺利争权之私，终必有犯上作乱之事。”“伏愿皇上执定宗旨，建议之可从者准之，不可从者驳之，包藏祸心妄逞横议者惩治之。”（《清朝续文献通考》，卷399，宪政7，第11502－

11503页）

监国摄政王载沣看了奏折不以为然，后来军机大臣们说，资政院近来所议各事，确有逾越权限，如请剪发辫、开党禁等，或是更张祖制，或是大背先朝，殊非臣子所当倡议。刘廷琛所陈虽言之过甚，然亦不为无因。经他们一说，载沣遂将奏折批交宪政编查馆知道。

此事传开，引起资政院议员的愤愤不平。12月30日资政院开会时，有的议员提议，刘廷琛弹劾议员有关本院名誉信用，应该请旨解散。经过讨论，大家认为必须先看到刘廷琛的原折，方能定夺，遂议决到宪政编查馆抄录原折。议员到了宪政编查馆，该馆竟以奏折系奉特旨发下之件，不便泄露，不许抄录。

刘廷琛为什么要弹劾资政院呢？据报纸披露，原因有三：一、军机大臣因资政院一再弹劾，欲留则恐忤舆论，欲去则恋栈不舍，特授意刘廷琛，作为先发制人之计；二、因资政院审查预算时，核减掉京师大学堂经费八万两，刘廷琛极为恼怒，所以要参劾资政院；三、刘廷琛的同乡议员某某，因在资政院中受到辱骂，又遭到各报的冷评，极力怂恿他这样干，以泄其私愤。

资政院为国家最高立法机关，议员发言不受院外人员的诘责。对此，作为全国最高学府的总监督刘廷琛不会不知道，但他还是参劾了，加给议员“习气嚣张”、“煽乱人心”、“行专制之实”种种罪名，并断言议员现在是“夺利争权”，终必“犯上作乱”。其所以如此说法，无非是因为议员在讨论问题时“轻蔑执政”，“指斥乘舆”。所谓“轻蔑执政”，指的是议员指责弹劾了军机大臣；所谓“指斥乘舆”，指的是批评驳斥了皇上发布的上谕。军机大臣都是在专制政治体制下训练提拔出来的官员，误国殃民，人人切齿，在资政院召开期间，又多次违背宪政，侵夺资政院权限，议员代表全国人民议决国家大政，当然有权指责弹劾；摄政王载沣不过是一位二十多岁的青年，知识不多，阅历不富，自然难免有做错事、说错话的时候，其代表宣统皇帝发布的上谕若不符合宪政精神，议员当然也有权进行批评驳斥，使其改正，这才是真正的宪政。

刘廷琛口中虽然也说要实行君主立宪，真正的意图又是什么呢？有的文章揭露道：“资政院议员负代表全国舆论之责，以行其参与国政之权，自不得不议论国家之法律，纠察大臣之行政”，“而刘廷琛乃以为大谬，至诋为包藏祸心。如刘廷琛之意，必使议员之对于国政，政府之所是者亦是之，政府之所否者亦否之，钳口结舌，一切唯政府之意是从”（《论刘廷琛反对资政院之封奏》，《申报》1911年1月2日）。也就是说，他只想让议员当军机大臣的哈巴狗，俯首听命，摇尾乞怜。如此一来，干脆实行专制好了，还要资政院和议员干什么？还搞什么宪政？

正因刘廷琛居心叵测，假借立宪之名，实行专制之实，人们立即看透了他“以媚政府”、“以求承奉”的真实面目，称其为与舆论为敌的“政府之走狗”，认为其“为人已不能容于今之世界”（《论刘廷琛反对资政院之封奏》，《申报》1911年1月2日；《刘廷琛诬劾资政院之由来》，《申报》1911年1月8日）。一些报纸发表文章对其丑恶行径大加评论。其同乡、同学和本校学生皆“引为奇辱”，极其愤怒。江西在京的政学各界同乡见其如此无耻，特发起一个驱逐会，决不认他为同乡，“以保全江西全体之名誉”。学界将同学录中名列第一的“刘廷琛”三个字用墨涂去，“以免污尽全体”。大学堂的学生因该校为全国观瞻所系，总监督又为全体之表率，“以此种无心肝之人久居其位，实为全体之羞，拟即结合团体，极力攻之，誓不达到目的不止”（《刘廷琛参劾资政院之反动》，《时报》1911年1月9日）。

刘廷琛本想通过上奏拍马求荣，不料却引起有识之士共愤，反取羞辱。

立宪运动与辛亥革命

辛亥革命一百周年之际，发表的文章，召开的会议，播出的电视剧，几乎都将功劳归于以孙中山为首的革命党，其他政治势力被排除在外。这种观点并不新奇，当年的革命党人就是如此说的。这种说法违背了历史事实，是非常错误的。

一、革命与立宪相辅相成

20世纪初，由于清政府腐败，民族危机严重，一部分先进之士鉴于世界历史发展潮流，深感专制不足以救亡图存，开始从事立宪运动。与此同时，革命运动兴起。革命派主张以暴力手段推翻清廷，建立资产阶级共和国，实行民主立宪；立宪派主张保留皇帝，进行和平的政治改革，实行君主立宪。二者同属资产阶级民主运动的范畴，分歧在于将来采取什么形式组织政体和以什么手段达到目的，也就是救国道路和方法不同。以后两派曾为此进行过激烈的论战。

立宪派的代表梁启超始终声明：革命与立宪相辅相成，激烈与温和殊途同归，手段不同，各有其用，两派应节制感情，求大同，存小异，联合起来，共同对付清政府，像资本主义国家的政党那样开展和平竞争，有不同意见可以进行正当的理论商榷，主动提出停止论战。可是，革命派以“排满”为职志，宣称决不能拥戴满族君主实行立宪，且视立宪派为“卖国之党”，“负友之党”，没有同意。

既然无法调和，必然引起竞争。为了争夺民主运动的领导权，压倒对方，双方都想方设法开展运动，扩大影响，取得群众的支持拥护。表面看来这种竞争只是为了己方，实际上也是促使对方努力进取，在无形之中形成了梁启超所说的革命与立宪相辅相成的互动局面。

这种互动局面从1905年8月中国同盟会成立之时起就表现出来了。1904年日俄战争爆发之后，立宪派掀起了立宪运动的高潮，并在中央和地方大员中多方进行策动，终于促成朝廷在1905年7月宣布派遣大臣出洋考察政治。主张实行暗杀的革命党人吴樾“深恐立宪告成，益不利于汉族”，乃变更了原先准备暗杀铁良的计划，“专向清五大臣下手”（冯自由：《革命逸史》第3集，第193页，中华书局，1981年）。9月24日上午，出洋考察政治大臣载泽、戴鸿慈、徐世昌、端方、绍英由北京正阳门车站启程，吴樾化装后携带炸弹上了火车，在机车与列车挂接时车身震动，其携带的炸弹受撞，自动爆炸，载泽受了一点轻伤，绍英受伤稍重，吴樾却当场牺牲了。

由于吴樾当场牺牲，此案当时没有侦破，但立宪派和清政府都肯定是革命党人所为。《时报》谴责说：“五大臣此次出洋考察政治，以为立宪预备，其关系于中国前途最重且大，凡稍具爱国心者宜如何郑重其事而祝其行。乃今甫就道，而忽逢此绝大之惊险，虽五臣均幸无恙，然此等暴徒丧心病狂一至于此，其罪真不容诛哉！”（《时报》1905年9月25日）《大公报》在惊呼“此真出乎人情之外而莫能索解”的同时，又指出政府不应畏难而退，而应“奋勇前进”，“急行其志，无俟踌躇”（《论出洋五大臣临行遇险事》，《大公报》1905年9月26日）。《申报》更认为这不是坏事，而是好事：“今日爆烈弹之一掷，实不啻以反对党之宗旨，大声疾呼于政府，俾知立宪之大有利于皇室，而不可不竭力以达成之。”（《申报》1905年9月28日）立宪派的著名人物张謇益发感到“立宪尤不可缓”，立电端方，请“奏布明诏，以消异志”（《张謇日记》，“乙巳年八月二十六日”，江苏人民出版社，1962年）。

清政府也确实感到立宪的必要与紧迫。端方致电上海报界说：“炸药爆发，奸徒反对宪政，意甚险恶，然益征立宪之不可缓也。”（《时报》1905年9月29日）一些督抚、将军和出使大臣致电政府说：“此事必是革命党中人所为，盖恐政府力行新政，实行变法立宪，则彼革命伎俩渐渐暗消，所以行此狂悖之举，以为阻止之计。当此更宜考求各国政治，实行变法立宪，不可为之阻止。”（《时报》1905年10月9日）吴樾的炸弹非但没有阻止五大臣出洋，恰恰相反，倒是促使当权者下定了考察政治的决心。1906年考察政治大臣归国，奏请实行立宪。9月1日，清政府宣布仿行宪政。

革命派认为，立宪成功之后，“政府之势力强，而国民之势力弱；政府之进步易，而国民之进步难”，虽欲颠覆政府，其道无由，“故以言革命，不可不持急进主义”（精卫：《杂驳〈新民丛报〉》，《民报》第10－12期）。要革命就快革命，“否则待虏廷万事改革，势力巩固，处处假宪政以干涉人之行动，借法律以限制人之自由，则虏着着占优势，我在在立危地矣。鼠首保命之不遑，尚云大举哉！”（铁郎：《论各省宜速响应湘赣革命》，《汉帜》第1期）

基于这种认识，同盟会员刘道一等策动洪江会首领龚春台，于1906年12月4日在湘赣边界的萍乡、浏阳、醴陵起义，众至三万余人，转战两旬而败。1907年，同盟会又加紧准备，于5月发动了广东潮州黄岗起义，6月发动了惠州七女湖起义，9月发动了广西钦廉防城起义，12月发动了广西镇南关起义。此外，还有光复会会员徐锡麟在7月发动的安庆起义。

为了与革命党竞争势力，推动清政府预备立宪，宪政讲习会（后改名宪政公会）的首领杨度致函梁启超说：“其所以必以国会号召而不可以他者，因社会上人明白者甚少……必其操术简单，而后人人能喻，此‘革命排满’四字所以应于社会程度，而几成为无理由之宗教也。吾辈若欲胜之，则宜放下一切，而专标一义，不仅使其脑筋简单者易知易从，并将使脑筋复杂者去其游思，而专心于此事……以此为宗教，与敌党竞争势力，彼虽欲攻我，亦但能曰办不到，而不能曰不应办也。”（《梁启超年谱长编》，第398页，上海人民出版社，1983年）梁启超同意。在他们带动下，1907年立宪派在各种报刊上大加鼓吹要求确定召开国会年限的舆论，并在此前后，相继建立了预备立宪公会、宪政研究会、宪政公会、政闻社等立宪团体，进一步有组织有计划地开展活动，影响越来越大。

徐锡麟在安庆起事，刺杀了巡抚恩铭。立宪派认为，对于中国前途来说，此事不是可悲，“实为可贺”。“可贺者何？贺其鞭策我政府速行立宪也。”（《大公报》1907年7月16日）果然，清政府由此加速了预备立宪的决心和步伐。首席军机大臣奕劻“闻皖恩铭被戕警耗，大惧，以为实行预备立宪，庶可免暗杀之患”（《辛亥革命浙江史料选辑》，第444页，浙江人民出版社，1981年）。他对慈禧、光绪说：“欲弭革命之叛乱，舍实行立宪主义，实无良策。盖此辈无他术，只以中国为专制政体，专以压制为惑人之术，我若及早颁布实行，则革匪无术以惑人。”（《盛京时报》1907年7月16日）端方亦电告铁良说：“吾等自此以后无安枕之一日，不如放开手段，力图改良，以期有益于天下。”（《辛亥革命浙江史料选辑》，第444页）继而朝廷再次派遣大臣到英国、德国和日本考察宪政，颁发了亟宜设资政院的上谕，命令各省试办地方自治，速设咨议局。

1908年3月27日，同盟会领导人黄兴亲率会员二百多人在广西发动钦州马笃山起义；4月30日，黄明堂、王和顺等在云南河口起义，但都没有成功。其后，部分革命党人鉴于以前依靠的主要力量会党组织涣散，难于指挥，开始转为运动新军。由于新军的发动比较缓慢，1909年只有同盟会员佘竟成、熊克武等联合哥老会在四川广安发动了一次起义。1910年2月12日又发动了广州新军三千人起义，但很快便被清军镇压。章炳麟、陶成章因对孙中山不满，又恢复了原来的光复会组织，从同盟会分裂出来，同盟会的力量更加削弱。

较之革命运动，立宪运动在这三年中开展得相当出色，成效显著。1908年，立宪派发动了各省人民到京上书，请愿确定召开国会年限的运动。清政府害怕丧失人心，8月27日颁布了《宪法大纲》及《逐年筹备事宜清单》，确定预备立宪之期为九年，届时召开国会。1909年，立宪派全力投入咨议局议员的选举，在许多省取得了胜利，掌握了领导权。1910年，立宪派又以各省咨议局为中心，领导了四次全国性的速开国会大请愿，迫使清政府将召开国会的年限缩短了三年。在同年召开的第一届资政院会议上，议员同军机大臣的违法行为进行了激烈的斗争，要求赦免包括革命党人在内的所有政治犯，搞得清政府手足无措，穷于应付。

虽然革命运动的发展不如立宪运动迅猛，革命与立宪的互动局面仍未改变；不过互动的形式不再像以前那样通过竞争表现出来，而是变为两派人士互相支持了。在国内，各省都有一些两派人士彼此熟悉，甚或为朋友、至交，关系比较密切；加之根本宗旨相同，大都能和平相处，遇事相助。立宪派人士看到清政府镇压革命一次，就大肆攻击政府一番，大骂政府专制、欺骗人民一通。这对于革命运动来说，就是一种精神上的支持。至于实际行动，如为革命派的报刊遭封禁打抱不平，热心营救掩护革命党人，资助革命经费等等，对于革命党人保存力量，继续准备起义，无疑大有帮助。一些革命党人看到立宪运动蓬勃发展，也投入到立宪运动之中，呼吁速开国会，参加立宪团体、咨议局联合会或立宪派组建的政党，与立宪派人士共同携起手来同清政府斗争。这种互动关系对双方来讲，都是有利无害的。

二、立宪派领导的保路运动点燃了辛亥革命的导火索

1910年2月广州新军起义失败后，孙中山仍然主张在广州发动起义，并召集黄兴、赵声、胡汉民等重要干部开会，决定了设立领导机关统筹部，组织选锋队（敢死队），以及筹款等事项。统筹部预定1911年4月13日在广州起义，由于一些具体原因，起义计划未能如期实现，参加起义的人数也大为减少。黄兴只好改变起义部署，4月27日下午率领一百多名选锋队猛攻总督府。经过激烈的战斗，牺牲七十二人，惨遭失败。受此重大打击以后，老同盟会会员吴玉章说，革命队伍立即陷于一种分裂、涣散和瓦解的状态。许多优秀干部的牺牲使革命力量大为削弱，更重要的是，同盟会失去了主宰。孙中山不再领导实际工作；赵声病故；黄兴心灰，束手无策；胡汉民躲在香港，不见踪迹。谭人凤也说，黄兴乃谓同盟会无事可为了，以后再不问党事，各同志鸟飞兽散；他本人也心志俱灰，决志归家，不愿再问党事。领导起义的香港统筹部告诉两湖地区的革命党人：广东失败，元气大伤，我们要培养元气，等待五年之后才得大举。以后虽有部分同盟会会员成立了同盟会中部总会，坚持革命，但却定于宣统五年（1913年）为大举时期。凡此均说明，黄花岗起义后，革命运动正处于低潮时期，革命党人根本没有在1911年再次发动起义的打算。然而，时隔不到半年，辛亥革命突然爆发了，原因何在？

辛亥革命之所以突然爆发，并不是武汉革命力量自身发展壮大和准备充足的结果，而是立宪派领导的保路运动为革命党人起义创造了有利契机。

早在光绪皇帝在世时即曾下令，经过湖南、湖北和广东三省人民斗争赎回的粤汉铁路，只能由三省人民集股兴修，不准借用外资。三省人民遂奏明集股商办，并与四川当局商定，川汉铁路的成都至宜昌段由四川承修，宜昌至汉口段由湖北承修。张之洞任督办粤汉、川汉铁路大臣后，认为人民无力兴修，与外国银行团签订了湖广铁路借款草合同，遭到三省人民的坚决反对。张之洞去世，与外国的借款谈判由邮传部办理。

1911年5月8日，以总理大臣奕劻为首的皇族内阁成立，次日即副署了实行全国铁路干线国有政策的诏令；18日，起用前开缺总督端方为督办粤汉、川汉铁路大臣；20日，邮传大臣盛宣怀代表清政府同英、法、德、美四国银行团签订了湖广铁路借款合同。

从理论上来说，湖广铁路借款和铁路干线国有政策未尝不可。问题在于，政府向外国借款属于资政院职权，必须经资政院议决通过；各省商办铁路收归国有关系到本省的权利存废，属于咨议局职权，必须经咨议局议决通过。可是，皇族内阁竟然擅自决定实行，不仅违背了立宪原则，而且也损害了人民的利益。于是，湖南、湖北、广东和四川的立宪派立即领导群众开展了保路运动，其中以四川最为激烈。

6月中旬，四川成立了全省保路同志会。由于川路股款系按亩加捐，直接关系到劳动人民的利益，因而得到广大劳动群众的积极支持。8月24日，成都各学堂全体罢课，全城罢市，并迅速蔓延全省。清政府非但不理会人民的合理要求，反而认为群众是“乱党”，命令署理四川总督赵尔丰严拿惩办，格杀勿论。9月2日，又命端方带领湖北新军入川镇压。7日，赵尔丰将领导保路运动的咨议局正副议长蒲殿俊、罗纶和保路同志会、铁路公司的负责人诱捕。群众扶老携幼，像潮水一般涌向督署，要求放人。惨无人道的赵尔丰竟下令士兵开枪打死三十多人，打伤的不计其数，第二天又射杀数十人。9日，邮传部命湖北当局在武汉逮捕了正在返川的咨议局副议长萧湘。

鲜血使四川人民认识到“朝廷暨督抚系大大之强盗”，“官逼民反”（《四川保路运动史料》，第318页，科学出版社，1959年），组织同志军向成都进军，全川响应。“天下人心，乃大动不可遏”，“仇视清吏若眼中钉，必去之而后快，其革命潮流竟成为一般人民之普遍心理矣”。（《湖南反正追记》，第61页，湖南人民出版社，1981年）

武汉的革命组织文学社和共进会一直各自活动，主要成员都是新军士兵，他们尽管不同意香港统筹部和同盟会中部总会的决定，继续做着起义的准备，但也仅是准备而已，并未决定何时举事。9月10日以后，文学社和共进会的负责人看到四川等省人民反对清政府的激烈情绪，先前端方已率湖北新军三营入川镇压保路运动，现在湖广总督瑞澂又急调湖北新军两营入川增援，同时下令四营分驻省内各地，认为武汉统治力量空虚，有机可乘，也担心革命力量因新军调动分散，才开始召开联合会议，商议发难和统一领导问题。24日，确定中秋节（10月6日）起义，推举蒋翊武为总指挥，孙武为参谋长。湖北当局侦得革命党人活动，加紧部署防卫。革命党人以为准备不足，并未按原先确定的日期起义。

10月9日上午，孙武等在汉口俄租界赶配炸药，炸伤面部，被送往医院。租界巡捕搜去革命党人名册，逮捕数人，转交湖北当局。下午，孙武担心湖北当局定按名册搜捕，让人转告蒋翊武，起义日期万难再延，希望今晚发动。其他人也认为与其坐而被捕，不如及时举义。蒋翊武犹豫一阵，方才下达命令，当晚半夜起义。旋又发生了意外情况，二十多人被捕，蒋翊武逃脱，担任传达命令的人没有及时完成任务，当晚未能发动。10日情况更为危急，凌晨，三名革命党人被斩首，到处传言官府按名册搜捕，在名册内的新军士兵人人自危，感到大祸临头，纷纷在私下里议论：“与其就缚，不如今晚动手，还可以死里求生。”（《辛亥首义回忆录》第2辑，第154页）于是他们暗中联络，晚上在武昌发动了起义。

由此不难看出，湖北革命党人原无在1911年10月一定起义的计划，只因四川保路运动迅猛发展，清政府从湖北抽调新军前往镇压，湖北统治力量空虚，他们认为有机可乘，始联合商讨起义。由于准备不足及种种意外情况，直到10月10日方才发难。可见是立宪派领导的保路运动为武昌起义创造了特殊的有利的契机，点燃了辛亥革命的导火索，没有保路运动，辛亥革命不可能在此时突然爆发，辛亥革命突然爆发是立宪运动与革命运动互动的结果。

三、辛亥革命胜利归功于谁

辛亥革命最终胜利了，应该归功于谁？对于都将功劳归于革命党人的说法，早在民国之初，原来的立宪派人士（民国以后不再称立宪派）虽未与公开争论，但心中实不服气，甚至有些气愤。如徐佛苏表示，辛亥革命之所以能够一举成功，实大半由于各省咨议局及议员能够号召大义，抵抗清廷。1912年梁启超归国后说，从武昌起义至今，无事不资激烈、温和两派人士之协力，“以云有功，则两俱有功，以云有罪，则两俱有罪”（《饮冰室文集》之二十九，第4－5页，中华书局，1989年）。1913年国民党发动“二次革命”的前夕，张謇更反问：“以势言，专制之推翻，以为国民党之武力乎？”“推翻专制，己以为功，他人是否有功？”又说：“公理在人，不容为讳。”（《张謇全集》，第1卷，第281、282页，江苏古籍出版社，1994年）

孰是孰非？考察一下历史事实，就知将功劳完全归于革命党人的说法是违背历史事实的，站不住脚的。

为了搞清这个问题，首先看看革命党人有无夺取胜利的军事实力。在此，最好先将辛亥革命与其之前的各次起义和1913年7月国民党发动的“二次革命”作一比较。

辛亥革命是湖北革命党人临时策动的，以前的十来次起义，大都是在孙中山、黄兴直接领导之下有计划有组织地进行的；参加的人数，辛亥革命发难时的新军不过是几营中事先取得联络的士兵，充其量不会超过三千人，而1906年萍浏醴起义时多达三万，1910年的广州新军起义，仅加入同盟会的士兵和下级军官就有三千余人，也多于前者。然而，以前的历次起义均以失败而告终。

较之国民党发动的反对袁世凯的“二次革命”，悬殊尤甚，辛亥革命根本无法与之相提并论。辛亥革命前，革命党人没有取得一个根据地，“二次革命”前，由革命党人任各省都督的，有广东、福建、湖南、安徽、江西、浙江、贵州、山西，也就是说，他们占有八省地盘，此外，江苏也在国民党人掌控之下；参加辛亥革命发难的人数不会超过三千，而据1913年统计，当年8月以前，革命党人任都督的八省军队计有二十五万多，加上江苏的三万多，超过二十九万（《陆军费与财政之关系》，《东方杂志》1913年第10卷第2号），这些军队虽然不一定都十分可靠，但可指挥的总有十几万，实力远远超过了辛亥革命；辛亥革命发难时局限于武昌一隅，“二次革命”在十日之间，即有江苏、安徽、广东、福建、湖南相继独立；辛亥革命时湖北的革命党人仅在当地的极少数人中有些影响，“二次革命”时国民党则成为全国最大最有影响力的政党，然而不到两个月，“二次革命”即被袁世凯的北洋军打得落花流水，一败涂地，纷纷亡命海外。

辛亥革命以前的历次起义和“二次革命”说明，无论力量强弱，革命党人单独领导的武装起义只有失败，而无胜利。这就产生了一个无法回避的问题，即为什么实力比以前历次起义并不强大，比“二次革命”更微不足道，且正处于革命低潮时期，为死中求生仓促发动的辛亥革命，能够一举成功？这种违反常规的惊人奇迹，显然不是由并非超人的湖北革命党人能够创造出来的。只要稍微尊重一点历史事实，就不难发现，辛亥革命一举成功绝对不是单纯依靠革命党人的发难。对此，无需详加论证，只要举出各省独立的实际情形就足够了。

湖北独立的首功确实属于革命党人，但他们人数过少，占领武昌城之后，由于原先安排好的领导人伤的伤，逃的逃，群龙无首，军饷又无所出，如果清政府调集大军组织反击，他们能坚持多久，不难想象。幸而立宪派人士马上投入到革命的行列，全力予以支持。咨议局议长汤化龙被推为军政府民政总长后，即代表咨议局通电各省咨议局，号召“奋起挥戈”，“立举义旗”（《辛亥革命史料》，第83页，龙门联合书局，1958年），使武昌起义迅速得到各地积极响应，缓解了湖北方面的压力。军政府提出饷项问题，咨议局议员立即议决将官库中的存款支给军用。立宪派人士还到处发表演说，鼓舞士气；组织商团、保安社和红十字会，保卫地方，协助民军，救火捕盗，维持社会治安，冒着枪林弹雨往前线运送武器弹药；星夜发动群众赶做馍馍，烧开水，供给前线军士，有时送酒肉犒劳；不遗余力地为革命军筹饷，并且稳定了全省秩序。所有这些，对于解除革命党人的后顾之忧，使之坚持斗争，推动全国革命形势普遍发展与高涨，起了极为重要的作用。

其后，江南各省相继光复，没有一省是革命党人完全依靠自己的武装力量单独夺取的，大多数得力于立宪派及其控制的咨议局，少数是两派的联合行动。

湖南响应起义最早。立宪派在保路运动中即迅速向革命转化，暗中组织机关，联络新军和会党。革命派也想趁机将铁路风潮演变为革命风潮，推举代表与立宪派和各界人士联络。于是两派汇合为一，共同筹议革命之策。武昌起义后的第三天，两派人士共同商议了发难的办法。咨议局议长谭延闿亦赞成文明革命，当巡抚余诚格欲捕杀发动起义的革命派和立宪派人士时，他巧为掩饰并加恐吓，保护了领导核心，使起义得以顺利进行。10月22日，两派人士起义，夺取了政权。

贵州独立，是由立宪团体自治学社发动起义取得的。

江西和广西没有革命党人起义，独立完全由咨议局促成。

广东的革命党人在黄花岗起义失败后多半外逃，辛亥革命爆发时，广州只有潘达微、邓慕韩、邓警亚等几个人，而清军则重兵云集，绝无武力夺取政权的可能。革命党人颇有自知之明，主张策动当局反正。正是由于立宪派和绅商的奔走，才使广东独立，由咨议局致电胡汉民回省就任都督。

江苏首先起义的地区是上海，上海的革命力量同样弱小，陈其美等议决联合绅商举义。11月3日，陈其美向立宪派的商团领袖李平书等人掌握的商团武装借了若干枪弹，率人进攻制造局，迅被击败，且被俘虏。幸李平书下令商团继续战斗，方将陈其美救出，上海独立。省会苏州的独立也是由立宪派促成的。

安徽的革命党人事前缺乏起义准备，武昌起义后才仓促组织力量，两次发动新军进攻安庆，均被击败，再也无力发动新的攻击。在咨议局和士绅的主持下，其终于以和平方式取得了独立。

云南光复以与立宪派关系密切的新军统领蔡锷功劳最大。

浙江、福建两省的独立均发生过战斗，咨议局和立宪派人士都参与了领导和发动，千方百计排除阻力，发挥了革命派难以起到的作用。

四川的独立是立宪派与当局谈判的结果。

立宪派纷纷在各省响应革命，谋取独立，不仅大力支援了首义地区武昌，更主要的是扩大了革命阵营，壮大了革命声势，改变了敌我力量结构对比，加速了清王朝的崩解和中华民国的诞生。

毫无疑义，革命党人首义功不可没，但湖北革命政权之能支撑下来，辛亥革命之能最终取得胜利，主要得力于各省立宪派的响应和参加。因此，完全有理由说，没有立宪派的响应和参加革命，便没有江南各省的独立，因而也就不会有中华民国的建立和辛亥革命的胜利；辛亥革命是革命派和立宪派的联合行动，辛亥革命的胜利是两派的共同胜利。若论功劳，立宪派比革命派还大。

清朝何以速亡

从1911年10月10日革命党人在武昌发动武装起义，至1912年2月12日清帝退位，只有短短四个月的时间，清朝灭亡之速，实所罕见。清朝何以会速亡？不妨先看看武昌起义半个月后仍然拥护清朝的民选资政院议员对时局的感受。

10月22日，第二届资政院会议按期举行开幕典礼。至26日，湖北、湖南、陕西相继独立，成为清政府的敌对势力。27日，议员提出顺人心以弭乱本具奏案。于邦华说明提出的主旨，略谓："今日之患，在人心已失。如粤乱甫平，川乱又起；川乱未已，鄂乱随之；以至皖、宁、荆、襄、赣、豫，皆有不安之象，此即人心已去之明证也。今日第一要义，必须收拾人心。"（《资政院记事》三，《申报》1911年11月3日）经过讨论，大家决定将其一分为三，即罢亲贵内阁、宪法交资政院协赞和解除党禁。次日，易宗夔说明起草急简贤能组成完全内阁案的主旨，略谓："非但各立宪国不使皇族任内阁，即我朝定制，亲王不假事权，亦不令其负一切政治上责任，以伤皇室之尊严。故必须另简贤能组成完全责任内阁，以维持今日之危局，团结将散之人心。"孟昭常说明起草人民协赞宪法案的主旨，略谓："宪法使人民协赞，此系原则，无容赘述。惟启（起）草之意，多借时事以立言，即今日人心之所以不稳者，以由于国家对于宪政不能实行，故人民大不满意。若一使人民协赞，即明示人民以真正立宪，而人民自心悦诚服矣。"牟琳谓此二案"实收拾人心之要著，议长须与政府直接陈明此义，必须允许"（《资政院四次会议纪》，《申报》1911年11月6日）。在他们看来，南方几省独立，清朝陷于土崩瓦解之势，原因就在于“人心已失”；而丧失人心的原因又在于“国家对于宪政不能实行”，成立皇族内阁。此论基本上符合实际情况。

至10月底，山西、云南、江西亦宣布独立。内阁总理大臣奕劻惊呼：“现所患者，不在革党之搆兵，实在人心之思变，故风声所至，响应如此之速。”（《大公报》1911年11月4日）摄政王载沣心知大错已铸，极其悔恨，为救燃眉之急，30日一连颁下四道上谕，其一为罪己诏，其中说：“政地多用亲贵，则显戾宪章，路事朦于佥壬，则动违舆论”，驯至“川乱首发，鄂乱继之，今则陕、湘警报迭闻，广、赣变端又见，区夏沸腾，人心动摇”，“此皆朕一人之咎也”，“兹特布告天下，誓与我国军民维新更始，实行宪政”，“以前旧制旧法有不合于宪法者，悉皆罢除”（《清末筹备立宪档案史料》上册，第96－97页，中华书局，1979年）。另一道上谕是“组织完全内阁，不再以亲贵充国务大臣”，“以符宪政而立国本”（同上，第598页）。可见他们对时局的认识也与资政院议员相同。11月3日，载沣又公布了资政院上奏的宪法重大信条十九条。根据这个信条，皇帝已无任何实权，一切权力全归国会，实为英国式的议会政治、虚君共和。但为时已晚，人心失而不可复得。

为什么会出现这种情况？这就要从载沣执政时谈起了。

载沣为道光皇帝之孙，醇亲王奕譞之子，光绪皇帝异母弟，1883年生。1890年袭封王爵。后曾获有内大臣、正白旗汉军都统、满洲正红旗都统等职衔。1906年在讨论是否实行立宪的会议上，他表示赞成。1907年6月在军机大臣上学习行走，开始进入行政中枢，次年2月补授军机大臣。这一年，各省人民掀起了请愿确定召开国会年限的运动。对此，载沣很理解，建议说：“若不早定期限，诚恐灰国民愿望之心，启上下隔阂之弊。目前急宜妥定选举规则，早为宣示最近召集国会期限，万不可以程度不及为词，致事事无可举办。”（《盛京时报》1908年7月21日）8月27日，朝廷确定预备立宪期限为九年，届时召开国会，实行立宪。11月13日，光绪皇帝病危，慈禧太后授载沣为摄政王，命将其三岁的儿子溥仪抱在宫内教养，在上书房读书。14日，光绪皇帝辞世，慈禧太后命立溥仪为嗣皇帝，入承大统，载沣监国。次日慈禧亦去世。

载沣为人正派，但对政治不感兴趣，性格懦弱，优柔寡断，年仅二十多岁，缺少从政经验和领导能力，在权术谋略方面更远逊于慈禧太后，这就使他在社会制度嬗变的复杂环境中很难把握全局，将国家大政处理得当，有时不得不为亲贵大臣特别是年长、辈尊、权重的首席军机大臣奕劻所左右。他虽然喜读西方书籍，易于接受新思想新事物，与立宪派有些共同语言，但皇族的特殊地位和利益，家天下的腐朽思想，又使他与立宪派之间存在着相当大的差距，立宪派要求高档次的英国模式的立宪，他所企望的立宪则是最低档次的日本模式。

载沣执政以后，以新皇帝的名义颁发谕旨，重申九年立宪一定要按期完成，命令各级官员抓紧办理，不得观望迁延。1909年3月，他又将一定实行立宪的宗旨宣示明白，要各级官员实力奉行。他还经常召见朝中大臣筹商预备立宪之策，敦促各省督抚认真筹办宪政，批准在宪政编查馆内设立考核专科，专管考核督促中央和地方各衙门应行筹备之事，分别好坏，宣示天下，用以鼓励先进，鞭策后进。

1910年，为挽救民族危机，各省咨议局代表在全国开展了要求在一年之内召开国会的请愿运动。1月16日，将请愿书呈递到都察院。从请愿中载沣看到了民气的发达、民智的开通，表扬了代表的爱国热忱，但又以筹备工作尚未做好，国民程度不齐，加以拒绝。6月，请愿代表又将请愿书呈递到都察院。载沣因见各地人民掀起的抗捐抗税斗争日渐增多，愈益感到国民资格不齐，速开国会，只有更加滋扰，婉言解释一番，再次拒绝了。第三次请愿时，许多省的人民群众举行了浩浩荡荡的游行，将少数人的请愿变成群众性的运动。与此同时，大多数总督、巡抚也联衔要求召开国会，建立责任内阁。载沣见此情形，知道不速开国会不行，然而又考虑筹备工作头绪纷繁，绝非一年之内所能完成，遂于11月4日宣布，将原定1916年召开国会改为1913年，缩短三年，不准再请。奉天人民因为日本和俄国侵略威胁加紧，12月又进行第四次请愿。直隶的学生起而响应，通电各省，呼吁支援。载沣认为实属不成事体，下令将东三省代表迅速送回；并严厉地说，以后如再聚众滋闹，就不是安分良民，应即查拿。

立宪派对预备立宪是真诚拥护的，在国会请愿运动中，他们恭谨虔诚地呈递请愿书，始终遵循国家法律，毫无越轨行为，请求一次比一次赤诚。结果呢？政府“直以热心爱国之绅民与革党会匪齐观而等视矣”（《读本月二十三日上谕恭注》，《大公报》1910年12月29日）。不过，此时尽管有少数人因国会请愿没有达到预期目的感到失望，但并未达到绝望的程度。如果预备立宪的筹备工作按照修订后的整体规划方案，有序地走完预备立宪的既定途程，清政府仍会得到立宪派的支持，不会产生深刻的危机。因为清政府确定的召开国会年限与立宪派要求的仅仅相差两年，还是能为较多的立宪派人士接受的。如果1911年10月30日的四道上谕和11月3日的十九信条在此时宣布，更可完全肯定地说，立宪派一定会认为政治改革的愿望得到满足，成为清政府的坚定拥护者，绝对不会与之分道扬镳。

然而，通过国会请愿和资政院会议，载沣非但没有认识到民权发达为实行宪政所必需，反而觉得是故意与朝廷为难。奕劻受到资政院弹劾，更感到恐惧，对民权恨之入骨。因此，他们没有批准资政院议员要求召开临时会议的陈请。1911年5月8日，载沣更犯了一个致命的错误，批准成立以奕劻为总理大臣的责任内阁，即人们所称的皇族内阁。皇族内阁的成立不仅表现了满、汉之间的不平等，使汉族大臣离心离德，更重要的是，完全违背了君主立宪制的政治原则——不准皇族充当国务大臣，使预备立宪进程急剧发生逆转，走向歧路。紧接着，皇族内阁又公然践踏宪政，不经咨议局议决通过，5月10日擅自宣布实行铁路干线国有政策，将原来的商办铁路收归国有；不经资政院议决通过，5月20日同外国银行团签订了湖广铁路借款合同。

社会只能前进，不可后退，宪政之门既已打开，并且正在逐步推行，渴望民主自由的人民绝对不会允许再将其关闭，这只能激起更强烈的反抗，于是形势急转直下。5月12日，各省咨议局联合会在北京召开，次日就确定了以推翻皇族内阁为中心议题；6月6日呈请都察院代奏，皇族不宜充当内阁总理，请另简大员组织内阁。呈文是相当温和合理的，也是从爱护皇族、尊重君主、国家安全出发的，而且仅仅反对皇族充当总理，用心良苦，可是并不为当权者所接受。内阁开会讨论时，奕劻身当其冲，不置一词。其他人一齐叫嚷联合会的要求有碍君主用人特权，有违君主立宪政体，碍难允准。载沣对奕劻亦甚厌恶，但奕劻势力遍布朝内朝外，羽翼已成，与列强打了多年交道，办理外交尤其离不开他。他同时认为，各部大臣多系亲贵，以资格老、辈份尊的奕劻尚且不能十分贴服，若易他人，更加难办。隆裕太后虽然主张总理不一定非皇族担任不可，但恐怕民权膨胀，压倒君权，也不允许咨议局联合会的请求，想让妹夫载泽接替奕劻，把大权抓在自己手里。载沣对载泽给隆裕通风报信，依恃隆裕争夺权势极其不满，自然不会答应。但以为严词驳斥咨议局联合会，恐失民心，有背立宪本意，便将呈文留中（即留于宫中，既不交议，也不批答）。结果奕劻照常任职。

6月16日，咨议局联合会就内阁问题再次研究对付政府的办法，大家认为人民对于政府还应进行忠告，政府不理，是其有负人民，公决再次上书，于是再次呈请都察院代奏。同时公开发布报告书，指出内阁所推行的政策都是“亡国政策”、“铁路外有政策”、“媚外政策”，“名为内阁，实则军机；名为立宪，实则专制”（《直省咨议局议员联合会第二届报告书·记事录》，第97－104页，1911年）。奕劻等非但不思悔悟，反而认为这是针对政府已定的政策和章程制度而妄事抗争，“最足挑起国民反对政府之恶风潮”，“十分懊恼”（《申报》，1911年6月23日）；又恐各省团体“与联合会勾合一气，酿滋事端”（《申报》，1911年7月10日），企图利用皇帝谕旨的大棒把人民的正当要求打压下去，便在7月5日副署了一道蛮不讲理的上谕，斥责联合会议论渐进嚣张，干预君主用人大权，违背君主立宪本旨；并密饬都察院，凡已驳之件，不准再为代奏，使联合会呼诉无门。

联合会会员见之无不满腔愤怒，上书再无必要，他们把要说的话直接诉诸社会、诉诸人民，于是又写了一篇通告各团体书，指出政府罪恶滔天，人民对它深恶痛绝，并严厉驳斥了上谕，还极其悲愤地写道：“日日言立宪，宪政重要机关之内阁首与宪政之原则背道而驰，呜呼，其何望矣！”（《直省咨议局议员联合会第二届报告书·记事录》，第105－109页）报告书和通告书向全国人民宣告了政府的罪状和不可救药，堂堂正正地指出，违背立宪原则的不是人民，而是政府，无情地揭露了政府摧残民主、钳制天下之口的险恶用心，撕破了政府“日日言立宪”的画皮，唤起了人民的同仇敌忾之心，激励着人民为彻底打倒专制独裁而斗争。从此，大多数立宪派人士走向清政府的对立面。

皇族内阁的铁路干线国有政策和签订湖广铁路借款合同，违背立宪原则，损害人民利益，更使“民气郁愤怨结上通于天”（唐蔚芝：《中国改革建设政体论》，第2页）。立宪派人士开展起轰轰烈烈的保路运动，四川最为激烈。皇族内阁非但不理会人民的要求，反而命令署理四川总督赵尔丰严拿惩办。赵尔丰遂将咨议局和保路同志会的领导人蒲殿俊等逮捕，继而开枪屠杀要求释放被捕人员的群众。这一野蛮残暴的行径，不但把四川人民逼上了梁山，而且也进一步把立宪派推向了对立面。血的教训促人猛醒，大多数立宪派人士见政府冥顽不灵，无药可救，纷纷转向革命，彻底抛弃了清朝。而湖北的革命党人则利用保路运动所创造的良好契机发动了武昌起义。由于在思想与行动上有了革命的准备，所以辛亥革命一爆发，他们便迅速响应，促成了江南各省相继独立。

如果没有皇族内阁成立及其推行的铁路国有政策和向外国银行团借款筑路，清政府便不会丧失人心，不会有辛亥革命的爆发和江南各省的独立，也不会又起用被罢官的袁世凯，以致后来出现逼宫之事。由此可见，清朝之所以速亡，从根本上来说，完全是清政府违背了一定要实行立宪的承诺，中断了预备立宪的进程，回复到专制独裁的政治体制，剥夺民权，丧失诚信，遭到全国人民唾弃的结果。清朝既非亡于改革迂缓，更非亡于改革过速过猛。因而也可以说，清朝并非亡于立宪派，更非亡于发难人数微不足道的革命派，而是自取灭亡，自食其果。葬送它的首先是年轻的执政者摄政王载沣，而作为政府首脑的内阁总理大臣奕劻同样难辞其咎。

第三章　民国后的袁世凯

真正使清帝退位的是袁世凯，不是革命党人；有了清帝退位，才有统一的中华民国的建立。此乃历史事实，谁也无法否定。因此，论起清朝灭亡和统一的中华民国的建立，袁世凯是有功的，决不能将一切功劳都归之于革命党人。

袁世凯：从出山到逼宫

一

1911年10月10日武昌起义爆发后，摄政王载沣闻报，立命陆军大臣荫昌督率军队前往镇压。14日，又在内阁总理大臣奕劻和协理大臣那桐、徐世昌极力保荐与威胁下发布上谕，任命1909年初被他罢官后定居在河南彰德（今安阳市）的袁世凯为湖广总督，督办剿抚事宜。

接到上谕后，袁世凯并未立即复出。后来有徐世昌密赴彰德以及袁世凯提出出山六项条件之说，几乎成为史学界的“共识”。实则此说只是传闻，并无其事。

10月14日，内阁参议阮忠枢奉命抵达彰德，将上谕和奕劻的亲笔信交给袁世凯，传达了载沣要其迅速上任，不要介意罢官一事的意思。袁世凯认为这是他东山再起的重要机会，没有犹豫，接受了任命。只因前往镇压湖北新军起义的各路援军极少，他赤手空拳，无力剿抚；对于荫昌带往前线的军队，他也仅有会同调遣之权，指挥起来有诸多不便，所以没有立即出山，而是写了八条要求，让阮忠枢回京面呈奕劻。内容大致讲无兵无饷，何能办事，拟调集万余续备、后备军人带往湖北，以备剿抚之用；请度支部先拨银三四百万两，作为军饷及各项急需；请军咨府、陆军部不可遥为牵制等。

19日，袁世凯致电内阁，请求批准上述条件。20日，他再次致电内阁，要求令其亲信王士珍等前来听用。22日，湖南、陕西两省宣布独立，而清军在前线毫无进展。不得已之下，载沣批准了袁世凯的奏请，任命冯国璋统领前线第一军，段祺瑞统领第二军，均隶属于袁。27日，朝廷召回荫昌，任命袁世凯为钦差大臣，予以节制调遣前往湖北赴援的各军之权。同一天，驻扎直隶滦州的第二十镇统制张绍曾等联名电奏清廷，提出速开国会、改定宪法等要求。29日，山西独立。次日，云南独立。

面对各地汹涌澎湃的起义浪潮，袁世凯于30日离开彰德南下。11月1日，奕劻见袁世凯已经出山，国事日非，自己无力承担，奏请辞职，其他国务大臣亦奏请辞职。载沣遂授袁世凯为内阁总理大臣。袁世凯以不是国会公举，声称不敢奉命。8日资政院开会，正式选举袁世凯为总理大臣。袁世凯遂把前线军事交给冯国璋指挥，自己带领卫队进京，于16日组成责任内阁。

袁世凯东山再起，并不是为了革命。他痛恨载沣将其罢官，也不想为清朝卖命。其唯一的目的就是先把军政大权抓到手，再打着维护清室的旗号打压南方革命力量，迫其就范；然后借革命力量威胁朝廷，逼它交出全部权力；最后夺取全国政权，建立以自己为首的中央政府。

基于上述考虑，袁世凯确定了对革命力量又打又拉的策略。在被任命为钦差大臣的那一天，他就决定给南方民军一点颜色看看，密令北洋军猛攻汉口，经过三天激战，将其占领。而后他三次命人与湖北军政府都督黎元洪联系，要求和谈。这时，同盟会的二号领袖、湖北战时总司令黄兴写信告诉他，只要他学习华盛顿，推翻清王朝，全国人民就会拥戴他为大总统。11月11日，袁世凯正式派人带着他的亲笔信，与民军议和。黎元洪等人驳斥了他的君主立宪主张，劝其赞成共和。袁世凯看到自己有当大总统的希望，甚为高兴，但革命党人拒绝和谈的强硬态度又使他怒不可遏，遂命冯国璋倾全力攻克汉阳。经过反复激战，北洋军终于占领汉阳。

袁世凯到京后，取得了朝廷的军警大权，又以责任内阁的名义，奏请一切与立宪制度抵触的事项一律停止，所有政令政务都集中到内阁。载沣丧失了执政的实权，被迫辞去徒有虚名的摄政王，退归藩邸，清廷只剩下隆裕太后和小皇帝溥仪孤儿寡母了。

11月30日，独立的南方各省代表在汉口举行联合会议，袁世凯又通过英国领事向会议提出和谈要求。代表们多认为袁世凯力量强大，同他对抗，没有必胜的把握；如果他赞成共和，推翻清廷只在指顾之间，革命即可早日成功，减少流血牺牲，于是同意和谈，并于12月2日通过决议："如袁世凯反正，当公举为临时大总统。"

12月7日，清廷授袁世凯为议和全权大臣，袁世凯即委任唐绍仪为总代表，率团与南方的总代表伍廷芳进行和谈。20日，伍廷芳提出，人心倾向共和，若非承认共和，别无议和之法。唐绍仪表示同意，并说袁世凯也赞成共和，只不过不好说出来；旋即提出召开国民大会，公决民主或君主的方案，电请袁世凯代奏。袁世凯以事关清朝存亡、内阁不敢作主为名，奏请隆裕太后召集王公大臣开会讨论，王公大臣多数表示赞成。隆裕告知袁世凯，准唐绍仪所请，迅拟选举办法。

因唐绍仪与伍廷芳议定的召集国民会议办法对袁世凯不利，加以1912年1月1日孙中山在南京就任了中华民国临时政府的大总统，袁世凯感到受了革命党人欺骗，于是不承认所议办法，并准唐绍仪辞职。实际上，仍令他留在上海，私下与伍廷芳协商。

1912年1月14日，唐绍仪问伍廷芳，如果清帝退位，推举袁世凯为总统有多大把握。伍廷芳随即电告孙中山。孙中山复电说："如清帝退位，宣布共和，则临时政府决不食言，文即可正式宣布解职，以功以能，首推袁氏。"（《孙中山全集》第2卷，第23页，中华书局，1982年）袁世凯得知能够当上总统，便放下心来，开始逼宫。

16日，袁世凯手捧与内阁大臣联衔的奏折来到养心殿，向隆裕及其身旁的溥仪讲了一通议和过程与形势万分危急的情况后，接着说：环球各国，不外君主、民主，民主如尧、舜禅让，民军也不想因改为民主，减少皇室尊荣；"读法兰西革命之史，如能早顺舆情，何至路易（指1789年法国大革命时被处死的国王路易十六）之子孙靡有孑遗也"；我皇太后、皇上"必能俯鉴大势，以顺民心"（《辛亥革命史料》，第300页，龙门联合书局，1958年）。他说话时虽然痛哭流涕，但却暗含恫吓之意。隆裕太后默无一言，泪流不止。

袁世凯从宫内出来后，行至东华门外，遭到革命党人的炸弹袭击，随即称病不朝，把逼宫任务交给民政大臣赵秉钧、署理外务大臣胡惟德和署理邮传副大臣梁士诒等。

17日，隆裕太后召集宗室王公开御前会议，讨论是否实行共和。奕劻和贝子溥伦主张自行退位，颁布共和。隆裕一听，抱着溥仪呜呜大哭。由于多数人反对，会议开了两天，没有结果。赵秉钧等斥责王公亲贵议而不决，声称再如此下去，就辞职不干，说完扭头就走，吓得隆裕不知所措。袁世凯又用重金收买了隆裕最信任的太监小德张。小德张对隆裕说："若不答应民党的要求，则革命军队杀到北京，您的生命难保"；倘能让位，则有"优待条件"，"仍可安居宫闱，长享尊荣富贵，袁世凯一切可以担保"。隆裕本就优柔寡断，在袁世凯的内外夹攻之下，动摇起来。

22日，孙中山提出议和的最后解决办法，令伍廷芳转告袁世凯：清帝退位后，袁世凯须宣布政见，绝对赞成共和主义，孙中山即行辞职，由参议院推举袁世凯为临时大总统。袁世凯这才感到真正吃了一颗定心丸，但隆裕仍然坚持召开国民会议解决问题。于是，袁世凯上折威胁说，采用这个办法，就不能保证清帝退位后皇室受到优待。而后他又密令段祺瑞等前线将领致电内阁代奏，指斥亲贵阻挠，请求明降谕旨，宣示立定共和政体。

26日晚上，宗社党头子、主战最力的良弼被革命党人炸断一条腿。反对退位的王公亲贵闻风丧胆。次日上朝后，隆裕掩面痛哭，泣不成声地说："梁士诒啊！赵秉钧啊！胡惟德啊！我母子二人性命，都在你三人手中，你们回去好好对袁世凯说，务要保全我们母子二人性命！"（《三水梁燕孙先生年谱》上，第111页，1946年）为求得袁世凯保护，隆裕马上封其为一等侯爵。袁世凯考虑，自己如果接受，就要效忠清王朝，逼宫戏就不能继续演下去了，于是上折力辞，但隆裕不准。如此一连四次，袁世凯没有办法，只好说待时局稍定，再行受封。

为促使隆裕早下决心，29日，袁世凯一方面令杨度等人组织共和促进会，宣言目前实行君主立宪已晚，应速实行共和；另一方面，上折催促隆裕迅速做出抉择，加紧刁难。隆裕见王公亲贵都不敢发表意见，自己实在无路可走，经过反复深思，觉得退位后享受优待条件，总比宗族覆亡的结局强得多，遂做出了皇帝退位、颁布共和的决定，于2月3日授袁世凯全权，与南方协商退位条件。

可是，隆裕并未决定何时退位。5日，袁世凯又密令段祺瑞以前敌将领名义致电内阁，指斥皇族败坏大局，阻挠共和，罪恶滔天；并声言将率全体将士入京，与王公剖陈利害。袁世凯让王公大臣看了电文，他们个个毛骨悚然，再也不敢说反对退位的话。

几经协商，南北双方对退位条件达成了协议，隆裕认可。1912年2月12日早晨，胡惟德与赵秉钧、梁士诒等进了养心殿。隆裕止住哭泣，领着溥仪出来。按照事先规定的礼节，胡惟德等行了三鞠躬礼，隆裕点头还礼，在正中的宝座坐下，溥仪坐在旁边的椅子上。室内一片肃穆。

胡惟德上前一步说："总理大臣袁世凯身体欠安，未能亲自见驾，所以叫胡惟德带领各国务大臣来给太后和皇上请安。"隆裕已将事先写好的以宣统帝名义颁发的清帝退位、公布优待条件、劝谕臣民三道诏旨盖好大印，说道："袁世凯也受皇恩，把这样的局面应付到今天，为国家、为皇室都出了不少力。如今议和能使南方满意，做到优待皇室等等的条件，也是不容易的。我和皇上为了全国老百姓早一天得到安顿，国家早一天得到统一，过太平日子不打仗，所以我按照议和的条件把国家的大权交出来，交给袁世凯办共和政府。今天颁布诏书，实行退位，叫袁世凯早点出来，使天下早点安宁吧。"说完慢慢站了起来，把诏书递向胡惟德，又说："胡惟德，你把我的意思告诉袁世凯，这道诏书也交给他吧。"

胡惟德连忙走到隆裕座前，双手接过，并说了几句安慰的话："太后睿明鉴远，顾全皇室，顾全百姓，袁世凯和群臣、百姓岂有不知，绝不会辜负太后的一番慈衷善意。况且优待条件已经确定，今后必然做到五族共和，这个天下就是大家的太平天下了。敬祈太后保重，太后放心。"

隆裕面露凄楚，领着宣统帝退朝。至此，统治中国二百六十多年的清王朝覆亡了。

二

论起清朝的灭亡，不能不提到袁世凯。以立宪派为主取得的南方各省独立，确实有了与清廷对话的资格，但仅仅如此并不一定能够迫使清帝退位。倘若东山再起的袁世凯坚决支持清廷，暂以武力与南方角逐，则鹿死谁手尚难预测，而且还有可能收复失地，至少可保北方半壁江山，形成“南北朝”对峙的局面，清朝不会灭亡，也不会出现统一的中华民国。

这样说并非过甚其词，有事实可证。袁世凯到京出任清政府内阁总理大臣，获得军政大权以后，取消了立宪派策动的山东独立，镇压了革命党人在河南发动的起义。革命党人在直隶保定、张家口、任丘县等地发动的起义，王金铭、施从云等率领的第二十镇三营新军士兵在滦州的起义，以及天津革命党人的活动，亦先后被镇压下去。东三省的咨议局和士绅大都忠于清廷，反对革命。袁世凯据有这几省地盘，又有训练有素、装备精良的北洋军，要想巩固住北方，并不困难。即使向外扩张，收复失地，亦有可能。例如，山西独立后，他任命张锡銮为山西巡抚，率曹锟的第三镇北洋军向山西进攻，很快即占据太原，都督阎锡山及其所属的民军闻风远遁，若非立宪派人士从中斡旋，南北和谈开始，袁世凯手下留情，阎锡山及其民军就会被逐出山西。再如，在10月27日被任命为钦差大臣的那一天，袁世凯决定给民军一点颜色看看，密令北洋军猛攻汉口，经过三天激战，即将其占领。而后他数次命人与湖北军政府都督黎元洪联系，要求和谈，遭到拒绝，又命冯国璋倾全力攻克汉阳。汉阳一面临长江，一面濒汉水，群山环抱，据有龟山之险，易守难攻，而且还有湖南等地赶来的众多援军，由同盟会的二号人物黄兴担任战时总司令，亲自督战。但经过反复激战，11月27日，汉阳又落入北洋军之手。之后，黄兴出走上海，黎元洪退往葛店。此时北洋军如果渡江强攻，革命党人很难守住武昌。但袁世凯的目的是压迫民军和谈，而不是一鼓荡平武昌，所以没有做得太绝，而是留有余地，下令只准北洋军隔岸用炮向武昌城头轰击，不准渡江进取。冯国璋几次请求乘胜进攻，他均没有批准。因此，武昌才得以仍在革命党人之手。

自从1909年初被罢官，袁世凯就与清廷三心二意，东山再起之后，亦不想为清廷卖命，此时以他为首的北洋军事政治集团和北洋军，实为清政府之外的另一种势力。正是他以这股势力加紧逼宫，最终迫使隆裕太后做出了以宣统退位换取优待条件的决定。不论其当时的主观动机如何，真正使清帝退位的是他，不是革命党人；有了清帝退位，才有统一的中华民国的建立。此乃历史事实，谁也无法否定。因此，论起清朝灭亡和统一的中华民国的建立，袁世凯是有功的，决不能将一切功劳都归之于革命党人。

暗杀宋教仁的主谋尚难定论

1913年3月20日晚上十点多钟，国民党代理理事长宋教仁由上海车站乘火车进京，突遭凶徒枪击，前往送行的于右任等人立即将其送往沪宁铁路医院抢救。21日，临时大总统袁世凯得悉，当即电令江苏都督程德全、民政长应德闳前往医院慰问，立悬重赏，限期破案。但因伤势过重，宋教仁于22日逝世。袁世凯又令程德全、应德闳迅缉凶犯，穷究主名，务得确情，按法严办。

其时正在上海的国民党领导人黄兴和陈其美亦悬重赏缉拿凶手，同时发动上海的全体党员分头寻找线索，并于发现嫌疑人后报告了公共租界总巡捕。24日，凶手武士英（真名吴福铭）和江苏驻沪巡查长应桂馨（又名应夔丞）同时落网。经公共租界会审公堂和法租界会审公堂分别预审，武士英对受雇于应桂馨刺杀宋教仁供认不讳。4月中旬，会审公堂将二犯及搜查到的物证移交程德全、应德闳。

4月24日，武士英突然暴毙于狱中。在孙中山和黄兴的强烈要求下，25日晚上十二点钟，程德全、应德闳向袁世凯、参众两院、国务院、各省和各报馆发出通电，除将租界会审公堂预审，暗杀明确；在应桂馨家搜出五响手枪一支，内有子弹两个，弹壳两个，密电本三本说明外，还公布了许多与宋教仁被刺案有关的函电证据。

函电证据公布以后，国民党人及一般舆论皆认为是内务部秘书洪述祖指使应桂馨刺杀宋教仁，袁世凯和国务总理兼内务总长赵秉钧是洪述祖的幕后主使者。后来近代史学界一般均认为袁世凯是刺宋的主谋，或袁世凯与赵秉钧同为主谋。

根据从应桂馨家中搜出的手枪、子弹等物，他与洪述祖往来的函电，凶手武士英的供词，以及1919年北京政府大理院对洪述祖的判决，洪述祖和应桂馨合谋刺宋绝无疑义。

袁世凯和赵秉钧是否为洪述祖的幕后主使人呢？这种说法诚然事出有因，一则公布的函电证据中涉及到他们二人；二则除去宋教仁之后，他们是最大的受益者，有作案动机。

宋教仁一直主张实行内阁制而反对总统制，1912年6月他辞去农林总长后极力主张实行政党内阁制，因而对组织政党内阁起着决定作用的国会大选活动特别热衷。他号召国民党停止一切运动，全力投入选举，宣称："我们要在国会里头获得过半数以上的议席，进而在朝，就可以组成一党的责任内阁；退而在野，也可以严密地监督政府，使它有所惮而不敢妄为；应该为的，也使它有所惮而不敢不为。"（《宋教仁集》下册，第456页，中华书局，1981年）为此，他不惮劳苦，先后到湖南、湖北、安徽、江苏、浙江，激昂慷慨地发表演说，抨击时政，鼓吹责任内阁，甚至点名指责袁世凯和赵秉钧。有次他讲："现在接得各地的报告，我们的选举运动是极其顺利的。袁世凯看此情形，一定忌克得很，一定要勾心斗角，设法来破坏我们，陷害我们。我们要警惕，但是我们也不必惧怯。他不久的将来，容或有撕毁《约法》、背叛民国的时候。我认为那个时候，正是他自掘坟墓、自取灭亡的时候。到了那个地步，我们再起来革命不迟。"（同上，第456－457页）经过努力，他本人当选为参议员，国民党在1913年2月结束的参众两院选举中，获得了压倒优势的胜利，成为国会中的第一大党。他满以为依靠第一大党的支持，可以出而组阁，当上国务总理了，国民党人也对他抱着很大的希望。如果宋教仁组织责任内阁，势必牵制总统的职权，对袁世凯不利，也使赵秉钧失掉了总理的位置；如果国民党议员在当年的正式总统选举中不投袁世凯的票，政权会被国民党用和平方式夺去，对袁世凯来说，就无异于灭顶之灾。所以他们都有可能指使洪述祖暗杀宋教仁，具有重大嫌疑。

但要断定他们是不是幕后主使人，必须看引以为据的事实能否成立，还要看他们本人的自辩有无道理。

函电证据涉及赵秉钧的有几处（见朱宗震、杨光辉编：《民初政争与二次革命》，第241－244页，上海人民出版社，1983年；《宋教仁被刺及袁世凯违法大借款史料》，第163－190页，中国国民党中央委员会党史史料编纂委员会编，《革命文献》1968年第42、43合辑，不再一一注明），就在证据公布的第三天，即4月28日，他为避免以讹传讹，特地发出通电进行辩解（见《民初政争与二次革命》，第257－261页）。兹按时间顺序，看他是如何辩解的。

证据一：1月9日，国务院总理赵秉钧致洪述祖函，有“应君（夔丞）领款，不甚接头，仍请一手经理，与总统说定才行”等语。

对此，赵秉钧辩解为：“此函系因应夔丞担任解散共进会，除领款五万元外，其巡缉一差，亦为消弥伏莽，由程都督（即程德全）电请中央每月津贴二千元，大总统照准。应夔丞请领该项津贴之款，本总理饬查，国务院、内务部均无成案，故有致洪之函，声叙始末。至今应（夔丞）之公文印领，尚存国务院，有案可查也。”他任国务总理兼内务总长，对领津贴这种具体的小事不大清楚，命秘书洪述祖办理，是很正常的，可以理解的，因而其辩解是可信的。

应桂馨原为上海的帮会头子，辛亥革命时取得陈其美信任，当上了上海都督府的谍报科长，后又充当南京总统府的庶务科长，兼管孙中山的卫队，因为违法乱纪被撤职。以后他怎么又当上了江苏驻沪巡查长？赵秉钧也有个说明：“应夔丞系上年顾斌勾结鄂省马队滋事案内逃犯，曾经黎副总统（即黎元洪）通电严缉。嗣于十月二十七日准黎副总统宥电称，‘据程都督电，应夔丞情愿效力自赎，并担任解散共进会及武汉党徒，请将通缉原案取消’等因，十月二十九日奉大总统令，‘准将应夔丞一名特予赦典，取消通缉，嗣后该共进会如有不法，惟应夔丞是问。即由该都督责成担任，并酌予委用’等因，由国务院艳电咨行程都督及应夔丞在宁委充巡缉差使。”由此可见，以前赵秉钧和袁世凯并不认识应桂馨，应桂馨到国务院请领津贴纯属公务，并不涉及其他，很难推断与刺宋有关。

证据二：1月14日，赵秉钧致应桂馨函有“密码送请检收，以后有电直寄国务院赵可也”等语。外附应密电码一本，上注“国务院应密，民国二年一月十四日”字样。

对此，赵秉钧辩解道：“查上年十二月中，应夔丞北上，循例谒见大总统及本总理，力言共进会党均系青红两帮，抚无可抚，诛不胜诛，惟宜设法解散，以杀其势。曾经开具条款，领洋五万元以为解散该会费用。政府允许，款由内务部发给，档案可查。至本年一月，应（夔丞）将南归，濒行求见，面请发给国务院密码电本。本总理当以奉差各省特派人员向用密电报告，以防漏泄，应夔丞请发密码，理无固拒，因而许可。又恐其借事招摇，别生枝节，因函嘱其以后有电直寄国务院，借示在官言官，语不及私之义，而别嫌明微之隐衷，亦可于兹揭示。斯则本年一月十四日之函所由来也。”他说“奉差各省特派人员”均送给密电码，应桂馨请求发给，不便拒绝，这种解释应该说是合理的。

证据三：1月26日，应桂馨致赵秉钧密电，有“国会盲争，真相已得，洪回面详”等语。2月1日，应桂馨致赵秉钧密电，有“宪法起草以文字鼓吹、金钱联合，主张两纲：一除总理外不投票，一解散国会”等语。2月2日，应桂馨致内务部秘书程经世转赵秉钧电云：“孙（中山）、黄（兴）、黎（元洪）、宋（教仁）运动极烈，黎外均获华侨资助，民党忽主举宋任总理，东电（1日）所陈两纲，其一已有把握，虑被利用，已向日本购孙、黄、宋劣史，黄与下女合像，警厅供抄宋犯骗案刑事提票，用照片辑印十万册，拟从横滨发行。……内外多事，倘选举扰攘，国随以亡，补救已迟。及今千钧一发，急宜图维。”

对前两电，赵秉钧的辩解是：应密电本由洪述祖专掌，洪述祖均未译呈，“本总理至今未见”。这种情形可能存在，也可能是他故意将责任推卸给洪述祖，究竟如何，无据可查，洪述祖对其辩解也无任何表示，只能存疑。但这两电的内容是讲国会选举，与刺宋无关。对后一电，他解释说：“本总理实未曾见。质之程经世，据称：‘二月初，接上海来电，因系应密，查知该项密码，系洪秘书专管，即时交洪。至该秘书曾否译呈，无从查悉。’”并说，洪述祖没有译呈，所以他又未见到。此电的内容是应桂馨报告购买孙中山、黄兴和宋教仁在日本的丑事，辑印发行，破坏宋教仁的名誉，不使其当选国务总理，尚无谋杀之意，即使赵秉钧看过，亦难断定是谋杀的确证。

证据四：2月4日，洪述祖致应桂馨函，有“冬电（2日）到赵（秉钧）处，即交兄（洪述祖自称）面呈总统，阅后色颇喜。说弟颇有本事，既有把握，即望进行云云。兄又略提款事，渠（指袁世凯）说将宋骗案情及照出之提票式寄来，以为征信”等语。

对此，赵秉钧辩解说，2日之电洪述祖并未译呈，不知所指何事。照此函之意，“可知款系收买提票之款。上段所谓‘喜悦’，所谓‘进行’”，“皆指收买宋在日本骗案刑事提票而言，决不影响于谋杀。”“其面呈总统一节，尤为虚构。查各部员司谒见总统，向由该部长官带领。总统府门禁森严，一切来宾均先由传宣处登记。本总理既无带领洪述祖谒见总统之事，而查阅总统府门簿，亦无洪述祖之名，其为不根之谈，显而易见。”洪述祖是否译呈密电，赵秉钧是否带领洪述祖去见袁世凯，总统府传宣处的登记簿是否被改动，均值得怀疑，但未经查证，也只能存疑，不能骤下断语。尤其应该注意的是，此电讲的为收买提票之事，所以也不能作为谋杀的确证。

以上是直接与赵秉钧有关的函电。另外，3月13日洪述祖致应桂馨电，有“毁宋酬勋位，相度机宜，妥筹办理”等语。赵秉钧也作了说明：“查《临时约法》，授与勋位系大总统特权，然向例必由各机关呈请，其勋绩不甚显著者，则开会评议，取决多数。即中央特授，亦须评决。如毁宋即可酬勋，试问应由何人呈请？何人评决？洪电诳应，岂难推定？”因此，他得出结论说：“去宋之动机起于应（桂馨）之自动”，“且皆洪（述祖）假政府名义诳诱应犯，决非受政府之嘱托”，“中央政府于宋案无涉”。

证据涉及袁世凯的有两处，一为上面所述2月4日洪述祖致应桂馨函中所说的面见袁世凯之事，二为“毁宋酬勋位”。对这两点，赵秉钧已有解释说明，因此不能作为谋杀的确证。袁世凯当时没有为自己辩解，但他认为3月13日以后洪述祖与应桂馨的函电中“间有影射政府之处，然不近情理。即如‘毁宋酬勋’一语，最为可疑。抑知给勋手续甚繁”，“造此电者不明事理，直同儿戏”，“此种谰言，虽三尺童子，亦不足欺也”，“其余应、洪二人互骗之语，政府岂能担任？”（徐有朋编：《袁大总统书牍汇编》卷7，第6－7页，上海广益书局，1926年）

袁世凯之所以被认定是刺宋的主谋，主要因为：第一，他有作案动机，赵秉钧为其一手提拔起来的心腹，二人利害一致，故授意赵秉钧进行，而公布的证据又确实涉及他和赵秉钧。第二，拒绝黄兴等提出组织特别法庭审理宋案。第三，镇压了国民党的“二次革命”后，应桂馨公然发出“请平反冤狱”

的通电，并大摇大摆地跑到北京，1914年1月在去天津的火车上被人杀死；相隔一个多月，已改任直隶都督兼民政长的赵秉钧突然暴毙于天津家中，被认为是他杀人灭口。第四，当时一些人的有关说法。

然而，有作案动机并不等于必定杀人。在这一刑事案件中，袁世凯和赵秉钧是否有罪，必须由司法部门通过反复查核人证物证，作出准确的判决，才能确定。

关于袁世凯拒绝黄兴等提出组织特别法庭审理宋案的问题，似乎表明他与赵秉钧做贼心虚，其实不然。赵秉钧确曾通电说明自己无罪，拒绝到上海地方检察厅出庭受审，但有一个明显的事实是，1913年6月30日，他向袁世凯呈请说："自宋案以来，谣言四起，人心惶惑"，公布证据之后，"仍有多事之徒以此案作为制造争端之藉口"，为此，请总统援照欧美各国成例，"指派德高望重、精通法律之中外人士，组成调查委员会，调查该案并据报闻"。当日，袁世凯即下令设立一个调查委员会，由伍廷芳主持，命莫理循参加，对宋案进行调查。伍廷芳是法律专家，在辛亥革命南北议和时站在革命派一边，不会偏袒袁世凯；澳大利亚人莫理循虽是袁世凯聘请的政治顾问，但也比较正直。袁世凯不同意黄兴等设立特别法庭，而同意让伍廷芳主持调查委员会，应该说不是反对审理宋案，而是不相信黄兴等人会做出公正判决。

伍廷芳建议设立一个特别委员会，向莫理循讲了。但莫理循对他说："在国外的任何国家中，不是土生土长的本国人去参加这种调查委员会的从未有过"，"如果有个外国人参加了委员会，也增加不了国家的尊严。我认为这是对国家荣誉的一种反映，难道偌大中国，竟找不到一个公正无私的人？这个建议本身就是荒谬的。外国人定会讥笑中国，让一个外国人参加调查国务总理行为的委员会"。伍廷芳同意他的观点。莫理循还致函内阁，提出应当理智冷静地对待此事，同时指出："国务总理赵秉钧先生要求由公正法庭调查案情这件事本身，就最好地证明了他是无辜的。可是，如果真按他的建议进行调查，事情闹到什么地步才能结束呢？不光是赵总理必须受到审查，南方的显要政治家们（指孙中山、黄兴等）也必须为把他们卷入案内的公职行为出庭解释，以驳斥对他们提出的那些含糊而缺乏事实根据的控告。我谨再次提出，为了国家的尊严和中国人民的荣誉，在目前时刻进行这种调查是不明智的。""如果仍然认为指派一个特别委员会对此案进行调查是适宜的，再找不到比伍廷芳博士更能够庄严地主持这项工作的人了。他不仅在全中国享有盛誉，在全世界也博得尊重。”（骆惠敏编、刘桂梁等译：《清末民初政情内幕》下册，第179、190－194页，知识出版社，1986年）大概由于这个原因，特别委员会没有立即成立。旋即爆发了“二次革命”，成立特别委员会更不可能了。此事说明，赵秉钧和袁世凯是愿意把宋案调查清楚的，并非一意阻挠。

应桂馨和赵秉钧之死，袁世凯确有杀人灭口的嫌疑，但亦无任何直接证据证明是其所为。至于当时一些人的说法，更不能作为谋杀的证据了。

还有一个非常值得重视的事实是：与赵秉钧直接联系的洪述祖在1913年5月3日发出的通电中承认，他赞成应桂馨从日本购买提票，“暴宋劣迹，毁宋名誉，使国民共弃之，以破其党派专制之鬼蜮”，但“又恐述祖人微言轻，不得不假托中央名义，以期达此目的”（《民初政争与二次革命》，第265页）。在此，他把购买提票之责完全承担下来，使赵秉钧和袁世凯摆脱了所有干系。1917年他被捕押解到北京后，直到1919年4月被处以绞刑，经过京师地方审判厅、高等审判厅和大理院几次审理，他虽然极力为自己开脱罪责，可是，却始终没有明确供认他刺宋是奉何人之命。如果说1913年5月3日的通电，他将赵秉钧和袁世凯开脱出来，是为了以后有朝一日获得他们的庇护，重新被重用的话，那么，此时赵秉钧和袁世凯均已去世，他就没有回护他们的必要了。他作为唯一与赵秉钧联系的知情人在这种情况下尚不供认系奉何人之命，要确认赵秉钧或袁世凯是刺宋的主谋，就很困难了。

长期以来，近史学界深受人治影响，缺乏法律观念，实行疑罪从有、有罪推定的思维定式，主观上认定谁有罪，谁就是罪犯，就随意定下罪名，刺宋案亦是如此。这种思维定式不是从经得起客观检验的事实出发，而是出于怀疑、推测和想象，就认定袁世凯或赵秉钧是刺杀宋教仁的主谋。作为学术研究，根据种种迹象做出某种推断是可以的，但推断不等于事实。现代刑法重视的是证据，实行疑罪从无、无罪推定的原则，即没有确凿证据证明有罪的，不得确认任何人有罪。研究宋案，也要坚持这一原则，缺乏确凿证据，就不能认为赵秉钧或袁世凯是刺杀宋教仁的主谋；纵然有些问题没有搞清，也只能存疑，不能作为定论。如果此后发掘不出新的有力证据，刺杀宋教仁究竟是如赵秉钧所说，“去宋之动机起于应（桂馨）之自动”，“洪（述祖）假政府名义诳诱应犯”进行，抑或洪述祖奉赵秉钧、袁世凯之命，就永远是个难解的谜了。

袁世凯为何设置“国务卿”

美国官制中有个国务院的长官，主管外交事务，英文称为Secretary of State。对这个名词，日本人译作“国务卿”。中国人又从日本人那里借用过来，也叫“国务卿”。在中文词汇里，“国务卿”仅指美国国务院长官。但在袁世凯当政时期，也曾设置过“国务卿”一职。

袁世凯为什么要设置“国务卿”？这要从其对共和制度的态度谈起。袁世凯在清末是个封建官僚，后曾赞成立宪，其实并不真心想实行资产阶级民主政治。辛亥革命以后国家变成共和国，他虽被推为临时大总统，但仍没有多少民主意识，满脑袋都是封建专制思想，抓权成癖，独裁成性，总想个人专断一切。因此，他对孙中山公布的《中华民国临时约法》，特别是实行责任内阁制，即“国务员（国务总理及各部总长均称国务员）辅佐临时大总统负其责任”；“国务员于临时大总统提出法律案、公布法律及发布命令时，须副署之”，极端不满。因为倘若得不到国务员副署，大总统就不能公布法律及发布命令。也就是说，大总统执行政务要受到内阁制约，必须得到内阁同意才可。为了将实权抓在自己手里，当组织第一届内阁时，袁世凯以为老部下、老朋友唐绍仪一向唯命是从，便提出由其出任总理。可是，唐绍仪曾留学美国，辛亥革命爆发后即倾向共和，接收南京临时政府时加入了同盟会，总理的地位又促使其很想发挥责任内阁的作用。所以，他就任总理之后，主张与同盟会合作，强调遵守《临时约法》和承担内阁的责任，对国家负责，协商国务时敢于直陈意见，有时将总统府的决定驳还，甚至当面与袁世凯争得面红耳赤，不肯稍让。这在袁世凯眼里就是大逆不道，于是就利用各种手段打击唐绍仪，逼得唐绍仪辞职而去。继而陆征祥组阁，参议院弹劾其失职，他吓得称病请假。袁世凯遂任命亲信赵秉钧为代理国务总理。赵秉钧一切事务均直接请示袁世凯办理，责任内阁完全成为袁世凯的附属机关。

1913年袁世凯镇压了国民党的“二次革命”，当选为正式大总统，得知即将完成的《天坛宪法草案》基本精神仍是立法权属于国会、责任内阁制等原则，立即向众议院提出增修《临时约法》，要求扩大总统职权，说：“国事日削，政务日隳，而我四万万同胞之憔悴于水深火热之中者且日甚。”凡此种种，都是因为《临时约法》对大总统职权“束缚驰骤而来”。而且，束缚了他，就等于束缚了四万万人民：“本大总统一人一身之受束缚于《约法》，直不啻胥吾四万万同胞之身命财产之重，同受束缚于《约法》。”宪法起草委员会未予采纳。他派人到宪法会议陈述意见，又遭到严词拒绝。袁世凯恼怒异常，马上通电各省文武官员，说宪法起草委员会中多是国民党员，他们所拟的《天坛宪法草案》“妨害国家者甚多”，要他们发表意见。一些官员心领神会，发出通电，叫嚣要铲除国民党，驱逐国民党议员，解散国会，撤销宪法草案。10月30日，《天坛宪法草案》全部杀青。次日，宪法起草委员会三读通过，提交宪法会议审议。袁世凯唯恐《天坛宪法草案》通过，乃于11月4日下达了解散国民党、取消国民党议员资格的命令，派军警搜查国民党本部，非法收缴了四百三十八名议员的证书、徽章，使国会因不足法定人数不能开议而名存实亡，《天坛宪法草案》也因之而流产。1914年1月，他又下令解散了国会，2月下令停办了各级地方自治会，解散了各省省议会。

取消了一切“束缚”手脚的立法、监督和民意机关，袁世凯便雷厉风行地搞起了官制改革。改革什么呢？他强调的重点是立法和行政。他对总统府秘书长梁士诒说：“国会专制，固不适宜，内阁集权，亦多窒碍。”行政怎么改？他说得极为明确：“我欲取美国制，设国务卿一人，隶于总统府，撤销院（国务院）制。”

接着，袁世凯下令召开约法会议。1914年5月1日，袁世凯公布了其御用造法机关约法会议通过的《中华民国约法》。这个《约法》不仅把大总统的职权扩张到最大限度，赋予了大总统与皇帝相等的权力，而且废去责任内阁制，采用总统制，规定："行政以大总统为首长，置国务卿一人赞襄之。"此即设置"国务卿"的法律根据。

公布《中华民国约法》的同时，袁世凯通令全国，废除国务院，于大总统府设立政事堂，所有官署自即日起，把以前呈报国务总理的事件一律改呈大总统，并特任徐世昌为政事堂国务卿。

袁世凯设置"国务卿"，很容易使人产生一些联想。所谓"卿"，是中国古代高级长官或爵位的称谓。其后历代相沿，至清代如大理寺、太常寺等衙门尚置有卿及少卿。加以《中华民国约法》规定大总统有颁给爵位等权力，人们便揣测袁世凯先把"卿"写进根本大法，为的是以后称帝比较自然。事实上也是如此。

责任内阁制与总统制都是资本主义国家民主政体的形式，采用何种形式要以各国历史和国情而定，不好区分优劣。表面看来，袁世凯标榜"欲取美国制"，是想效法最先进的民主国家，在政体上创新，与时共进，实际上却是复旧，与美国的总统制根本不同。如美国宪法规定，大总统无权否定国会通过的法案；《中华民国约法》则规定，大总统可以否定立法院通过的法律案。不仅如此，《约法》还规定大总统有权"解散立法院"。如此一来，国家最高立法机关变成了大总统手中任意玩弄的工具。袁世凯的所谓总统制实质上不是完善共和制度，而是践踏共和制度。其设置政事堂和"国务卿"，就是将权力集于一身，急速向帝制迈进的一大步骤。

政事堂肇始于唐代，设在宫中，为宰相办公的处所。北宋亦然。袁世凯所设的政事堂，就是学自唐代。政事堂虽然负责统一行政，参与审议法令，但直接隶属于大总统，仅对大总统负责，不对任何机关负责，成为总统府的办事机构，其作用与《临时约法》时期的国务院有本质区别。"国务卿"虽然赞襄大总统政务，监督政事堂事务，总统发布命令时必须副署，但因"承大总统之命"而行，是大总统的下属，只能服从命令，也与国务总理大不相同。其地位与宰相和前清的首席军机大臣相去无几，故袁世凯和其他人均称徐世昌为相国。袁世凯下达命令也学前清"内阁奉上谕"那种文牍格式，加上"政事堂奉策令"之类的字样。通过政事堂，袁世凯把行政权完全集中在自己手里，之后便加紧了帝制自为的步伐，强奸民意，公然称帝，彻底背叛民国。

1916年5月8日，由于称帝遭到全国人民强烈反对，袁世凯又迫于形势，恢复了国务院和总理的名称。“国务卿”的称谓在中国存在了两年，便随着袁世凯的称帝失败从历史上消失了。

“国民代表”推戴袁世凯当皇帝

在中国历史上，凡是改朝换代，除了传说中的部落联盟领袖尧、舜、禹禅让的故事外，从商朝开始，几乎没有一个新王朝不是用残酷的暴力手段夺取的，杀人盈野，流血成河，给无数人民造成深重的灾难。1912年清王朝灭亡，中国结束了帝制时代。但时隔三年多，却又出现了皇帝。不过，这次与以往的开国皇帝不同，不是依靠武力夺取得来的，而是不费一枪一弹，由“国民代表推戴”的。这次空前绝后的“推戴”是如何来的，又是怎样进行的呢？

原来，大总统袁世凯在1913年镇压了国民党的“二次革命”后，又相继解散了国会、省议会及地方自治机关，颁布了《中华民国约法》，取得了与皇帝相等的独裁权力，共和制度实际已不存在，中华民国仅剩一个空名。但他尚不满足，仍想高升一步，过一过皇帝瘾，经常在段芝贵、杨士琦等一帮亲近小人面前念叨“共和办不下去”了。这帮亲近小人为了当上开国元勋，便在袁世凯直接支持及其长子袁克定具体策划下，开始了帝制活动。恰在此时，日本提出了“二十一条”要求，袁世凯只得把帝制活动暂缓一下，先来应付外交上突然产生的棘手问题。对日交涉一结束，他以为取得了日本的支持，有把握控制全国局面，又加快了帝制自为的步伐，由秘密转向公开。

可是，君主制度已被推翻，国家已非一家一姓的私有财产，民主政治成为时代潮流，如果有谁胆敢擅自登上九五之尊，称孤道寡，就会被指为国贼，受到国人一致声讨。所以，尽管袁世凯自视为一世之雄，对皇位垂涎三尺，也不敢自行宣布做皇帝。怎么办呢？只有盗用国民名义。

1915年8月中旬，袁世凯一方面授意参政院参政杨度组织了一个筹安会，鼓吹民主不适合我国国情，主张君主立宪；另一方面，秘密组织起一个由内务总长朱启钤和梁士诒、段芝贵等组成的十人班子，作为发动帝制的中心，着手筹备。这个班子立即密电各省军事长官将军和行政长官巡按使，谓国体不适用共和，亟应改为君主立宪，以救危亡。各省长官复电，表示一致拥护。8月30日，这个班子又秉承袁世凯之意，密电各省将军、巡按使，把利用民意的意图说得一清二楚："现拟定第一次办法，用各省公民名义，向参政院代行立法院上请愿改革书，表示人民趋向君主之意，再由立法院议定进行之法。大致每省各具一请愿书，均由此间代办，随将底稿电闻，诸公同意，即将尊名并贵省同意绅商列入，俟立法院开院时，各省陆续呈递。总之，改革国体问题，将来必用民意机关解决之。"（《袁世凯伪造民意纪实》，第1页，1916年）杨度恃有袁世凯为后台老板，不顾全国人民反对，公然把一些来京的各省筹安会代表和旅京人士，组成所谓"公民请愿团"，于9月2日向代行立法院的参政院递交请愿书，请求改变国体。

筹安会成立后，人人皆知帝制将要复活，袁世凯仍然装腔作势，指天誓日，死不承认。

现在"公民请愿团"请求改变国体，就是彻底背叛中华民国，袁世凯作为大总统不能不表示一下态度。9月6日，他特派杨士琦为代表，到参政院宣言说："本大总统认为改革国体，不合时宜。至于国民请愿，目的不外巩固国基，振兴国势，如征求多数国民之公意，自必有妥善之上法，请参政诸公深加注意。"他虽然假惺惺地表示不赞成改变国体，但却把利用民意改行帝制的意图清楚无误地告诉了参政院。

9月19日，梁士诒又纠集一批狐群狗党，成立了全国请愿联合会，让沈云霈出任会长，自己在幕后指挥。没有几天，全国各地五花八门的请愿团陆续出笼，各色人物无所不包。该会接受全国各界各团体的请愿书，送达参政院，请求改变国体。杨度等人也不甘落后，急起直追，组织了女子请愿团、乞丐请愿团和妓女请愿团，手持各色旗帜，大呼小叫奔向街头，齐集新华门外，跪呈劝进表，请求袁世凯俯顺民意，早正大位。军界的发动也很出色，段芝贵等联合了十九省的将军、都统、护军使，一齐向袁世凯劝进。

参政院讨论了公民的请愿书，认为解决国体问题的权力不在参政院，而在国民会议，因此建议在本年内提前召开国民会议，或另筹征求民意的办法。袁世凯同意召开国民会议，但又觉此法过于迂缓。于是梁士诒指使全国请愿联合会上书参政院，指出：国民会议主要解决宪法问题，而且年内召集不起来，公民难以久待，必须另设征求民意机关。

参政院“尊重民意”，一致同意全国请愿联合会的建议，议定召开国民代表大会，决定国体。袁世凯满意了，10月8日公布了《国民代表大会组织法》，发布了召集国民代表大会的告令。10日，他又装模作样地发布申令，说了些骗人的鬼话：“本大总统受国民之付托，以救国救民为己任，民所好恶，良用竞竞，惟有遵照《约法》，以国民为主体，务得全国多数正确之民意，以定从违。”

国民代表大会的筹备，是在两个班子领导下进行的，而且在宣布召开国民代表大会之前已经开始工作。这两个班子一为办理国民会议事务局，一为以朱启钤为首的十人班子。前者主要做表面宣传，同时也发出指示和文告；后者则向各省长官发出密电，传达袁世凯的命令，按内定步骤指示具体选举工作，是实际上的主持者。

国民代表参加国体投票，选好代表是决定性的关键。袁世凯害怕各省确定代表候选人容易出问题，基本上采取钦定的办法，绝大多数名单由他和亲信直接圈定，各省不得更改。其余少数由各省自定，但也必须绝对可靠。早在9月10日，办理国民会议事务局就密电明确告知各省选举监督即将军和巡按使：“此次所谓以国民代表大会决定云者，不过取正式之赞同，更无研究之隙地。将来投票决定，必须使各地代表共同一致主张改为君宪国体，而非以共和、君主两种主义听国民选择自由。故于选举投票之前，应由贵监督暗中物色可以代表此种民意之人，先事预备，并多方设法使于投票时得以当选，庶将来决定投票不致参差。”（《袁世凯伪造民意纪实》，第1－2页）

国民代表候选人虽经内定，形式上还要通过选举产生，以显“民意”，以昭“郑重”。按规定，推选国民代表的人员每县出一名，也由选举产生，如果他们不投国民代表候选人的票，还是不保险。怎么办呢？10月10日，办理国民会议事务局给各省的电报又讲得很清楚：推选国民代表的人员，“实为产出国民代表之枢机，允宜特别注意。”首先要在选举之前，物色“性情纯和、宗旨一贯、能就范围者”，作为候选人，然后再设法指挥、妥为支配选举的人，“果有滞碍难通，亦不妨隐加以无形之强制”（《袁世凯伪造民意纪实》，第6页）。毫无疑问，如此产生的推选国民代表的人员，是绝对符合要求的。

推选国民代表的人员到省后怎么选举呢？朱启钤等人又有妙法，指示将军、巡按使：待他们到省报到时，“必须设招待员或派员疏通意见，再由监督长官以谈话、宴饮为名，召之至署，将君宪要旨及中国大势，并将拟定充选之人名（指国民代表候选人）示之。须用种种方法，总以必达目的为止。”“一经接洽，即令推选，总以随到随选为妙，若县数过多，便难指挥如意。”（《袁世凯伪造民意纪实》，第7页）一般推选国民代表的人员是没有问题的，都会遵命照办；万一有个别人员反对或支吾其词，招待人员不讲国民代表候选人名单和选举的事，只是含糊表示将来选举再行奉约，端起茶杯，下个逐客令，此人的选举资格就算被取消了。有了诸如此类的许多卑劣手段，内定的国民代表自然会百分之百地当选了。

所谓国民代表大会不是在北京集中召开，而是在将军和巡按使监督之下，各省自行安排日期，分别举行，然后把投票汇集北京。国民代表进行国体投票更是花样翻新。袁世凯直接圈定的代表，多是在京的各省人士，他们赴省之前，每人赠送大洋五百元，作为参加选举的川资和公费。到省之后，省里为他们设宴接风洗尘，安排住顶级的旅舍，订好最著名的酒楼和最清洁的浴池，布置下消遣博弈的场所，有的甚至让数十名妓女为代表唱歌、陪酒和侍寝。办理国民会议事务局还告诉各省，如果用款困难，中央当竭诚相助，尊处只管放手行事。有中央拨款，各省都想尽一切办法侍候得代表极其满意，无可指责。代表们终日沉缅于吃喝玩乐之中，自然会感恩图报。尽管如此，他们犹恐尚有疏虞，因此统一规定，投票的票面上一律印上“君主立宪”四字，用记名投票方法，以便查对谁投了反对票。这对每个代表都是一个巨大威胁，不用说，是没有人愿意去触霉头的。

各省为了圆满完成投票任务，首先在从将军署大门至投票厅的路上布满武装士兵，让代表们从刀丛枪林中走过，给人一种阴森森的恐怖感；继之将军、巡按使发表演说，痛诋共和，称颂君宪，要代表慎重从事；最后在虎视眈眈的监视人员监视下投票，代表稍有交头接耳，即遭大声呵斥。四川将军陈宧尤其独出心裁，别具一格。他在会场之外也派有武装岗兵，来往巡回。代表签到后，招待员即引入休息室进行安全检查，以防革命党混充代表，在会场内投炸弹，打手枪。场内每个代表桌上，放有毛笔一支，墨盒一方，点心一盘，笔杆上、墨盒上均刻有“赞成帝制”四字，点心是绿豆做的潮糕，糕面上也有“赞成帝制”四字。主席宣布投票的意义后，众多的监视人员用手指着墨盒和点心，口中连叫“写”！看见有人沉思，便连声大喊：“快写，快写！”与场内相配合，场外的士兵也把枪栓拉得哗哗作响。

参政院最后统计的结果是：全国参加投票者一千九百九十三人，赞成帝制为一千九百九十三票，无一人反对，无一票作废。

本来，国民代表仅有投票决定国体之权，推戴皇帝是国体决定以后的事。但决定国体的总票数尚未汇集，各省在投票决定国体后，紧接着又以同样的方式叫代表们在推戴书上签名，推戴皇帝。各推戴书中都有如下四十五个字：“谨以国民公意，恭戴今大总统袁世凯为中华帝国皇帝，并以国家最上完全主权奉之于皇帝，承天建极，传之万世。”一字不差，一字不少。之所以出现这种“巧合”，是由于朱启钤等人10月23日密电各省，专门就推戴书问题做过指示，特别声明此四十五字系“必须照叙字样”，“万勿丝毫更改”（《袁世凯伪造民意纪实》，第9—10页）。就这样，袁世凯又以一千九百九十三的全票被推戴为中华帝国的皇帝。

若论国家元首的威信之高，大概世界上无人超出袁世凯了。其所以获有如此之高的“威信”，不是由于他执政时期发扬了民主制度，提高了国威，改善了民生，得到了全国人民的真诚拥护，而是从请愿、选举国民代表到国体投票、推戴皇帝，无一不是他和党羽直接操纵指挥的，无一不是强奸民意。

对袁世凯所玩的这套民意把戏，梁启超在《袁政府伪造民意密电书后》一文中作过生动的描述：“自国体问题发生以来，所谓讨论者，皆袁氏自讨自论；所谓赞成者，皆袁氏自赞自成；所谓请愿者，皆袁氏自请自愿；所谓表决者，皆袁氏自表自决；所谓推戴者，皆袁氏自推自戴。”“此次皇帝之出产，不外右手挟利刃，左手持金钱，啸聚国中最下贱无耻之少数人，如演傀儡戏者然。由一人在幕内牵线，而其左右十数嬖人蠕蠕而动；此十数嬖人复牵第二线，而各省长官乃至参政院蠕蠕而动；彼长官等复牵第三线，而千九百余不识廉耻之辈、冒称国民代表者蠕蠕而动。”“此一出傀儡戏，全由袁氏一人独演。”揭露得淋漓尽致。

袁世凯是在“国民代表大会”上被推戴为皇帝的，符合法律程序，按说心中应该十分坦然。可是，他却像做贼一样的心虚后怕，从准备召开“国民代表大会”开始，即严令各地确守秘密。10月11日，办理国民会议事务局密告各省：“关于京外官署往来协商之件，实为治乱安危所系，设或稍有泄漏，转蹈事机不密之嫌。而事关国本，密件若传于道路，尤恐贻政治历史之污。此节对内对外，动关国家威信。贵监督谋国素忠，务望特派亲信人员严密保管。关于国民代表投票密件，其有应饬各县知事及其官署密行之件，仍望随时声明机密，俾免贻误而维国本。”这样做了，袁世凯仍不放心，担心将来被人抓住把柄，12月21日，又令该局十分严肃地密电各省：“当事务进行之中，彼时公私函电容有误出于法律范围之外者。”“此项电文，无论如何缜密，终涉迹象。倘为外人侦悉，不免妄肆品评，更或史乘流传，遂留开国缺点。中央再四思维，以为不如一律查明烧毁，庶得以清积牍而免遗憾。为此电请贵监督，凡关于此次国体问题一切文件，除法律规定应行存案者，无论中外各地方所来公私文电公函，一律查明，由贵监督眼同烧毁。”“盖此次国体改革，为我国历史上莫大之光荣，不特征诛揖让无此宏模，即揆之外国之名誉改革，应亦未遑多让。尽善尽美，不容有罅隙之留。”（《袁世凯伪造民意纪实》，第13页）

既然“此次国体改革，为我国历史上莫大之光荣”，为何害怕被人“侦悉”、“品评”？害怕“史乘流传”？关键是他们的所作所为均系暗箱操作，完全“出于法律范围之外”，根本见不得人。所谓“国民代表”，不过是袁世凯及其爪牙指定的一帮毫无廉耻的卑鄙小人。

袁世凯虽妄图消灭强奸民意的一切迹象，可是，有的省并未遵命实行，云南护国军的反袁斗争一掀起，办理国民会议事务局和以朱启钤为首的十人班子发往各省的重要文电就被公布于世，揭穿了“民意”的黑幕，成为袁世凯背叛民国罪行的铁证。

袁世凯的“信义”

1912年1月1日，孙中山在南京就任中华民国政府临时大总统之职，首开先例，向国民宣誓。按照事先孙中山提出解决南北问题的最后办法，清帝退位后，袁世凯必须宣布政见，绝对赞成共和主义，孙中山即行辞职，由临时参议院推举袁世凯为临时大总统。隆裕太后决定清帝退位后，2月11日，袁世凯向孙中山和临时参议院发出电报，表明政治态度，开头一段说得非常漂亮：“共和为最良国体，世界之公认，今由弊政一跃而跻及之，实诸公累年之心血，亦民国无穷之幸福。大清皇帝既明诏辞位，业经世凯署名，则宣布之日，为帝政之终局，即民国之始基。从此努力进行，务令达到圆满地位，永不使君主政体再行于中国。”（《临时政府公报·电报》，1912年2月14日）

3月10日，袁世凯在北京就任临时大总统，也向孙中山学习，宣读了誓词：“民国建设肇端，百凡待治。世凯深愿竭其能力，发扬共和之精神，涤荡专制之瑕秽，谨守宪法，依国民之愿望，蕲达国家于安全强固之域，俾五大民族同臻乐利。凡兹志愿，率履勿渝！俟召集国会，选定第一期大总统，世凯即行解职。谨掬诚悃，誓告同胞。”（《临时公报·誓词》，1912年3月11日）

袁世凯虽然宣称“共和为最良国体”，要“发扬共和之精神，涤荡专制之瑕秽，谨守宪法”，可是，过了半年，他还不懂“共和”是什么意思，问其英文秘书顾维钧：“中国怎样才能成为一个共和国，像中国这样的情况，实现共和意味着什么”，“共和的含义是什么”。顾维钧万万没有料到这个普通的名词他也不懂，只得告诉他共和的意思，“是公众的国家或民有的国家”，又讲了一通罗马的自由城邦，英国的大宪章，美国的共和及其在欧洲、拉丁美洲直到亚洲的影响，并加以解释。谈过之后，顾维钧认为，“他不只是不了解共和国需要什么或民主如何起作用，看来他根本没有实现共和或民主的愿望。”（《顾维钧回忆录》1，第91－93页，中华书局，1983年）

此时正当“共和热”，袁世凯地位尚未巩固，将来能否当选为正式总统还是个问题，尽管不懂“共和”是什么意思，却也装出了解共和真谛的样子，10月8日特地命令国务总理兼内务总长赵秉钧电告各省都督、民政长：“共和为现今世界最良之政治。”（《政府公报·公电》，1912年10月12日）

1913年3月中旬，湖北商人裘平治等人希图通过劝进获得富贵，上呈袁世凯说：“总统尊严，不若君主”，请求“暂改帝国立宪，缓图共和”。袁世凯决定加以利用，再次显示一下自己的革命性和忠于共和的坚定性。19日，他下令查拿裘平治，声称：“共和为最良之国体，治平之极轨”，“本大总统受国民付托之重，就职宣言，深愿竭其能力，发扬共和之精神，涤荡专制之瑕秽，永不使帝制再见于中国。皇天后土，实闻此言”，“不意化天光日之下，竟有此等鬼蜮行为，若非丧心病狂，意存尝试，即是受人指使，志在煽惑。如务为宽大，置不深究，恐邪说流传，混淆观听，极其流毒，足以败坏共和，谋叛民国，何以对起义之诸人、死事之先烈？何以告退位之清室、赞成之友邦？兴言及此，忧愤填膺。所有呈内列名之裘平治等，着湖北民政长严行查拿，按律惩治，以为猖狂恣肆干冒不韪者戒！”（《政府公报·命令》，1913年3月20日）这道命令重申了他就职时的誓词，声言“永不使帝制再见于中国”。

第二天即3月20日晚上，国民党代理理事长宋教仁在上海火车站突然遭到凶徒枪击，于22日因伤势过重逝世。旋即凶手武士英与雇其暗杀的应桂馨落网，并从应家搜出枪弹及其与内务部秘书洪述祖、国务院总理赵秉钧来往的密电。密电公布以后，国民党人及一般舆论皆认为宋教仁被谋杀，是袁世凯和赵秉钧指使洪述祖所为，越来越多的人怀疑他不是真心拥护共和，而是阴谋复辟帝制。

为此，5月下旬，在上海出版的英文报纸《大陆报》记者弥勒专门访问了袁世凯，问他主张何种政体。

袁世凯答道：“自以共和政体为主张！盖共和既已告成，而又欲适用他种政体，其愚孰甚！”

弥勒问：“近有人评论总统并不实心赞成共和，拟复君主旧制，有是事乎？”

袁世凯又郑重答道：“余知此种谣传自不能免，然既为公仆，岂能逃诽谤乎！此种问题，当留之以待后人之解决。余既为民国办事，必当尽余之能力，以求民国之成功。倘有破坏之危险，决非自余而生，必由于一般暴徒以破坏国家为主义者也。”“余欲为华盛顿，非拿破仑也。”（《时报》1913年5月29日）他要学习极力反对帝制、坚持实行共和的美国第一任总统华盛顿，决不效法法国的由共和国总统而称帝的拿破仑，态度是何等的鲜明而果决！

不久，袁世凯镇压了国民党人发动的“二次革命”。10月6日，他当选为正式总统。正式总统一到手，他马上变脸。10日举行就职典礼，他首先庄严地宣读了《大总统选举法》规定的誓词：“余誓以至诚遵守宪法，执行大总统之职务，谨誓。”但在紧接着宣读的宣言书中，他一开始就指责共和政体“事权牵制，无可进行，夙夜彷徨，难安寝馈”（《政府公报》，1913年10月11日）。既然“事权”受到“牵制”，摆脱“牵制”自在不言之中。

在宣言中，他还要求国民“立身以信为本”，不说谎，不欺诈。诚信是美德，每个人都应该做到，人无诚信，就无立身之地。作为大总统的袁世凯更应该以身作则，起模范带头作用，取得人民信任，提高公信力，以便把国家大事办好。其表现又如何呢？

就在袁世凯宣誓的第四天，即10月14日，他见国会宪法起草委员会拟出的天坛宪法草案，基本精神仍是立法权属于国会、责任内阁制等政治原则，以为“事权”受到“牵制”，就不打算“誓以至诚遵守”，马上提出增修原来的《中华民国临时约法》草案，要求总统有权宣战、媾和及缔造条约，制定官制官规，任免文武官员，均无须经国会同意；在国会闭会期间，总统有权制定与法律同等效力的教令及财产紧急处分之权；并说《中华民国临时约法》是一切坏事的根源，束缚总统的桎梏，而且束缚了他，就等于束缚了四万万人民：“本大总统一人一身之受束缚于《约法》，直不啻胥吾四万万同胞之身命财产之重，同受束缚于《约法》！”（《政府公报·公文》，1913年10月23日）他既不赞成新起草的宪法草案，又把原有的《约法》视为“桎梏”，必欲除之而后快。

国会没有理会袁世凯扩大总统职权的要求。袁世凯遂发出通电，诬蔑宪法草案“违背共和政体”，命各省文武官员“共抒谠论”。各省文武官员纷纷叫喊要铲除国民党，驱逐国民党议员，解散国会，撤消宪法草案。当天坛宪法草案提交宪法会议以后，袁世凯便下了一道命令，解散国民党，取消国民党员的国会议员资格，宣称他这样做是为了“巩固真正之共和，宣达真正之民意”（《政府公报·命令》，1913年11月5日）。“刷新共和之政治，俾我国民咸享幸福。”（《赣宁之役资料散辑》，《近代史资料》1962年第1期）

国会因许多议员资格被取消，不足法定人数，不能开议而名存实亡。11月26日，袁世凯下令召集政治会议。12月15日，他召见各委员，在训词中大肆攻击共和与民主，并指出：“国力之强否，视其内政外交之若何；而内政外交之善否，又视其政府之强固与否，而国体之为君主为民主不与焉。”（《袁大总统书牍汇编》卷首，第28页，上海广益书局，1926年）他认为国家制度无关紧要，不论君主、民主，只要能使政府强固就可，再也不讲“巩固真正之共和”和“刷新共和之政治”了。

1914年1月，袁世凯下令解散了国会；2月，又下令解散了各省省议会和各级地方自治会；3月，下令召开御用的约法会议。5月1日，约法会议公布了该会议制定的《中华民国约法》，改《临时约法》的责任内阁制为总统制，总统职权除把袁世凯所要求的各条全部囊括进去之外，还做了可以解散立法院的重要补充，把国家最高立法机关变成他任意玩弄的工具，以法律形式肯定了他的专制独裁。同时，根据《中华民国约法》的规定，宣布取消国务院，于大总统府设立政事堂，直接隶属于总统，任命徐世昌为国务卿。

其后，袁世凯设立咨询机关并代行立法职权的参政院，该院七十三名参政全部由其直接任命，其中不少是延揽的前清遗老。在这一年，袁世凯又进一步掀起尊孔高潮，亲率文武高官祭祀孔子；大搞复古活动，亲到天坛祭天；对清室的态度也非常暧昧，搞得人们眼花缭乱，以致一些遗老遗少们怀疑民国的命运即将告终，帝制时代又要到来，把这年叫做复辟年，以为大清又要复活了。极少数复辟狂如劳乃宣、刘廷琛、宋育仁利令智昏，公开叫喧要“还政于清”。在堂堂的中华民国，复辟言论如此甚嚣尘上，不能不引起国人的极大关注。肃政史夏寿康给袁世凯上了一个呈文，请其命令内务部严行查禁此等言论。袁世凯知道复辟狂们弄错了称帝的对象，若加严惩，以后帝制就鼓吹不起来，只好于11月23日下了一道申令说：倡言者不过是“谬托清流，好为议论”，就“既往不咎”了。但共和制度仍在，他又不得不申明：“须知民主共和，载在《约法》，邪词惑众，厥有常刑。嗣后如有造作谰言或著书立说及开会集议，以紊乱国宪者，即照内乱罪从严惩办，以固国本而遏乱萌。”（《政府公报·命令》，1914年11月24日）12月，袁世凯又公布了约法会议修正的《大总统选举法》，根据此法，他实际上成了终身总统。

1915年8月，袁世凯开始了帝制自为的活动，参政杨度在其授意下组织筹安会，公开鼓吹帝制。继而帝制派掀起请愿，要求变更国体。于是袁世凯下令召开“国民代表大会”，投票决定是否变更国体。“国民代表”投票的结果，一致赞成帝制，并推戴袁世凯为中华帝国皇帝。

12月11日上午，参政院以国民总代表的名义上书，推戴袁世凯为皇帝。下午，袁世凯下达申令说，既然国民代表大会表决改用君主立宪，他不能反对，但推戴他当皇帝，实在“无任惶骇”。其原因除“功业既未足言”，“道德不能无惭”，还因为：“民国初建，本大总统曾向参议院宣誓，愿竭能力，发扬共和。今若帝制自为，则是背弃誓词，此于信义无可自解者也。”（《政府公报·命令》，1915年12月12日）

“信义”确实是一大难题，一再向国民宣誓表明“永不使帝制再见于中国”，“欲为华盛顿”，而今却要恢复已被推翻的帝制，欲为拿破仑；如果不把这种背叛行为解释清楚，就证明没有一点“信义”，无法做人，更不用说做皇帝了。不过，这道难题难得住别人，却难不倒袁世凯，而且他早已拟出了标准的答案。

参政院读过袁世凯的申令以后，当天下午五点钟，又向他呈上了第二次推戴书。这次推戴书针对他所说的“功业既未足言”，做了一篇歌功颂德的大文章，然后对“道德”和“信义”问题进行了辩解。关于“信义”，推戴书是这样说的：“至于前此之宣誓，有发扬共和之愿言，此特民国元首循例之词，仅属当时就职仪文之一。盖当日之誓词，根于元首之地位；而元首之地位，根于民国之国体；国体实定于国民之意向，元首当视乎民意为从违。民意共和，则誓词随国体为有效；民意君宪，则誓词亦随国体为变迁。今日者，国民厌弃共和，趋向君宪，则是民意已改，国体已变，民国元首之地位已不复保存，民国元首之誓词当然消灭。凡此皆国民之所自为，固于皇帝渺不相涉者也。”（《政府公报·命令》，1915年12月13日）

谁都知道，宣誓是指一个人在担任某个职务或参加某个组织时，在一定的仪式上当众表示忠实履行职责或决心，只代表自己，不代表其他任何人，更不受他人所左右。对于规定的誓词，自己若不愿意实行，可以拒绝；一旦宣誓，不论时代如何变化，都必须永远遵守。参政们竟然把表示总统忠实履行职责或决心的庄严誓言，说成仅仅是“就职仪文”，可以随便改变，并把袁世凯改变国体和称帝的责任，完全推到国民的身上，实在不知人间尚有羞耻二字。

背信弃义既不存在，12日袁世凯便申令承认了帝位。

13日上午，中南海居仁堂的中庭摆好了御案御座，文武高官和参政们有的穿着军装，有的穿着袍褂，有的穿着便服，先后到来，排好班次，面对御座，北向站立，代理国务卿陆徵祥和各部总长站在最前列。

袁世凯身着大元帅戎装，光着头顶走了出来，在御座旁面向南方站定。陆徵祥带领大家向袁世凯行了三鞠躬礼。袁世凯左手扶着御座扶手，右手掌向上，不断地对行礼者点头，极其兴奋地接受了百官朝贺。

当了皇帝，袁世凯用不着再向国民宣誓。行过礼，他发表了一篇简短的讲话。全文如下：

> 现在全国人民以我国不适共和，议定改建国体为君主，此为人民心理所趋向，予自当以民意为重，已无讨论之余地。予被全国人民推戴为中华帝国皇帝，自顾实不胜惭悚。我国国势积弱，险象四伏，如求转弱为强，殊非易事。国家建造之始，即当为久远大计，来日方长，更不知有几许困难。大位在身，永无息肩之日，故皇帝实为一忧勤惕厉之地位，决不可以安富尊荣视之。且历代皇帝子孙鲜有善良结果，即平时一切学问、职业，皆有限制，不能自由。予今为救国救民计，牺牲一身，牺牲子孙，亦义不敢避。惟中国至大，国事至重，予以一手一足，为力几何？所望大众同心协力，牺牲一切，以救国家，庶足匡予不逮。此次

筹备大典，务宜删削繁文，不仅吾国历代繁重之典礼不可蹈袭，即世界各君主国现行之典礼，苟有稍涉繁重者，亦不必采用。总之，皇帝不过国家元首一种尊号，至于立国精神，全在上下协力，艰苦卓绝。若予视皇帝为尊荣，则国家必不保；即大众如视皇帝为尊荣，则国家亦必危。自今以后，予与国民当共视为卧薪尝胆之日，惟愿各以国家为重，以期共济艰难。若国体既改，而于政治不能整理进行，不仅予无以对我国民，即庶职百司，亦皆无以对我国民也。（《中华民国史档案资料汇编》第3辑，第1101—1102页，江苏古籍出版社，1991年）

在这篇简短的讲话中，袁世凯表现了对“民意”的高度尊重和谦虚、简朴等美德。尤其令人赞叹的，是其“救国救民”的宏愿和英勇的“牺牲”精神。他明知当皇帝并非“安富尊荣”，而且处于“忧勤惕厉之地位”，“永无息肩之日”，子孙少有善良结果，学问、职业皆不能自由，为了“救国救民”，仍然“牺牲一身，牺牲子孙”，“义不敢避”，多么“伟大”啊！半年之后，他确实“牺牲”了，不过，不是为“救国救民”而“牺牲”的，而是背信弃义，遭到全国人民反对，得病“牺牲”的。

面对全国人民宣誓，对于诚实的国家元首来说，当然具有极大的约束力；而对于毫无信义的元首来讲，则丝毫不起作用。当其取得最高权位之前，可以信誓旦旦，一旦大权在握，便食言而肥，以各种借口及时地背弃了自己的誓言。

1915年帝制派的“国情”论

国情是指一个国家的社会、政治、经济、历史、文化等方面的基本情况和特点，也特指一个国家某一时期的基本情况和特点。每个国家都有本国的国情，各不相同。近代以来，资本主义浪潮席卷全球，中国要想在弱肉强食的竞争中求得生存，跃居强国之林，执政者必须根据世界形势的发展变化和本国的国情，随时做出相应的决策，否则，就会使国家处于落后挨打的局面。

从中国近代历史看，几乎每有重大自强新举措，即使与政治无关，也总有许多顽固守旧官僚和士大夫借口国情不同，拒绝世界文明，反对改革。例如，1880年刘铭传奏请修建铁路，指出：“自强之道，练兵、造器固宜次第举行，然其机括，则在于急造铁路。铁路之利于漕务、赈务、商务、矿务、厘捐、行旅者，不可殚述。而于用兵一道，尤为急不可缓之图。”这一建议涉及到许多具体问题，有多少可行性自然应加研究，而其目的是学习先进的资本主义生产方式，大方向无疑是正确的。但却遭到一些官员的反对，其理由除了缺少经费和技术人才，影响民生等以外，还以国情与外国不同作为重要依据。曾奉使过西洋的通政使司参议刘锡鸿在奏折中就讲了两条国情方面的理由，说火车虽为西洋利器，断非中国所能仿行。其一为：“西洋专奉天主耶稣，不知山川之神。”中国的名山大川，历代相沿，均有祀典，神灵以为凭借。倘若骤加焚毁开凿，诚恐惊耳骇目，人们视为不祥，山川的神灵得不到安宁，容易招来旱潦之灾。其二为：西洋各国收养孤穷，禁治匪类，城市乡村，罕见有鼠窃狗偷之人。中国教养之政尚未举行，攘窃之风盛行，值一个钱的东西都不可放在道路上。何况铁路之铁，延长数千里，势难节节严守，窃失实在意中。内阁学士徐致祥也上奏说：“西山为神京拱卫，地脉所系，王气所钟，妄施开凿，亦属不祥。应请圣衷独断，勿再为邪说所动。”在他们阻挠下，铁路建设被推迟了好多年。再如，1908年各省人民请愿确定召开国会的年限，顽固守旧大臣也以国情不同，加以激烈反对，说：“我国风气尚未尽开”，开设国会“不惟徒靡国帑，且恐百弊丛出”，“断难收效”（《纪闻》，《广益丛报》第6年第15期）。还有的说什么“日本之所以立宪者，由于国民有尊王倒幕之功，故以报酬而立宪。法国之所以立宪者，由于革命已告成功，故不得不立宪。今中国国民既无功应得立宪之报酬，又无革命之事实，故决不可立宪，扰乱国是”（《希望国会者盍鉴诸》，《竞业旬报》第19期）。

1915年出现的“国情”论更为奇特而震惊人心。8月14日，参政院参政杨度经大总统袁世凯同意，竟然借口共和与国情不合，大肆鼓吹帝制。他联合了孙毓筠等人，发表组织筹安会宣言说：“我国辛亥革命之时，国中人民激于感情，但除种族之障碍，未计政治之进行，仓卒之中制定共和国体，于国情之合否不及三思，一议既倡，莫敢非难。深思之士，虽明知隐患方长，而不得不委曲附从，以免一时危亡之祸。故自清室逊位、民国创始绝续之际，以至临时政府、正式政府递嬗之交，国家所历之危险，人民所感之痛苦，举国上下皆能言之，长此不图，祸将无已。”接着讲了一通南美洲一些实行共和的国家发生的战祸，引用美国政治学家古德诺博士所说“世界国体，君主实较民主为优，而中国则尤不能不用君主国体”。最后说，故特“组成此会，以筹一国之治安”（《中华民国史档案资料汇编》第3辑，第1047－1048页，江苏古籍出版社，1991年）。意思很明显，辛亥革命不适合国情，搞糟了，根本不应该发生。杨度对媒体谈话时，亦明确地讲：“此等共和，成立太骤，并未听国民之自由研究，而以少数人之武力成之，实于我国历史及国俗、民情，甚多不适。将来能否维持永久，若不能维持，将有何等祸乱，皆为极重要问题。两三年来，稍明国事者亦皆能言之，且深虑之”（同上，第1049页），宣称他的意见是：“欲救中国，非立宪不可；欲立宪政，非君主不可”（同上，第1050页）。23日，筹安会正式成立，杨度自任理事长。28日，筹安会越出了原先承诺的“学理”讨论范围，对国体进行投票表决，“一致主张君主立宪”。第二天，该会向全国宣告："谋国之道，先拨乱而后求治。我国拨乱之法，莫如废民主而立君主；求治之法，莫如废民主专制而行君主立宪。"（同上，第1069页）

在杨度的筹安会带动下，一时"国情"论甚嚣尘上，各地军政大员皆以共和不适合国情，纷纷向袁世凯发电劝进，请求改行君主立宪，并表达了一定要把他拥上皇位的赤诚忠心。

靖武将军、督理湖南军务汤芗铭说："共和国体不适国情"，"乃醉心欧美者，于本国历史未及研求，反称共和为政治极轨。不知欧美各国所以行共和制度者，大概因贵族专制之反响，而民权之说于以大昌"，"我国试验共和不过数年，而种种险象，迭见层出"，"请大总统俯从民意，速定一尊，俾君宪政体早日成立"，"倘怀挟私意之徒公然阻挠救国大计，誓当为王前驱，除此公敌"。

镇安左将军、督理吉林军务孟恩远说："中国政体以帝制改建共和，初本仓促所议成，未计久远之流弊。其实不适国用"，"欲救危亡，亟宜速改君主，尤应早定大计，万乞勿过谦让"，"设他界微有反对者，恩远首先起问其罪，誓当诛除，以去异己，而策治安"。

咸武将军、督理陕西军务陆建章也以"我国共和程度不适"，请求袁世凯从民所欲，改变政体，并说："如有困难，凡我军人，愿力排众难，以奠国家磐石之安，而定万世一系之业。"

同武将军、督理山西军务阎锡山说："中国国情决不宜沿用共和制度，非采用德、日两国君主宪法，不足以立国而救亡。如徒慕共和虚名，既无法、美国民之程度，将不免墨（西哥）、葡（萄牙）纷争之惨剧"，"惟有恳乞我大总统，力予主持，早定国是"，"锡山忝列军人，苟利于国，艰险不避，誓当竭忠报国，以仰副我大总统救国救民之意"。

泰武将军、督理山东军务靳云鹏说："我华以君主立国，从无共和先例。辛亥革命，仓促改图，当各省分裂之时，为暂谋统一之计，不得不借共和名义以资号召，其不适于国情人心，尽人皆知"，请袁世凯俯纳舆论，"早定大计，确立国体"。

不过，这些人的态度虽然极为鲜明，但在阐述共和不适于国情上，均不如奉天陆军第二十七师师长、中将张作霖。在此之前，袁世凯曾经召见他，赏了他几只金表，他感激涕零。别看是胡匪出身，他让文人捉刀写给袁世凯的呈文却说得头头是道，相当全面而有条理。他说：“立国之道，必期于长治久安。共和政体行之中国能否长治久安，即以中国历史、人民心理及共和以来四年之间所经验者证之，当可判决其利害，固无待设会研究也。中国自开辟以来，五千余年均系以君主立国，人民以忠孝为立国之本，视君主为神圣不可侵犯，君臣大义炳若日星，虽其兴衰治乱互迭相乘，究竟治多而乱少。且当日无宪法以范围之故，有专制之害，若君主而行立宪，则有治无乱，可断言者。自改建共和，人民竞争权利，绝口不言忠孝。语云：‘礼义廉耻，国之四维，四维不张，国乃灭亡。’此就历史言之，不适于共和一也。中国人民程度幼稚，不知共和为何物。平日心理上只知忠君亲上，渴望中国之有君主，以保其生命财产。而狡黠之徒，则假借共和，人人存一大总统之希望，奔走运动，妄思非分，将来一遇选举，势必滋为乱阶。此就人民心理上言之，不适于共和者二也。自共和以来，四年间，叛兵焚劫，乱党滋扰，闾阎受其痛苦，不可胜言。平权自由之说，吹遍天下，影响于社会者尤大。父子革命，夫妻乖离，廉耻扫地，秩序荡然。所谓共和幸福，丝毫未见，而共和祸患，层出不穷。故人民谈及共和，莫不痛心色变。此就实验征之，不适于共和者三也。说者往往引用欧美共和政治以例中国，殊不知欧美历史、习惯、风俗、人心与中国迥乎不同。且美为英之殖民地，一旦独立，势不能不建设民主。然数十年每遇选举，元首竞争激烈，举国骚然。至法、墨等国，一值选举总统，必以武力解决，流血不知凡几。中国积弱之余，何堪再蹈此危机？况削足求履，亦未见其可也。总之，中国国体宜于君主立宪，不宜于民主立宪，稍有心肝之人，皆知其理，无待赘言。”“方今国势飘摇，又值草定宪法、一发千钧之时，非将国体改为君主立宪，非求我大总统俯从人望，一身肩任天下，不足以奠国基而救危亡。东三省人民渴望甚殷，关以外有异议者，惟作霖是问，作霖一身当之；内省若有反对者，作霖愿率所部，以平内乱，虽刀锯斧钺加身，亦不稍有顾惜也。”（以上各电及呈文均见上书，第1051—1059页）

1916年1月中旬，蔡锷等领导的讨伐袁世凯叛国的护国战争已经进行了半个多月，筹备“国民代表大会”事务局局长顾鳌还将“国民代表大会”召开的经过编成通告，在各县广为张贴，从“伦理”、“治本”、“历史”、“地理”、“往事”、“近事”、“将来”七个方面，详细论述了“共和之不宜于我国”，“国体之必宜变革”，“不可不从速变革”（同上，第1098－1100页），也就是改行帝制有理的大道理，为袁世凯称帝辩护。由于文字太长，就不多引了。

杨度等人大讲共和不适于国情，只能实行君主立宪，有无道理？历史已经做出了正确的结论，无须再加论证。袁世凯称帝两个多月，即被全国人民赶下了皇帝宝座，不久就一命呜呼了。时隔一年，张勋拥宣统复辟比袁世凯还惨，仅仅几天，就彻底失败了。以后再也没有哪个独裁者敢于公然宣称共和不适于国情了。由此可见，民主共和才得人心，适合国情。袁世凯授意杨度等人大讲国情不适于共和，只不过是想做洪宪皇帝的借口罢了。如果说以往的顽固守旧官僚大讲国情不合，目的在于阻挠社会前进，那么，袁世凯就是企图使滚滚而前的历史车轮倒转，两相比较，更逊一筹，也更为国人所鄙视了。

“六君子”与“二陈汤”

1916年6月6日袁世凯死后，有人戏谑地拟了这样一副挽联：“起病六君子；送命二陈汤。”

“六君子”与“二陈汤”都是中药医方的名称。“六君子”又称“六君子汤”，由人参、白术、茯苓、炙甘草、陈皮、半夏六味组成，功能益气健脾，燥湿化痰，适用于脾胃气虚、面黄体瘦、饮食不化、呕吐泄泻等症。“二陈汤”由半夏、橘红、茯苓、甘草四味组成，功能燥湿化痰，理气和胃，适用于咳嗽痰多、胸膈胀满、恶心呕吐等症。

袁世凯是否真的服了“六君子”而得病，服了“二陈汤”而送命呢？当然不是。那么，挽联又何以那么写呢？

原来联中的“六君子”只是借用中药医方之名，实际上指的是杨度、孙毓筠、胡瑛、李燮和、刘师培、严复六个人。

杨度，字皙子，在清末是著名的立宪派人士，主张召开国会不遗余力。1908年经袁世凯推荐到宪政编查馆任职后，他便对袁世凯感恩戴德，也很推崇，辛亥革命时为袁世凯奔走效劳。袁世凯对他也颇器重，组织清内阁时曾委他为学部副大臣，杨度没有同意。中华民国建立之后，不知什么原因，身为临时大总统的袁世凯一直没有重用他，直到1914年才任他为参政院参政、国史馆副馆长。杨度是个不甘寂寞的人，经常追随在袁世凯长子袁克定的左右，与袁世凯的秘书夏寿田过从甚密，对袁世凯的心思颇为了解。1915年4月，他写了一篇《君宪救国论》，呈送袁世凯。袁世凯阅后大为激赏，亲笔题写了“旷代逸才”四字，命政事堂制匾赐予杨度。8月，杨度得悉袁世凯称帝之心已定，想做新朝的开国元勋，主动请求成立组织，鼓吹帝制。得到袁世凯同意，他便拉了孙毓筠、胡瑛、李燮和、刘师培、严复，成立了筹安会。

孙毓筠于1906年加入同盟会，同年被捕入狱。辛亥革命时获得自由，充任江浙联军总部副秘书长。1912年3月任安徽都督，7月到北京任临时参议院议员。后被袁世凯任为约法会议议长、参政院参政。刘师培经学知识渊博，号为国学大师。早年参加光复会、同盟会，后为两江总督端方收买为暗探。1913年充当山西都督阎锡山的高等顾问，后袁世凯任其为公府咨议。李燮和参加过华兴会、光复会、同盟会，辛亥革命时任长江下游招讨使、吴淞都督，后被孙中山任为光复军总司令。胡瑛加入过同盟会、日知会，在湖北被捕。辛亥革命时自任湖北都督府外交部长。南京临时政府成立，被委为山东都督。他们四人原先都是革命党人，南北统一后相继投入到袁世凯的怀抱。

严复早年充当过北洋水师学堂总办，翻译过《天演论》和《法意》等世界名著，呼吁救国，学贯中西，声望很高。民国以后，袁世凯有意罗致，先后任其为京师大学堂校长、总统府顾问、约法会议议员、参政院参政。他主张帝制，但对谁当皇帝未考虑成熟，也不愿做筹安会的发起人。杨度写信告诉他，袁世凯非要他担任发起人不可，已代其署名，将筹安会启事送到报馆，来不及再等他答复了。启事见报之后，严复未加否认，但在袁世凯搞帝制的过程中，他从未说过拥护袁世凯的话。

杨度从袁世凯那里领到活动经费，与孙毓筠等人发表了组织筹安会宣言，公布了章程。8月23日该会宣告成立，杨度任理事长，孙毓筠任副理事长，其他四人为理事；并通电各省派代表来京讨论，宣称共和国体不适合中国国情，必须实行君主立宪。人们便称他们六人为“筹安会六君子”。

接着，袁世凯敲响了帝制自为的开场锣鼓。继之而来的就是强奸民意，请愿改变国体，召开国民大会，推戴皇帝等一系列表演。1915年12月12日，袁世凯下令承认帝位。他的倒行逆施，激起全国人民的义愤。正在他忙着筹备登极的时候，12月25日，蔡锷和云南将军唐继尧、巡按使任可澄等发出了宣布云南独立、声罪致讨的通电，吹响了讨伐袁世凯叛国称帝的号角。袁世凯不思悔改，谋求帝位愈急，1916年元旦改用洪宪纪元，将总统府改称新华宫，中华民国改称中华帝国，接受百官朝贺，做起皇帝来了。其后，蔡锷等率领护国军分路出击，开始了保护中华民国的护国战争。革命党也在各地起义，各界人士口诛笔伐，贵州、广西先后宣布独立。袁世凯虽然命令北洋军前往镇压，但在护国军的沉重打击下，北洋军节节败退。在全国一片讨伐声中，加以军事和外交上的失败，袁世凯被迫于3月22日撤销帝制，从此愤怒忧愁，羞愧难当，开始生病，以后逐日加重。此即联中所说的“起病六君子”。

联中所说的“二陈汤”也是借用中药医方之名，实际指的是陈宧、汤芗铭和陈树藩三个人。

袁世凯撤销帝制后又恬不知耻地以大总统自居，企图照旧统治人民，把人民的反抗情绪激发得更加高昂。广东、湖南、江苏各地人民继续起义，浙江独立。5月6日，云南、贵州、广西、广东四省成立统一机构军务院，宣言负责全国军政，拥护副总统黎元洪为总统，根本否定了袁世凯的总统资格。

5月9日，陕南镇守使陈树藩在三原宣布独立，自称陕西护国军总司令，15日率军开进西安，逐走杀人魔王、督理陕西军务陆建章，控制了陕西军政大权。

5月22日，督理四川军务陈宧又突然通电宣布四川独立。陈宧原任参谋次长，1915年2月，袁世凯顾虑云南、贵州和四川没有自己的心腹，统治不稳，便派他会办四川军务，前去坐镇、监视。陈宧感激涕零，向袁世凯表示，不改帝制，不复入京，然后就率领李炳之、伍祥祯和冯玉祥三个混成旅开进四川。8月，袁世凯正式任命他为督理四川军务、成武将军。陈宧并不是心甘情愿宣布独立的，当初蔡锷率军进攻四川时，曾多次致电劝其独立，他都找各种理由一再拖延。4月下旬，得知冯国璋要袁世凯下台的消息后，他的态度开始有所转变。继而见四川人民强烈反袁，绅商纷纷要求独立，而且打算将其赶跑，他才因大势所趋，不得不发出独立的通电，并在通电中特别强调了同袁世凯个人断绝关系：“宧为川民请命，项城（即袁世凯）虚与委蛇，是项城先自绝于川，宧不能不代表川人与项城告绝。自今日始，四川省与袁氏个人断绝关系。袁氏在任一日，其以政府名义处分川事者，川省皆视为无效。”袁世凯视陈宧为心腹爪牙，绝未想到他会背叛自己，现在不仅背叛了，而且还特意宣布与之断绝个人关系，当即气得晕倒在椅子上，好长时间方才醒转，病情立即加剧。

尽管陷入众叛亲离、穷途末路的绝境，袁世凯仍然不肯悬崖勒马，企图作困兽之斗。5月29日他公布《帝制始末案》，推卸罪责，反诬讨伐他的军民“鼓动全国风潮，妨害安宁”，大有要大张挞伐的架势。不料就在同一天，他的另一个亲信汤芗铭又通电宣布了湖南独立。

汤芗铭原任海军部次长，1913年10月，袁世凯命曾在“二次革命”中宣布过湖南独立的都督谭延闿进京，让汤芗铭接任了湖南都督。1914年6月，袁世凯任其为靖武将军、督理湖南军务。对于袁世凯搞帝制活动，汤芗铭极其积极，1915年9月，他请求袁世凯改行君主立宪，在劝进电中表达了一定要把袁世凯拥上皇位的赤诚忠心，宣誓说：倘若有人阻挠救国大计，“誓当为王前驱，除此公敌”！云南宣布独立后，他在长沙逐家逐户清查“乱党”，屠杀许多革命党人和无辜人民，有“屠夫”之称，是袁世凯极为欣赏的一条忠实走狗。其兄汤化龙数次劝其独立，他都不听。后来看到袁世凯大势已去，知道死硬到底，唯有死路一条，只得另筹出路。1916年5月，湖南各地相继发生独立暴动，总司令程潜率领本省护国军向长沙挺进，长沙成为孤城一座。再加通过他人联系，感到自己生命和地位没有危险，他方才被迫反叛袁世凯。

袁世凯得知汤芗铭独立，受到重大刺激，病情越发沉重，卧床不起。虽经医生诊治，但已无术回天，6月6日，终于一命呜呼。

由于陈宧、汤芗铭的背叛对袁世凯打击太大，好事者便把陈树藩的名字加上，借用中药医方之名，说他是服了一剂“二陈汤”毙命的。

第四章　人民理应享有自由

人民享有言论自由权利在每一个文明国家的宪法中都有明确规定，但是，纸面上规定的美好东西并不一定都能变为现实。因为在民主政治成为世界潮流之后，有些独裁者手段非常狡猾，取专制之实而不欲居其名，用宪政之名而唯恐蹈其实，极力在实际上剥夺人民的言论自由权利。

预备立宪时期的结社集会自由

历代封建王朝为了维护专制统治，均严厉禁止人民结党立会。清王朝以少数民族统治中国，害怕汉人反抗，禁令尤严，人们对此也讳莫如深。直到戊戌变法之前，维新志士才发起成立了少数团体，禁网始被冲破一道缺口。不久变法失败，慈禧又严禁结社立会，并悬赏缉拿康有为、梁启超和革命党领袖孙中山。因此，国内没有公开的政治团体。

允不允许政党、社团合法存在和政治上持不同意见的人进行正常活动，是专制政治与民主政治的一大原则区别。1906年9月朝廷颁布预备立宪诏旨以后，立宪派人士以为朝廷既然决意立宪，就不能不向立宪国家学习，视结社集会自由神圣不可侵犯，为了推动立宪顺利进行，于是筹建了第一批立宪团体，并得到政府批准。

1907年11月20日，鉴于江苏、浙江两省绅民掀起的坚决拒绝向英国借款修筑苏杭甬铁路的热潮，朝廷谕令学部申诫学生，不准干预政事。12月24日，清政府又下令拟订政事结社条规，说："各国君主立宪政体，率皆大权统于朝廷，庶政公诸舆论，而施行庶政，裁决舆论，仍自朝廷主之。"民间结社集会，莫不有法律为之范围。不晓事体者，遇有内外政事，动辄借口立宪，相率干预，一唱百和，肆意簧鼓，以讹传讹。民情固然不可不上达，而民气断然不可使嚣张，"立宪国之臣民，皆须遵崇秩序，保守平和"；现在已经饬令在京师设立资政院、各省设立咨议局，以立议院基础。嗣后各省利病，均应由省咨议局详细讨论，如确有见地，可呈请本省大吏咨送资政院，采择核办，不得凌躐无序，妨害治安，

“倘有好事之徒，纠集煽惑，搆酿巨患，国法具在，断难姑容，必宜从严禁办”（《清末筹备立宪档案史料》，第53－54页，中华书局，1979年）。25日再发整顿学务上谕，声称：“不准干预国家政治及离经叛道、联盟纠众、立会演说等事，均经悬为厉禁”，教育部门必须对学堂切实整顿，学生如不遵从，“立即屏斥惩罚”，教师管教不严，一并重处（同上书，第1000－1001页）。26日，再令民政部等衙门严行查禁在京师开会演说。

这几道命令气势汹汹，蛮横至极，引起国民极端不满，纷纷指责政府敌视人民，不是真正的预备立宪。一些官员也很忧虑，御史赵炳麟上奏说：“开会、结社，未可一概禁止”，“方今时局艰难，正赖京外士民同德同心，讲求政学，若不分别办理，一概禁止，实非治平之道”，应“妥议章程，凡研究政治、法律、农商、教育等会，必报部立案，一经核定，国家力任保护。其妨碍治安、不守法律所规定者，即行查禁。似此分别办理，庶合朝廷预备立宪之至意”（《光绪朝东华录》，总5810页，中华书局，1958年）。御史黄瑞麒也上奏指出：近来民智渐开，均知家国一体、休戚与共之义，“集会之事，但须明定法律，使之不悖于尊卑之大防，而民间之请愿要求，亦宜曲为转圜，不可过事禁抑，以阻其欣欣自向之意。否则，情志不达，至于相激，奸人得乘间以肆其簧鼓煽诱之术，甚至横溢冲决，不可收拾，则臣有不忍言者矣”（《清末筹备立宪档案史料》，第320页）。

1908年3月11日，宪政编查馆大臣上奏的《结社集会律》颁布执行。奏折称：结社集会种类甚多，“除秘密结社、潜谋不法者应行严禁外”，其他团体“但令宗旨无悖于治安，即法令可不加以禁遏”；在欧美立宪各国，国家愈进步，结社集会之风愈盛行，“论其功用，实足以增进文化，裨益治理。然使漫无限制，则又不能无言哤事杂之虞。是以各国既以人民结社集会之自由明定之于宪法，而又特设各种律令以范围之。其中政治社会关系尤重，故国家之防范亦弥严，先事则有呈报，以杜患于未萌，临事则有稽查，以应变于俄顷，上收兼听并观之益，而下鲜嚣张凌乱之风。立宪精义，实存于此”（《光绪朝东华录》，第5859－5860页）。

《结社集会律》共三十五条，规定：政事结社成立之前，必须由首事人开具宗旨、名称、社章、办事处、设立之年月日，首事人、佐理人和办事人的姓名、履历、住址，现有入社人数，呈报官署，由官署申报民政部或呈请本省督抚核准；政论集会，须先定倡始人，由倡始人于开会前一日将宗旨或事由、会场、开会时间，倡始人的姓名、履历、住址，现有入会人数，呈报会场所在地巡警或地方官署；凡关系公事之结社集会，虽与政治无涉，若巡警或地方官署为维持公安起见谕令呈报，应即遵照办理；凡于室外道旁集众开会或整列游行者，也由倡始人于开会前一日将宗旨或事由、会场、时间，倡始人的姓名、履历、住址，人数，及应经路线等呈报；军人、巡警、官吏、僧道及其他宗教师，学堂教习和学生，未满二十岁的男子，妇女，曾判监禁以上之刑者，不识文义者，不准参加政事结社和政论集会；政事结社以一百人为限，政论集会以二百人为限；政论集会时，巡警或地方官署得派遣人员临场监察；集会或游行之际，如有任意喧扰或迹涉狂暴者，巡警或地方官署得量加阻止，有不遵者，得勒令退出；集会讲演如有语言悖谬或滋生事端、妨害风俗之虞者，巡警或地方官署得饬令中止；无论何种结社，若民政部或本省督抚及巡警道、局和地方官为维持公安起见，饬令解散，或令暂时停办，应即遵照办理；无论何种集会和游行，巡警或地方官署为维持公安起见，得量加限禁，或饬令解散；凡秘密结社，一律禁止；凡按照法律准许之教育会、商会、农会、议事会、董事会等，及经官方批准立案的结社集会，不在此限。还规定了对违犯者处以罚金、拘留、监禁处分。

在预备立宪期内，颁布一些法律，由人治进入法治，很有必要。然而制定法律的目的应该是限制政府的专制行为，保护并扩大人民的民主自由权利。《结社集会律》打破了专制时代的厉禁，以法律形式肯定了人民结社集会的自由权利，对非政治性结社集会不加限制，无疑是进步的，符合国民的愿望。但它的开放又是有限的，无端地剥夺了广大文盲和妇女等人的权利；限制人数、禁止教员学生干预政治和开会演说，毫无道理；而笼统的“为维持公安起见”的规定，又给了当局随意解散或停止结社、集会、游行的借口，使人民的民主自由权利失去保障，其遭到广大民众反对是必然的。

1909年11月浙江咨议局开会时，陈敬第、沈钧儒等十几名议员即提出：结社集会限制人数，“与立宪之旨绝对不相容”，必须“削除”（《民吁日报》1909年11月19日）。1910年8月，咨议局议员联合会专门就《结社集会律》通过一项议案，请求资政院修改，指出：各国宪法均许人民自由结社集会，我国方预备立宪，亟须启迪国民政治知识，禁止教员结社集会，与要国民具有政治知识的本旨相背驰，“应行删除”，“限制人数，于法理不合”，“纯属立法者之任意规定”，“东西各国无此全无根据之法律”，“事实上亦无实效”，“本条应全删”（《直省咨议局议员联合会报告书·议决案汇录》，第25—29页，1910年）。

在1910年10月召开的第一届资政院会议上，法典股议员审查了咨议局议员联合会的陈请，认为既许国民结社集会，“而忽然于人数加以限制，颇觉不合”，应将这一条“全然删去”；限制教员、学生结社集会，“于政党发达大有妨碍”，亦应删去；还提出，原定“维持公安起见”，并未定出条件，没有界限，应改为“认为妨害治安”；多数通过了修改后的结社集会律（宣统二年第一次常年会资政院会议速记录》第41号，第77、81、82、87页）。

《结社集会律》虽然颁布，但并不意味着国民享有了充分的自由权利。统治者久已习惯于专制制度，一旦国民享有了自由权利，他们就不适应，甚至产生极大的抵触情绪。只要他们认为某个社团于己不利，便想动用强权加以解散查禁。首遭解散命运的是政闻社，不过情形比较特殊。该社是梁启超1907年10月在日本东京组织的立宪团体。由于戊戌变法时结下的宿怨，慈禧太后一直通缉拿办康有为、梁启超，仇恨始终未能化解。故1908年2月政闻社本部迁往上海后，并未呈报政府立案。由于康有为密电某位大人物弹劾首席军机大臣奕劻植党揽权，及外面有康有为、梁启超秘密联络粤督岑春煊，谋倒张之洞、袁世凯之谣，引起奕劻、袁世凯、张之洞的愤怒；康有为的帝国宪政会又联络海外五洲二百余埠华侨上书请愿，提出撤帘归政及改大清国号为中华国等要求，这在慈禧太后和奕劻等人看来，即为大逆不道。只因帝国宪政会远在海外，鞭长莫及，政闻社系梁启超所组织，而且没有批准立案，所以朝廷便在8月13日以该社“内多悖逆要犯，广敛资财，纠结党类，托名研究时务，阴图煽乱，扰害治安”（《光绪朝东华录》，总5967页）为名，下令将其查禁了。

吉林自治会成立以后做了许多有益的事情，但会长松毓甚为官场所忌，会员张松龄因私欲得不到满足也怀恨在心，写信控告他款项不清、任用私人等等。东三省总督徐世昌和吉林巡抚陈昭常遂给该会加上所拟章程多未合法，只知营利，不办公益，殊与自治义理大有不合，更与政府宗旨显相违背的罪名，于1908年10月下令解散。

军机大臣、外务部尚书袁世凯也处心积虑地想将粤商自治会解散。1907年11月，广东省西江发生一起抢劫悬挂英国旗帜的中国船只事件，英国以护航名义派出十余艘炮舰驶进西江，并要求清政府将西江缉捕权交由海关税务司管理。粤商自治会即于此时成立，发电指责外务部答应英国的要求。1908年2月5日，日本商船二辰丸装运军火，在澳门附近为中国海军巡逻船弋获，因其没有运往中国军火的护照，遂将船械扣留。日本驻华公使林权助照会外务部，声称中国将二辰丸拘留违约，提出立即释放二辰丸，赔偿被扣期间的损失，中国政府对撤换国旗鸣炮致歉，收买该船军火，处置扣船官员五项条件。外务部全部接受。3月19日释放二辰丸，粤商自治会召开了有十万群众参加的大会，提出应当罢斥袁世凯，广东不担负赔偿费；接着开展了抵制日货运动，影响波及上海、广西以及香港、南洋、澳洲等地。袁世凯大为恼怒，几次致电两广总督张人骏，给粤商自治会妄加罪名，要其查办会长陈惠普等人，解散该会。张人骏令广州府查复。广州府说：十数年来，凡地方公益，陈惠普等人无不挺身直赴；近年所办各事，皆为地方谋求大利。力争西江捕权及二辰丸案，"虽不无过激之处，要之皆爱国之士，朝廷尚须加以奖励，万不可误听谣言，以陷善类"（《竹园白话报》1908年6月9日）。张人骏据此以复，袁世凯默然。同年11月香港掀起抵制日货高潮时，袁世凯又旧事重提，必欲将该会置于死地而后快。由于张人骏竭力维护，袁世凯始终未能如愿。

在顽固守旧大臣眼里，人民结社集会请愿并不是出于什么好心，而是与政府为难，说西方那一套办法在中国不适用。1910年6月16日第二次国会请愿后，他们就力主朝廷应以严旨震吓，以免请愿代表哓哓不休。军机大臣们均主张解散代表团，限制开会演说，派遣密探侦察请愿代表的行动，企图罗织罪名将请愿运动镇压下去。但是，舆论的强烈使他们不敢公然与人民为敌。1910年7月4日，北京国会请愿同志会在外城巡警总厅立案，民政部的侍郎等多数官员均主张要与军机大臣商定。开明的尚书善耆深恐军机大臣阻挠，说："凡人民结社立会能不违背法律者，本部即有保护之专责。查国会请愿一事，多系志士热心爱国，以和平主义力求进行。该会既无强挟之要求，即为不背法律，应即允准立案，无庸请商政府，以致多所转折。”（《大公报》1910年8月13日）当即批准。

摄政王载沣执政以后，康有为、梁启超曾派人回国多方运动朝中亲贵开放党禁。1910年，他们更派多人回国运动亲贵、御史、国会请愿代表和资政院议员，争取资政院成立后通过开放党禁的议案。社会舆论也以立宪政体有结社自由，呼吁开放党禁，允许康有为、梁启超回国效力，赦免革命党人。在国会请愿同志会的带动下，直隶、河南、湖北、广东等省和陆军部均有多人签名上书要求，资政院议员提出议案，御史上奏，载洵、载涛还几次向其兄载沣陈说，一时之间，开放党禁的呼声甚高。1911年1月，资政院通过了赦免包括革命党人在内的国事犯奏稿。由于各种极为复杂的原因，朝廷没有交议和批答，直到武昌起义后才在革命形势的逼迫下宣布开放党禁。

虽则如此，严禁结社集会的禁网已在很大程度上被打破。从实际情况看，政治性团体只要不是以武力推翻清王朝为目的的革命党和秘密组织，而又按照《结社集会律》的规定办理，均可成立。除了政闻社和吉林自治会的特殊情况外，一切公开的政党和团体都取得了合法存在的权利，不必呈报官府的非政治性结社更不用说了。至1911年，全国成立了十几个政治性的团体和政学会、宪政实进会、辛亥俱乐部、宪友会四个政党。只是在社团成立的过程中，个别的曾遇到一点小麻烦。如贵州自治学社最初呈请成立时，社员中多为学生，巡抚庞鸿书因朝廷不准学生干预政事，未予批准。发起人另行联络，再次呈请，就得到批准了。1910年12月北京旗民组织的八旗期成公民会的情况与此相类似。

《结社集会律》对人数的限制也被大大突破。许多立宪团体和政党的人数都越出了结社不得超过一百人的规定。集会游行基本上也是自由的，参加的民众动辄成千上万，更越出了不得超过二百人的规定。

不过自由有一定的限度，当民众的行动超越了执政者的容忍极限时，他们就下令禁止。1910年11月召开国会期限缩短三年的上谕发布以后，摄政王载沣见奉天等省的民众仍继续请愿，以为此乃“无识之徒”肆意要求，下令禁止；并声称：“如再有聚众滋闹情事，即非安分良民”，应即“查拿严办”（《清末筹备立宪档案史料》，第652－653页）。直隶总督陈夔龙遂命令军警包围了罢课请愿的学堂，逮捕并发配了天津的全国学界请愿同志会会长温世霖。

1911年5月成立的皇族内阁更加专制残暴。当其违背资政院章程和咨议局章程，实行铁路干线国有政策及同外国银行团签订湖广铁路借款合同，遭到四川等省民众强烈反对时，非但不满足民众的合理要求，保障民众集会的正当权利，反而倒行逆施，命令署理四川总督赵尔丰严拿惩办，格杀勿论。赵尔丰竟悍然逮捕了咨议局、保路同志会和铁路公司的领导人，下令向要求放人的民众开枪。鲜血惊醒了广大民众，他们立即抛弃了和平请愿，拿起武器进行反抗，点燃了辛亥革命的导火索。皇族内阁自以为权大于法，可以随意剥夺民权，而剥夺的结果，却是清王朝被革命风暴所埋葬。

预备立宪时期的言论自由

国人自办的报纸（当时的刊物也称报纸）开始于19世纪70年代，比资本主义国家晚得多。1894年中日甲午战争以后，有志之士为了挽救危亡，唤醒同胞，方才重视创办。对于言论的控制，清王朝一向极严，制造了很多文字狱。1898年变法维新时，光绪皇帝一改其祖宗所为，于7月26日颁发上谕，明令臣民在报刊上发表言论不要忌讳，说："各报体例，自应以胪陈利弊，开广见闻为主，中外时事，均许据实昌言，不必意存忌讳，用副朝廷明目达聪、勤求治理之至意。"（中国史学会主编：《戊戌变法》二，第44页）可是，慈禧重新训政以后，又恶狠狠地下令严禁言论自由。10月9日她发布懿旨说："莠言乱政，最为生民之害，前经降旨，将官报《时务报》一律停止。近闻天津、上海、汉口各处，仍复报馆林立，肆口逞说，捏造谣言，惑世诬民，罔知顾忌，亟应设法禁止。著各该督抚饬属认真查禁，其馆中主笔之人，皆斯文败类，不顾廉耻，即饬地方官严行访拿，从重惩治，以息邪说而靖人心。"（同上书，第109－110页）于是变法时期刚刚兴起的言论自由被扼杀，但某些报馆还是继续保留了下来。

1906年9月1日，朝廷宣布仿行宪政，预备立宪。负责管理报纸的部门为巡警部（后改民政部），但只靠条规之类约束报馆，尚无正式的报律。1907年12月23日，清政府为控制社会舆论，命令民政部编订报律。1908年3月14日，宪政编查馆大臣上奏的《报律》颁布执行。奏折称：报纸能够启迪新机，策励社会，促进文明进步，世界各国莫不重视。中国报界知识很少，当此预备立宪之时，“固宜广为提倡，以符言论自由之通例。而横言泛滥，如川溃防，亦宜严申厉禁”（《光绪朝东华录》，总第5862页，中华书局，1958年）。

《报律》共四十五条，主要规定有：开设报馆、发行报纸者，在发行二十日以前，将报纸的名称、体例，发行人、编辑人和印刷人的姓名、履历、住址，发行所、印刷所的名称、地址，呈送地方官衙门，申报本省督抚，咨明民政部存案；呈报时附缴保押费，每月发行四次以上者缴银五百元，三次以下者二百五十元，专载学术、艺事等项的免缴，宣讲及白话等报亦同；日报于发行前一日晚十二点以前，其他报于发行前一日中午十二点以前，送巡警或官署查核；审判衙门禁止旁听的诉讼事件，未经公判的预审事件，主管衙门禁止登载的外交、海陆军事件，未经阁抄、官报公布的谕旨、章奏，均不得揭载；诋毁宫廷、淆乱政体、扰害公安、败坏风俗之语，均不得揭载；不得挟嫌诬蔑，损人名誉；并规定了对违犯者的各种处罚。

既然预备立宪，就应该保护人民的言论自由权利。而《报律》规定的送审制度是典型的专制行为，所谓“扰害公安”、“损人名誉”等等，均未有具体明确的界定，只能有利于当局的蛮横干涉，不利于言论自由，必然招致舆论的抵制和猛烈抨击。《正宗爱国报》的措辞最为尖锐，写道：“甚么叫《报律》呀？简直的外号儿就叫收拾报馆！堵住报馆的嘴，不准你说话，就是《报律》的真精神！”（《叹报律》，《正宗爱国报》1908年3月26日）对于报纸发行前送审的规定，北京各报馆亦联合发表宣言书进行驳斥，表示将采取一致行动，予以抵制。

在施行过程中，民政部也觉得非常为难。如发行前的检查制度，民政部的原草案没有此条，是宪政编查馆加进去的。民政部认为：“官署虽有检查出版之权，并无核定报章之责，报馆如有违犯，自可于发行之后执法严惩，不能于发行以前先事干涉。”仓促检查，“既难保无疏漏之病，遍加勘定，又不胜其检查之烦”；而且若必待检查而后发行，“则一切违犯之处，报馆转可不任其责，而此数十条《报律》亦属赘疣，似与定律初意，不相吻合”（《清末四十年申报史料》，第264—265页，新华出版社，1988年）。故1909年10月民政部又奏请加以改正。改正的主要之点是废除了发行前的检查，改为每号报纸递送所在地官署。保押费由原来每月发行四次以上者缴银五百元减到三百元，三次以下者由二百五十元减到一百五十元；原定白话报不缴保押费不合理，删去。宪政编查馆再加修改，1910年10月将报律修正案提交第一届资政院会议讨论。

北京报界公会的《京津时报》、《中国报》、《国民公报》、《北京日报》、《帝国日报》、《帝京新闻》、《宪志日刊》闻悉，联名上书资政院，除具体批驳报律修正案几条规定意在摧残舆论外，还强调指出："限制人民言论自由实为欧西各国所无"，修正案依据的是几十年前日本的新闻条例，而这个条例目前在日本也无报纸遵守，为何我国还要把它奉为金科玉律？现在中国"社会之复杂，道德之堕落，官吏行为之横暴，国民生气之萎敝，虽在明治以前已不如今日中国之甚，故中国今日之定报律，即疏节阔目，力求宽大，犹虑国民之畏避，不肯尽言，安可故为苛条，使之沮丧不言耶！"请资政院强硬议驳，并声言："非斟酌删除，碍难遵守。"（《北京报界公会上资政院陈请书》，《大公报》1910年10月30、31日）

资政院议员们讨论时，主要针对报律修正案关于秘密和损害他人名誉两条进行了驳斥。他们说，修正案规定损害他人名誉，不论有无事实，报纸不得登载，登载都算有罪，都要受罚，太无道理。"既有事实，则已无名誉之可言，尚何损害之有？"贪官污吏全赖报纸监督，"若禁报纸登载，其何以儆奸慝而伸舆论？"而且"损害""无一定标准，则办报之人日日在监禁之中，时时有罚金之事。凡报馆言论，原以主张公道、激浊扬清为天职，若加以如此箝制，则报馆无置喙之地矣！"不准登载的秘密事件，条文过于简略，没有范围，报纸没有依据，"窒碍甚多"。总之，这些规定不是提倡言论自由，"祗能实行取缔本国报馆，为摧残舆论之计"，"令通国舆论机关无以自存，必争设立于各租界而后快"（《宣统二年第一次常年会资政院会议速记录》第6号，第26－31页）。经过讨论，第一届资政院会议通过了《报律》，主要规定除开设报馆、发行报纸的申报手续，附缴保押费数目同意修正案提出的每月发行四次以上者缴银三百元，三次以下者一百五十元外；还规定，在京师、省会和商埠以外发行的可享受优惠，减少三分之一或三分之二；同时恢复了专以开通民智为目的的报纸及白话报，全免保押费；专载学术、艺事等的报纸，不用缴纳，以示鼓励提倡；废除了事前检查，改为每号报纸发行日递送所在地官署存查；冒渎乘舆（指皇帝）、淆乱政体、妨害治安、败坏风俗之语，俱不得登载；损害他人名誉之语，不得登载，但专为公益、不涉阴私者，不在此限；官署禁止登载的外交、海陆军事件及其他政务，和禁止旁听的诉讼或会议事件，均不得登载。

舆论监督最不利于官僚，也最易引起只知有官权、不知有民权的官僚害怕和嫉恨，因而只要他们认为报纸上的言论于己不利，或是对其有所怀疑，便找个借口，利用职权加以封杀。故在预备立宪时期，摧残与维护言论自由的斗争时有发生。如：

1906年9月，北京的《中华报》被巡警部以“妄议朝政”等罪名封禁，并将主笔递解回籍。《大公报》批评说：“当兹察纳舆论、勤求民隐之时代”，“斩然扑灭，施以决绝之手段，恐非所以尊崇民格、预备立宪之意也”（《大公报》1906年10月4日）。

1907年5月，《北洋日报》因痛诋贿买黑龙江巡抚的段芝贵遭到封禁。8月，汪康年办的《京报》因登载奕劻受贿被勒令停刊。《广益丛报》著文说：“政府之于专制也，乃取其实而不欲居其名；于立宪也，则用其名而惟恐蹈其实。”（《论国民之前途及救亡之责任》，《广益丛报》第5年第20期）

1909年8月，革命党人办的《民呼日报》遭到封禁，立宪派人士所办的《时报》和《东方杂志》均为其打抱不平，批评政府和官吏“压迫舆论及故入人罪之非法”（《记上海报界之风潮》，《东方杂志》第6年第8期）。同年9月，北京的《中央大同日报》、《国报》因登载东三省交涉之事，评论外务部丧失国权，外务部以其泄漏机密，有碍交涉，奏请勒令停止出版。《吉林日报》也因登载东三省督抚与外务部往来要电，被禁止出版。京师的舆论为之哗然。上海的《时报》就此发表评论说：“不及几月中，报界之被摧残者已落花流水如此矣，此亦预备立宪第二年应有事耶？呜呼！”（《时报》1909年9月30日）在舆论的谴责下，不久《国报》改名《中国报》，《吉林日报》改名《吉林时报》，《中央大同日报》仍用原名，得以继续出版发行。

1910年5月9日，天津的《北方日报》刚出版一天，直隶总督陈夔龙因其刊登的广告内有“监督政府，响导国民”字样，指为“大不敬”，当即勒令停刊，并逮捕了主笔。报社同仁立电各报，“乞持公论”（《时报》1910年5月17日）。省咨议局正副议长马上面谒当局，据理力争。各界大愤，电约各省报界联禀民政部，代为申理。陈夔龙迫于公论，不得不准许该报出版发行。

1911年7月，汉口的《大江报》发表《大乱者救中国之妙药也》时评，詹大悲遭到拘捕，报馆被封。《时报》立即指斥当局大兴文字狱，破坏立宪制度，予以声援。

由于摧残言论自由不符合《报律》的规定，丧失人心，某些有良知和按法办事的巡警官员也不唯官僚之命是听。如1909年6月，宪政编查馆提调宝熙由于屡受报纸评论，欲以辱骂官长的罪名，要北京内城巡警总厅厅丞章宗祥将某报封禁。章宗祥拒绝执行，答以："指摘官长未犯《报律》，何能任意罗织；且《报律》为宪政编查馆所定，尤未便出尔反尔"（《京都日报》1909年6月30日），驳得宝熙哑口无言，悻悻而返。官高权大的军机大臣等人认为报纸煽动闹事，更想打压。可是他们又怕落下专制暴虐的骂名，不敢直接出面，便找替罪羊。1910年召开第一届资政院会议时，军机大臣对民政部尚书善耆说："现在民选议员敢如此狂纵嚣张者，系多以报馆为后援之故，否则，断不至此；且各报登载续请国会及剪发等问题，均足以扰害大局，尤非严加禁缔不可。"善耆凛然答道："资政院既准报馆旁听，则照议场情形登录，即不能限缔。且会议剪发、国会等事，亦为确有之事，并非虚捏，与违犯《报律》者不同。本部虽有管理报馆之责，亦断不能滥行干预，致负摧残舆论之谤"（《枢府固无往而不摧残舆论者》，《申报》1911年1月9日），坚决地将他们顶了回去。

尽管某些官僚有摧残言论自由的事实，但从总体上来看，如果不带偏见，实事求是，可以毫不夸张地说，在预备立宪时期，清政府改革专制政治刚刚起步，就为国人创办报纸创造了较为宽松的社会政治环境。其明显突出的表现有二：一为注册登记手续极其简单，二为言论相当自由。

注册登记，只要发行人按照《报律》规定，开具报纸的名称、体例、发行时间，发行人、编辑人、印刷人的姓名、履历、住址，发行所、印刷所的名称和地址，呈报所在地官署，再缴纳为数不太多的保押费，就不会遇到刁难，可以出版发行了。所以当时创办报纸非常容易，凡是按照这些规定办理的，均获得了官方的批准。还有一些报纸不经官方批准，就出版发行了。

报纸的言论，只要遵守《报律》规定应该禁止的条款，即不登载"冒渎乘舆"、"淆乱政体"、"妨害治安"、"败坏风俗"之语，以及当局禁止的外交、海陆军事件，诉讼或会议事件，其他任何文字，包括制度的好坏、政治的得失、法律的利弊、政府的政策、官场的腐败、官吏的专横、社会的黑暗等等，皆可登载评论。“政府举措有不当于民意者，舆论得挟其所见，起而与抗争。”（长舆：《立宪政治与舆论》，《国风报》第1年第13期）有位报人深有体会地说：“光绪末叶数年，出报既不报知官厅，其言论之自由，可谓有闻必录。对于政治之得失，内外大员之善恶，皆可尽情指责；人民之冤抑隐疾，更可尽情登载。”（管翼贤：《北京报纸小史》；杨光辉等编：《中国近代报刊发展概况》，第404页，新华出版社，1986年）革命党人冯自由亦说：“国中言论实较已往数年为自由。”（冯自由：《革命逸史》第3集，第333页，中华书局，1981年）

这种情况从预备立宪以后就出现了。如1906年12月，即有报纸指出：清政府进行的中央体制改革是“伪改革”，“徒为表面之变更”（《论今日时局之危》，《申报》1906年12月6日）。1910年10月9日国会请愿代表前往谒见首席军机大臣、庆亲王奕劻，遭到拒绝。为此，《国民公报》于14日发表社论《诘问庆王》，指出：通过前两次请愿，海内已知其无意国会，不意此次竟不会见代表，“虽然，天下惟患伪立宪耳，若真专制，则固吾人所欢迎者。何则？其激之者愈甚，斯其应之者愈力。……今王果反对国会者，不妨表明意旨之所在，将各代表逐之辱之诛之僇之，则吾国民受王之赐者实远过于今日无刺无非不痛不痒之政体也”，硬是逼着奕劻表态。老奸巨滑的奕劻到底畏惧一点舆论，以后接见了请愿代表。对官场腐败的揭露，各报更是全无顾忌。

还有一个史无前例的巨大进步，也是最能集中体现言论自由的，就是国民敢于公然对圣旨进行批评指责。往昔圣旨一下，谁也不敢妄议，否则便以“大不敬”或“大逆不道”论罪。预备立宪以后完全不同了，人民只要不满意，就可以在报纸上以“恭注”、“谨注”、“感言”等形式公开发表自己的看法，加以评论批驳。此种情形，屡见不鲜：“关于宪政谕旨，日给不遑，而海内各报，恭注上谕，或志疑者，乃时有所见闻。”（《辛亥革命前十年间时论选集》第3卷，第725页，三联书店，1977年）这里略举几例。

1907年11月和12月，朝廷发布不准学生干预政事、开会演说和编订报律、结社集会条规的上谕以后，立即招致报纸的猛烈批评和抨击。

《大公报》写道："近观官府对待国民之举动，其手段其方法依然以压制为唯一宗旨"；学生争拒路款，乃"以与己身家有干系之事"，"争其固有之权而不使之失也，非干预政事也"；"禁止学生争拒路款一事，非但夺国民之言论自由、集会自由权，是并夺其一切固有之权也"（《此之谓预备立宪时代》，《大公报》1907年12月4日）。

《申报》写道："立宪国有三大自由，一言论自由，一集会自由，一出版自由。有此则为立宪，无此则为专制。"近来各省绅商士民向外国争权，举动都很文明，宗旨也很忠爱，加以引导，足以促宪政早日成立。"乃政府以为于己不利，视若仇敌，一则曰'肆意簧鼓，以讹传讹'；再则曰'谬说蜂起，纲纪荡然'。如其说，吾知'淆乱黑白'之言，将不在各省之绅商士庶，而在中央之专制政府矣。限制言事，限制结社，吾又知'阻碍宪政'之言，亦不在各省之绅商士庶，而在中央之专制政府矣。"（《二十日上谕谨注》，《申报》1907年12月26日）欲行专制，不妨明言。"哀我人民，又孰敢反抗者？何必用其专制之手段，以肮脏此立宪之美名也哉！"（《论政府欺罔朝廷》，《申报》1907年12月27日）

1908年7月，政闻社社员陈景仁致电清政府，奏请三年内召开国会，并将攻击人民请愿、要求民权的考察宪政大臣于式枚革职。25日朝廷颁发上谕，反说他臆度率请召开国会，擅行请革大员，将其革职。此谕一出，报纸评论说：这简直是"揭其假面而与天下相见以干戈矣"（《六月二十七日上谕恭注》，《时报》1908年7月27日）！"惩一陈景仁，而与景仁同一宗旨者莫不惩；全一于式枚，而与式枚同一宗旨者莫不全；斥一政闻社，而与政闻社同一宗旨者莫不斥。政府之用心、之手段，肺肝如见矣。"（《二十年内无立宪之希望》，《申报》1908年7月28日）

1908年8月27日，朝廷颁布了《宪法大纲》，其中有不准议院干预这、干预那的各种规定。有的文章写道："吾不意二十世纪公理大明之时代，而竟有拥护专制之立宪也"，"真可谓夐宇内而无俦者矣"（《宪政编查馆奏宪法大纲折书后》，《时报》1908年9月3日）。"于议院议决协赞之权阙焉弗讲，是尚得为议院矣乎！"（《时报》1908年9月4日）还有的写道："于君主一方面，则丝毫不准人民之侵蚀大权；于人民一方面，则处处以君主所定之法律束

缚之，专制政体之完备，无过于此者。”（《宪法大纲质疑》，《广益丛报》第6年第27期）

1910年6月16日第二次国会请愿时，各省咨议局议员代表呈递的请愿书，就是完全针对朝廷第一次拒绝速开国会上谕中所列的筹备不完全、国民知识程度未划一、资政院可为议院基础而发的，与其说是请愿书，倒不如说批驳书更为确当。

1911年5月8日，以奕劻为首的皇族内阁成立，咨议局议员联合会以其违背立宪原则，上书都察院，请其代奏另简大员组织内阁，但不见朝廷有何表示。联合会再次上书，同时写了一篇报告书，发往各省，登于报刊，指出皇族内阁推行的政策都是“亡国政策”、“铁路外有政策”、“媚外政策”，“名为内阁，实则军机；名为立宪，实则专制”。7月5日，朝廷发布内阁副署的上谕说：“黜陟百司，系君上大权，载在先朝钦定《宪法大纲》，并注明议员不得干预。值兹预备立宪之时，凡我君民上下，何得稍出乎大纲范围之外。乃议员等一再陈请，议论渐进嚣张，若不亟为申明，日久恐滋流弊。朝廷用人，审时度势，一秉大公，尔臣民等均当凛遵钦定《宪法大纲》，不得率行干请，以符君主立宪之本旨。”（《清末筹备立宪档案史料》，第579页，中华书局，1979年）联合会马上写了一篇通告各团体书，严厉驳斥：议员所请求的皇族不能担任内阁大臣，“为立宪国所特定之限制”，是说皇族全体地位特殊，不应列于国务大臣，“乃立法之原理问题，机关组织之原则问题，非用人问题也”，怎能“谓之干预黜陟大权”？皇族不组织内阁“实君主立宪国最著之本旨”，怎能说与君主立宪本旨不符？“既为立宪而禁臣民为政治之干请，犹得曰‘庶政公诸舆论’耶？犹得曰‘符君主立宪之本旨’耶？”（《直省咨议局议员联合会第二届报告书•记事录》，第105－109页，1911年）将上谕驳得体无完肤。

立宪派的精英们何以敢于如此大胆地放言无忌呢？因为在他们看来，专制国家与立宪国家决然不同，前者是家天下，纯为人治，后者是公天下，崇尚法治；人民是国家的主人，“干涉国家之政治”，“为人类固有的自然之权利”（《论预备立宪国民宜具政治上之确定力》，《时报》1909年5月13日）；人民既然为国家承担纳税、当兵等义务，就理应享有参与政治、管理国家、监督政府的权利，享有言论出版、结社集会的自由，“国民咸得发表其政见，以判论国政之得失”（长舆：《立宪政治与舆论》，《国风报》第1年第13期）；君主与人民同为国家一分子，彼此平等，谁也不能越出宪法和法律范围之外。他们认为正义真理在自己一边，加之强烈的责任感，便以天赋人权、民主、自由、平等思想为锐利武器，同一切专制独裁的言行进行斗争。

《大江报》两遭封杀

詹大悲与何海鸣都是革命党人，参加过群治学社、振武学社和文学社。1911年春，他们在汉口创办《大江报》，詹大悲任经理兼主编，何海鸣任副主编。

同年7月26日，《大江报》发表了署名“奇谈”的时评——《大乱者救中国之妙药也》。文云：

> 中国情势，事事皆现死机，处处皆成死境，膏肓之疾，已不可为，然犹上下醉梦，不知死期之将至。长日如年，昏沉虚度，软痈一朵，人人病夫。此时非有极大之震动，极烈之改革，唤醒四万万人之沉梦，亡国奴之官衔，行见人人欢然承戴而不自知耳。和平改革既为事理所必无，次之，则无规则之大乱，予人民以深创巨痛，使至于绝地而顿易其亡国之观念，是亦无可奈何之希望，故大乱者实今日救中国之妙药也。呜呼！爱国之志士乎，救国之健儿乎，和平已无可望矣。国危如是，男儿死耳，好自为之，毋令黄祖呼佞而已。

8月1日，湖广总督瑞澂见到此文，认为《大江报》宗旨不纯，立意嚣张，淆乱政体，扰害治安，饬令巡警道王履康查封，永禁发行。王履康即命人查封了报馆，并将詹大悲逮捕。时隔数日，又逮捕了何海鸣。

2日，大江报馆同人发出通电，呼吁各界声援。全国震动，舆论大哗。汉口各团体以该报平日敢于说话，连日到报馆门口，贴上许多安慰的纸条、哭吊的短文，表达了对该报的同情和对当道的悲愤。

革命党人在上海创办的《民立报》得知《大江报》遭到的厄运，半月之间，三次发表时评，予以声援，谴责湖北当局借故封杀。

从6日至13日，八天之间，立宪派人士的重要喉舌《时报》五次刊发《大江报》被封及审讯詹大悲、何海鸣的消息，揭露官府禁锢新闻的黑幕。同时刊发评论说：像《大乱者救中国之妙药也》这样的文字，“各报在所难免，甚至比此种文字尤为激烈者尚多，何独借此题而发挥，内中曲折明眼人自知，官长可谓别有用心也。”“呜呼！以文字得咎，在文明国有言论自由，以区区之时评，竟遭此奇祸，能不令我辈寒心。”“一纸空文与时事庸有济乎？大兴文字狱，立宪国有此制度耶？呜呼！”（《黑血·金鼓》，第233、241页，湖北教育出版社，1991年）

汉口报界公会的发行人和编辑们鉴于《大江报》被封、总理被拘，对于立宪时代的舆论界前途异常危险，开会研究该报所登时评究竟是否违犯《报律》，认为“时评立意虽属激烈，然终不失忠君爱国之本旨。今忽加之以淆乱政体、扰害治安之罪名，似此情形，将来官场得以任便挟制报馆，如督院不秉公办理，将来一律托挂洋旗，以期抵制”（同上书，第239页）。

湖北咨议局一开始就支持《大江报》同人对外散发《通告书》，揭露事情真相。15日该局又集议，公决起草呈请书，要求总督从宽处理，如不公正解决，誓以解散咨议局相对付。

审判厅法官在审讯时，命詹大悲交出文稿的作者。詹大悲说：“此稿经我过目，不能问作稿之人。”法官又命其交出何海鸣，詹大悲说：“我是发行兼编辑，一切责任均归我负。”

法官问：“你登这个时评是何意思？”

詹大悲答道：“国民长梦不醒，非大乱不足以警觉，望治情殷，故此出些忿激之语。”

法官又说：“你所登的时评中有‘和平改革之无望’一语，明明是淆乱政体，扰害治安。”

詹大悲答道：“试问政府近年外交，均用和平手段，如片马永租外人，丧权辱国，莫此为甚，反美其名曰和平解决。又试问立宪之诏旨是和平而来，还是因乱而来？”

法官回答不上来，半晌始说：“是上头的命令。”

詹大悲说：“欲加之罪，何患无辞！我一片爱国热忱，反因之得咎，究应如何办理，请速示知。”

法官说：“此案我不能作主，待禀明督宪，再行定夺。”

法官审讯何海鸣时，何海鸣质问：“时评犯了何种报律？”

法官说：“我不知道，这是上头的命令。”

何海鸣大怒，斥道：“岂有此理！糊里糊涂，封报馆，拘总理，任意罗织！”

詹大悲、何海鸣与时评的作者虽然都是革命党人，时评的语气虽然非常激烈，但是并没有公然号召用暴力手段推翻清政府；詹大悲对法官给他扣上“淆乱政体，扰害治安”罪名的辩解，也使法官无话可说。审判厅长等官员找不到明显违背《报律》的根据，均主张该报既经封禁，拟从轻判处罚金结案。可是，总督瑞澂以为太轻，严令遵照《报律》中扰害治安的法律条文判决。法官们恐怕舆论不服，踌躇未决。瑞澂坚持非严办不可，并查封了为《大江报》鸣不平的《武汉白话新报》。毕竟权大于法，法官们只好服从，汉口地方审判厅宣布判处詹大悲、何海鸣各监禁一年半。

10月10日革命党人发动武昌起义，旋即组织了湖北军政府。詹大悲和何海鸣出狱，立即组织了汉口军政分府，詹大悲任主任，何海鸣任参谋。

1912年1月1日，中华民国成立，孙中山和黎元洪先后当选为南京临时政府大总统、副总统。3月2日，内务部公布了《民国暂行报律》，规定：一、新闻、杂志已经出版及今后出版者，其发行及编辑人姓名，须向本部呈明注册，或就近向地方高级官厅呈明，咨部注册；4月1日前必须办理，否则不准发行。二、流言煽惑关于共和国体、有破坏弊害者，除停止其出版外，其发行人、编辑人并坐以应得之罪。三、调查失实、污毁个人名誉者，被污毁人得要求其更正；要求更正而不履行时，经被污毁人提出诉讼，讯明得酌量科罚。

《民国暂行报律》刚一颁行，上海报界俱进会和全国各报立即纷纷发出通电，表示反对，并致电孙中山，请饬令内务部取消。孙中山阅过电报，3月9日向内务部发出指令：“案言论自由，各国宪法所重；善从恶改，古人以为常师，自非专制淫威，从无过事摧抑者。该部所布《暂行报律》，虽出补偏救弊之苦心，实昧先后缓急之要序，使议者疑满清钳制舆论之恶政，复见于今，甚无谓也。又，民国一切法律，皆当由参议院议决宣布，乃为有效。该部所布《暂行报律》，既未经参议院议决，自无法律之效力，不得以‘暂行’二字，谓可从权办理。寻绎三章条文，或为出版法所必载，或为宪法所应稽，无取特立报律，反形裂缺。民国此后应否设置报律及如何订立之处，当俟国民议会决议，勿遽亟亟可也。除电复上海各报外，合行令仰该部知照。此令。”（《辛亥革命资料》，第257页，中华书局，1961年；《中国报学史》，第340－341页，三联书店，1955年）11日公布的《中华民国临时约法》，又规定了国民享有言论自由。

黎元洪是被革命党人在武昌起义后用枪杆子逼着当上湖北军政府都督的，那时他很少说话，人们背后均称他为“泥菩萨”。其后他当选了副总统，仍然兼任湖北军政府都督。对于孙中山明令废除的《民国暂行报律》，他本应坚决执行，可是，他还是命令巡警厅向武汉各报馆转发了。3月30日，《强国公报》马上加以抨击，并呼吁：“对于此等阻遏民气之条文，不惮大声疾呼，危词耸听，务使收回成命，还我出版之自由，其目的不完全达到不止。”次日，武汉报界联合会也复书巡警厅，斥责其以废报律恫吓报界，只能贻讥大雅。

詹大悲、何海鸣过去都从事新闻事业，现在又联络了一些人，共同发起复刊去年被封禁的《大江报》。6月10日，该报复刊，何海鸣任经理，凌大同、戴天仇为主笔。此时南北已经统一，孙中山退位，袁世凯当选为临时大总统。何海鸣等人对拥护袁世凯的共和党经常加以抨击，对该党党魁黎元洪的攻击尤其厉害。

8月8日，黎元洪以《大江报》刊发社会党领导人江亢虎鼓吹“社会主义”的文章，并为之写过一篇社评，派遣参谋黄祯祥带领士兵查封报馆。幸有人及时通知，何海鸣与凌大同连夜化装逃往上海。黄祯祥等将报馆捣毁，逮捕了职员。次日，黎元洪发出通电，缉拿何海鸣、凌大同，说：“《大江报》出版以来，专取无政府主义，为图谋不轨之机关。擅造妖言，摇惑人心，废婚姻之制度，灭父子之大伦，无国家，无家族，无宗教，无男女。近乃益肆猖狂，毫无忌惮，至有除去政府、取消法律之邪说，实属大逆不道，狂悖已极。我中华礼仪之邦，岂可沦于禽兽之俗，此等妖人，诚民国所共弃，世界所不容。”“敝省为扶持人伦、保护治安起见，着军警即行查封。该报馆主笔何海鸣、凌大同等现尚在逃，应请一体严缉，就地正法，以惩悖逆，而维法纪。”（《黑血•金鼓》，第325页）

在堂堂的中华民国，国民理应享有言论出版自由，不料刚刚成立半年多，黎元洪竟然制造了一起骇人听闻的文字狱，这种残酷暴行不能不令整个报界和社会大为惊异愤怒。9日，武昌革命党人的《民心报》发表编辑蔡寄鸥的《哀〈大江报〉》，抨击黎元洪钳制舆论，同时说黎元洪不过是一个平庸的人，只因“英雄不出，遂令竖子成名”。黎元洪大怒，又勒令《民心报》停刊。

11日，《民立报》发表时评，以万分悲痛的语调哀叹：去年清政府湖广总督瑞澂封禁《大江报》，《大江报》倡言革命，自有其值得纪念的价值。“不谓民国今日，《大江报》又以被封见告。五色旗翻，而江流呜咽如昔。言论自由，更于何处求之也？悲夫！”

同一天，黎元洪再次通电全国，说何海鸣等人借《大江报》为机关，“蛊惑民心，破坏国体，经彼煽动者颇不乏人，实非寻常叛逆者可比”。又说：“顷闻该逆党秘密集议，潜煽报界，以图解脱。要知此等积恶案犯，滥竽报界，本无记者之资格，实为民国之蟊贼。倘过事姑息，不为限制，诸悖逆之徒群起效尤，假报馆为护符，民国前途，何堪设想？”（同上书，第326页）极力为发出通缉令辩解。

《中华民国临时约法》明确规定了人民享有的自由权利，其中两条是：人民之身体，非依法律，不得逮捕、拘禁、审问、处罚；人民有言论、著作、刊行及集会、结社之自由。不论黎元洪给《大江报》和何海鸣等人加上多少罪名，其查封报纸，逮捕何海鸣、凌大同，均无法律依据，完全是违背《临时约法》、残害人民的暴虐行为。因而其辩解非但不能得到人们的原谅，反而激起更大的愤怒。

14日，上海的《民立报》、《民权报》、《天铎报》、《太平洋报》、《民国新闻》、《民强报》、《中华民报》联名致电黎元洪，厉斥其通缉何海鸣、凌大同，就地正法，“虽野蛮专制时代，亦无此怪剧。公任民国副总统，乃竟违背国宪，蔑视人权，天下后世将谓之何？”要其迅速取消全案。同时他们电请参议院根据法律弹劾黎元洪，“以保约法，而重舆论”（同上书，第326页）。

武汉各报在黎元洪的控制下，大多不敢主持正论，汉口的《民国日报》却不畏强权，15日发出通电，公开为《大江报》鸣冤。通电说：“《大江报》直切敢言，群小侧目，以该报主张无政府主义为口实，被副总统封禁，并处总理何海鸣以死刑。何幸脱，复指为叛逆，通电各省协拿，就地正法。”“敝报痛真是非泯灭，特据实通告，恳力为昭雪。”《民立报》登载时评《共和时代之文字祸》，警告黎元洪不要“倒行逆施”，而要“晚节自爱”，“幡然悔过”。同盟会南京支部、九江机关部等也纷纷通电声讨黎元洪的暴行。

17日，《民立报》又发表《忠告黎副总统》，严词斥责其“仇视报界，遽出摧残言论之举”，并写道：“呜呼！专制时代所不敢为者，而黎公竟毅然为之。”“‘就地正法’四字，乃见之于副总统之通电中，允为国史上一莫大之污点。违背国宪，蔑视人权，是诚何心而横暴至此！”

8月28日，湖北籍的参议员刘星楠等联名弹劾黎元洪，列举多项罪名，其中之一就是通缉何海鸣、凌大同，要求政府查办。

9月，凌大同由上海秘密潜回陕西看望母亲，途经武汉，被密探侦知，黎元洪即令将其逮捕，秘密处死。

黎元洪杀害凌大同的这一卑鄙行径传出以后，10月上旬，社会党领导人李怀霜和陕西同乡会于右任等人分别发出通电，强烈抗议，谴责其“摧残善类，无所不至，弁髦《约法》，实民国之蝥贼”，要求政府和参议院对其进行弹劾查处，“以保人权”（同上书，第337页）。

在各方舆论的大力谴责下，黎元洪被迫于10月22日就杀害凌大同一事发出通电，诡言并未闻知，表示愿意悬赏侦缉，以千元重金酬劳知道凌大同真确死相的人，进行掩饰。

一年之内，《大江报》两次遭到封杀，一在清末的预备立宪时期，一在中华民国成立之后。这一事实表明，虽然时代变了，国民理应享有的言论自由权仍旧没有保障。一些人，包括人民的“公仆”副总统在内，只要有人对他们表示不满，他们认为有损于自己的威信或不利于统治，就会对言论自由进行摧残，较之专制时代的统治者毫不逊色，只是有的暴虐，有的阴柔，手段不同罢了。

封杀书报应堂堂正正

在19世纪至20世纪初年，中国虽有近代新闻出版事业，但无专门的法律规范管理，封杀书报主要由官府根据《大清律例》判定。尽管如此，官府在判决时都能将理由公示于众。如禁书，1900年上海县令发布告示说："照得印售淫书淫画，久悬厉禁。须知印售各种淫书，最足伤风败俗。自示以后，尔等将淫书底本一律销毁，不准再行印卖。倘敢阳奉阴违，许尔军民一应人等，遇见即便获解到县，听候量予奖赏。违禁匪徒，定于照例候办，决不宽恕。其各凛遵毋违。特示。光绪二十六年二月示。计开书目如下：《金瓶梅》、《倭袍》（又名《果报录》）、《三杰传》、《奇僧报》（又名《灯草和尚》）、《蝴蝶缘》、《肉蒲团》（又名《觉后禅》及《耶浦缘》）、《贪欢报》（又名《欢喜冤家》及《三续今古奇观》）……"（《清末四十年申报史料》，第297－298页，新华出版社，1988年）

有些书报在租界出版发行，官方直接封杀无能为力，就严禁民众购买订阅，但也向民众说明理由。如《国民日日报》是革命党人办的报纸，鼓吹反清革命不遗余力。清政府鉴于《苏报》案与租界办理交涉的困难，于是向长江一带发出通令，谓："上海逆党著书刊报，煽惑人心，大逆不法。业将苏报馆办事人等按名拿办，并将该报馆封闭在案。乃又有人创办《国民日日报》，依然妄肆蜚语，昌言无忌，实属执迷不悟，可恨已极。仰各属府州厅县，将《国民日日报》荒谬悖逆情形，示知地方商民，不准买看。如有寄售《国民报》者，提究。"（《中国报学史》，第155页，三联书店，1955年）

袁世凯对《大公报》也采取如此办法。1905年由于美国胁迫中国续订歧视华工的条约，上海工商界发起了抵制美货运动。天津商学两界立即响应，《大公报》深表同情，登载了这方面的消息，并论及对美国的政策。直隶总督袁世凯认为这样会给国家交涉增加困难，而且朝廷正在考虑请美国出面调停日俄两国从东三省撤兵，下令该报不得对抵制禁约之事横生议论。《大公报》以官府不应阻止言论自由，予以拒绝。由于《大公报》总经理英敛之为天主教徒，受到天主教和法国租界的庇护，袁世凯无法封杀，遂饬令巡警总局、天津府县札示官民，严禁购阅，铁道局、邮局禁止代运。天津南段巡警总局、天津府和天津县遵令会衔发布告示说："照得近来《大公报》所登，类多有碍邦交，妨碍和平，合行禁阅。以本月十七日为限，我津埠士商军民人等一体遵照，违必究罚。光绪三十一年七月十六日。"告示贴出之后，英敛之和主笔刘孟扬在《申报》上刊登广告，讲了该报"触当道之怒，严禁士人购阅，不准邮局递寄，为不封之封"的情况，并说："今遇此挫折，芟夷我国民者，非由外人，实为我最有权力之长官也，呜呼！"（《清末四十年申报史料》，第283－284页）

1905年10月巡警部（1906年11月改为民政部）成立以后，方才制订条例，管理报纸。1908年3月，清政府颁布了《报律》，此后官府对书报的封杀即以此为依据，但也说明封杀的理由。如1910年12月7日北京的《国民公报》在欧洲通信栏内转载了这样一条新闻：上月欧美各国喧传，北京又有政变。谓隆裕太后为旧党所运动，将出面干涉政治，与摄政王反对；尤忌涛郡王（载涛，载沣之弟）之奋发有为，能扫清积弊，如裁撤内务部之类，皆不为皇太后所喜。此外，如赦党人，剪辮易服，召用袁世凯等事，亦因而遭到阻力。深恐朝廷又演出新旧两派之剧战，重蹈戊戌（1898年）、庚子（1900年）之变。目前美国公使曾电告谓：京城将再有拳祸，当亦系指此事而言。刊出以后，巡警厅即向该报发出公文，谓："尔报欧洲通讯栏内所载，语言多涉不敬，核清廷《报律》，违旨实非浅鲜。虽据该报声称，系转载他报，究属失于检点，不能不酌量处罚，今处以罚金三十元，停版七天等。"（《清末四十年申报史料》，第281－282页）

民国以后，仍有某些官府封杀书报说明原因。如1912年8月副总统兼湖北都督黎元洪发出通电查封《大江报》，缉拿主笔何海鸣、凌大同就是如此。

袁世凯搞帝制活动时，各报著论痛诋，目之为民贼政府，叛逆政府。淞沪警察厅奉到上级命令，发出布告说：“奉江苏都督民政长兼会办江苏军务行署通令内开：照得新闻报纸为舆论机关，自非宗旨纯正，议论平允，不足以代表人民心理，导引政治进步。乃有《民权》、《民立》、《民强》各报，专为乱党鼓吹异说，破坏民国，捏造事实，颠倒是非，信口开河，肆无忌惮，亟应从速禁售，以免淆乱人心。为此训令该厅长遵照，凡《民权》、《民立》、《民强》暨乱党各种机关报纸，立即禁止售卖，并布告人民一体知悉，切速勿违，此令。等因奉此，合亟布告周知，仰各卖报人遵照，嗣后凡《民权》、《民立》、《民强》暨乱党各种机关报纸，均即禁止售卖。凡我人民，亦应一体勿再购阅上开各项报纸，以免淆乱人心，是为至要。”（《中国报学史》，第184－185页）

对于不遵奉中央命令的报纸，官府还事先予以警告。1916年袁世凯改元洪宪，命令各报照登。上海各报反对袁世凯称帝，不愿用洪宪纪年，仍用民国纪年。内务部发现后，电告宣武上将军冯国璋，上海各报如再沿用民国五年，不奉中央政令，即照《报纸条例》，严行取缔，停止邮递。冯国璋即将该电转告淞沪警察厅。淞沪警察厅马上致函上海日报公会说：“查各报不用洪宪纪元，既奉部饬停止邮递，敝厅管辖地内，事属一律，应即禁止发卖，并将报纸没收。第以报纸为言论机关，且上海各报馆亦与敝厅感情素笃，为再具函奉告，务希贵会转知各报馆，即日遵改。如三日内犹不遵改，则敝厅职责所在，万难漠视，惟有禁止发卖，并报纸没收也。”（《中国报学史》，第182页）

官府非但封杀书报，就是对作者判刑也明确宣布罪状。如1904年上海县令在发布的邹容和章炳麟判词中说：“邹容作《革命军》一书，章炳麟作《訄书》，并作《革命军序》，又有《驳康有为》一书，言语纰缪，行同悖逆。彼二人者，同恶相济，罪不容恕，议定邹容监禁一年，章炳麟监禁三年，罚作苦工，以示炯戒。限满开释，驱逐出境。”（《中国近代报刊发展概况》，第73页，新华出版社，1986年）

不论是对是错，有无道理，也不论是毫无掩饰的直接封杀，还是禁止人民购订的“不封之封”，官府均能堂堂正正地将理由公示于众，这种处理办法本身至少比那些采取见不得人的下流手段要光明磊落得多。一则政策透明，让老百姓明白是怎么回事，作出自己的判断，决定何去何从；二则官府不怕承担责任，敢作敢为，像个官府的样子。

到了国民党统治时期，统治者反而“神经衰弱”起来了，“什么他都怕，因而在出版界上也布置了比先前更进步的流氓，今人看不出流氓的形式而却用着更厉害的流氓手段：用广告，用诬陷，用恐吓”（鲁迅：《上海文艺之一瞥》）；还通过《新闻法》、《出版法》等法令，查禁书刊，利用特务军警捣毁出版机构和书店，迫害出版界人士。但他们不敢堂堂正正地发布正式公文，叙明封杀书报的事实及理由，这只能证明他们的心虚和无理。

据鲁迅的经验来看，当时在革命阵营内部也有一种人：“那种表面上扮着‘革命’的面孔，而轻意诬陷别人为‘内奸’，为‘反革命’，为‘托派’，以至为‘汉奸’者，大半不是正路人；因为他们巧妙地格杀革命的民族的力量，不顾革命的大众的利益。”因而他认为：“首先应该扫荡的，倒是拉大旗作为虎皮，包着自己，去吓呼别人；小不如意，就倚势（！）定人罪名，而且重得可怕的横暴者。”（《答徐懋庸并关于抗日统一战线问题》）

袁世凯剥夺国人言论自由

1912年1月1日，中华民国建立。3月2日，南京临时政府内务部公布《民国暂行报律》，对新闻自由加以限制，立即遭到各报馆反对，并致电临时大总统孙中山，声称“报界全体万难承认”，请饬令内务部取消。3月9日，孙中山下令取消了该律。时隔一日，政府又公布了《中华民国临时约法》。该法与宪法具有同等效力，明文规定：“人民有言论、著作、刊行及集会、结社之自由。”从此言论自由得到了法律保护，人民欢天喜地，思想大为解放，一时之间各地创办报刊风起云涌，言论相当自由，朝气勃勃。革命党人自负创造共和之功，目无余子，创办尤多，大胆评论时政，批评继任的临时大总统袁世凯不遗余力。

然而，好景不长。1913年3月，国民党的代理事长宋教仁被刺身死。国民党人认为是袁世凯的中央政府指使人干的，就在本党某些报纸上大加谴责，言辞极其尖锐，有“万恶政府”、“政府杀人”、“政府罪状”及“民贼独夫”等字样。袁世凯原为前清旧官僚，虽然当选为共和国的国家元首，但满脑袋仍是封建思想，以前由于需要利用各种政治力量巩固自己的地位，他对来自各方面的批评攻击暂时容忍了下来。现在受到如此攻击，他再也无法忍受，决定以武力消灭国民党势力，遂于5月1日以“任意诬蔑”之罪名，命令内务部“严重取缔”《国风报》、《国光新闻》和《中国报》。（《中华民国史档案资料汇编》第3辑，第1039页，江苏古籍出版社，1991年）6月17日，内务部又对新闻界发出严厉警告：报馆对宋教仁案和善后借款“肆意诋諆，痛加诬蔑”，“甚至加大总统以种种不名誉、不道德之称谓”，“若不依法限制，实足扰乱大局，妨害治安”。倘若再“倡言无忌，淆惑观听，则是有意煽惑人心，妨害秩序，法律具在，断难宽容”（《政府公报·命令》，1913年6月20日）。

镇压了国民党人的“二次革命”，当选上正式大总统，袁世凯开始肆无忌惮地破坏共和制度，以“鼓吹二次革命”、“袒护逆党”、“煽惑国民”、“诋毁政府”等罪名，剥夺国人的言论自由。据不完全统计，1913年7月至12月，被封杀的报纸即达四十余家。其中中央政府直接下令执行的有：北京的《日日新闻》、《民国报》、《民主报》、《亚东新闻》、《中央新闻》、《正宗爱国报》、《京话报》、《华报》、《国报》、《超然报》，吉林的《新吉林报》，福建的《民报》、《群报》、《共和报》，上海的《飞艇报》、《中华民报》。被禁止在北京发行的有南京的《中华报》，浙江的《天钟报》，湖南的《女权报》，上海的《民立报》。总之，指责袁世凯的报纸几乎都遭到厄运。

1915年8月以后，袁世凯欲帝制自为。可是，民主政治深入人心，他不敢自行宣布，便盗用民意，以示“应天顺人”。为此，他一方面下令召开“国民代表大会”，进行国体投票和推戴皇帝，在法律程序上做到完全“合法”；另一方面剥夺人民的言论自由，禁锢人民的思想，大搞舆论一律，制造全国人民热烈拥护帝制的假象。

其时中央政府尚无通讯社、新闻局一类机构，无法直接向各报下达指令。如何对付那些反对帝制的报纸呢？办法有两种，均很简单。首先，用金钱收买。只要反对帝制的报纸改为赞成颂扬帝制，都给金钱，名为“津贴”，实为“封口费”。其次，对于不肯接受“津贴”的报纸，命令军警采用暴力手段，封报捕人。如江苏当局就曾训令淞沪警察厅发出布告：“《民权》、《民立》、《民强》各报，专为乱党鼓吹异说，破坏民国，捏造事实，颠倒是非，信口开河，肆无忌惮，亟应从速禁售，以免淆乱人心。”（《中国报学史》，第184页，三联书店，1955年）上海的《民新日报》、《民国公报》、《爱国报》、《民意报》、《民信日报》，北京的《天民报》，同样被加以种种罪名而取缔。其他持反对论调的《时事新报》、《中华新报》、《民国日报》、《益世报》等，在内地的则勒令停版，在租界的则停止邮递，在国外的则禁止输入。即使报纸拒用洪宪纪年，政府也勒令执行。淞沪警察厅即奉内务部电令致函上海日报公会，严正警告：如“再沿用民国五年，不奉中央政令”，“惟有禁止发卖，并报纸没收也”（《中国报学史》，第182页）。

一般平民百姓自然无法与暴虐的政府抗衡，只能屈服。通过收买和暴力，袁世凯将国内反对帝制的报纸摧残殆尽，做到了舆论一律，使得“共和国体下之人民，罔敢拥护共和国体”（《申报》1915年10月11日）。“各报只可歌功颂德，无敢反对者。”（《中国近代报刊发展概况》，第424页，新华出版社，1986年）“参政院劝进之案尚未通过，而各报又一致有‘皇帝’之颂，‘今上’之称。其步骤之齐整，殆成不约而同之观。”（《中国近代报刊发展概况》，第166页）参政院推戴袁世凯为帝，北京各报都用红色印刷，大加庆贺。1916年开始，北京各报又一致以“洪宪元年”揭诸报端。所有这些都是高压政策的产物，根本不能反映出真正的民意。

攀龙附凤之徒，甘做奴才鹰犬之辈，历代均有。在他们眼里，没有是非，没有真理，只有私利，只会揣摩当权者的心理，看当权者的眼色行事，跟着当权者的指挥棒转。袁世凯称帝时亦然，除了党政军各界的心腹爪牙以外，新闻界也有一批。他们无耻地自称“臣记者”，利用手中的报纸积极宣扬帝制，欺骗世人，为袁世凯大搞舆论一律立下了汗马功劳，起了极坏的作用。这方面的典型人物要推薛大可和袁世凯死后被人们称为“三小人”的康士铎、乌泽声、汪健斋。薛大可经营的《亚细亚报》平时就吹捧袁世凯，得到政府支持，筹安会成立后，他又去上海办分社，鼓吹帝制不遗余力，虽遭遇炸弹袭击而不退缩。康士铎主编《民视报》，乌泽声主编《国华报》，汪健斋主编《京津时报》，亦是帝制的狂热鼓吹者。袁世凯称帝以后，《民视报》和《国华报》百般阿谀奉迎，歌功颂德之文连篇累牍，“今上”、“圣躬”、“我大皇帝”、“万岁无疆”等词充满报面，并发表一些文章为袁世凯镇压护国军张目。他们如此卖力，自然得到袁世凯的赏识，特意把他们三人和王博谦等共八名报界代表召进新华宫中，赐下一满缸黄酒，让他们围坐痛饮，名曰“皇泽普被”，以示奖励。他们感到无上荣宠，饮完酒各向北叩首九个，大呼“万岁”三声，谢主隆恩；汪健斋认为三声尚不足表达其内心的感激之情，居然大呼了四声。

人民享有言论自由权利在每一个文明国家的宪法中都有明确规定，但是，纸面上规定的美好东西并不一定都能变为现实。因为在民主政治成为世界潮流之后，有些独裁者手段非常狡猾，取专制之实而不欲居其名，用宪政之名而唯恐蹈其实，极力在实际上剥夺人民的言论自由权利。袁世凯就是这么干的。1914年5月1日他公布的《中华民国约法》虽然也和《中华民国临时约法》一样，规定人民有言论自由，但在“人民”之后，又加上“于法律范围内”几个字，如此一来，便把言论自由严格地限制在“法律范围”之内，越过“法律范围”，即为非法，便无言论自由可言。言论方面的主要“法律”，就是此前一个月（1914年4月2日）颁布的《报纸条例》。该《条例》规定报纸不得登载的内容有八款，其一为“妨害治安者”。所谓“妨害治安”，《条例》并无具体界定，存在法律真空，全凭官方任意解释，说你违法你就是违法，呼诉无门，报纸根本无法遵守。仅据此一点，官方就可将一切不满袁世凯的言论归于这款罪名之下，封报捕人，予以摧残迫害。

专制淫威可以封住人口，却不能征服人心，压抑愈甚，愿望无从表达，人心愈愤。袁世凯称帝之所以遭到全国人民激烈反对，在短短几个月之内迅即败亡，其残酷地压制言论自由，大搞舆论一律，实为重要原因之一。

“挂羊头卖狗肉”

1940年2月，毛泽东在《新民主主义的宪政》一文中写道：“多年以前，我们就听到过宪政的名词，但是至今不见宪政的影子。他们是嘴里一套，手里又是一套，这个叫做宪政的两面派”；“现在的顽固分子，就是这种两面派。他们的宪政，是骗人的东西”；“宪法，中国已有过了，曹锟不是颁布过宪法吗？但是民主自由在何处呢？大总统，那就更多，第一个是孙中山，他是好的，但被袁世凯取消了。第二个是袁世凯，第三个是黎元洪，第四个是冯国璋，第五个是徐世昌，可谓多矣，但是他们和专制皇帝有什么分别呢？他们的宪法也好，总统也好，都是假东西。像现在的英、法、美等国，所谓宪政，所谓民主政治，实际上都是吃人政治。这样的情形，在中美洲、南美洲，我们也可以看到，许多国家都挂起了共和国的招牌，实际上却是一点民主也没有。中国现在的顽固派，正是这样。他们口里的宪政，不过是‘挂羊头卖狗肉’。他们是在挂宪政的羊头，卖一党专政的狗肉。我并不是随便骂他们，我的话是有根据的，这根据就在于他们一面谈宪政，一面却不给人民以丝毫的自由。”（《毛泽东选集》，第693－694页，合订一卷本，人民出版社，1966年）1954年他还讲道：除了1912年由南京临时政府公布的《中华民国临时约法》，其前清末的“十九信条”和其后直到蒋介石统治时期的宪法，都是反动的。

撇开因清政府灭亡未及实行的“十九信条”不谈，关于其他宪法，毛泽东评价为“都是假东西”，“挂宪政的羊头，卖一党专政的狗肉”，基本上是正确的，原因亦如毛泽东所说，“这根据就在于他们一面谈宪政，一面却不给人民以丝毫的自由。”

袁世凯于1914年5月1日颁布的《中华民国约法》，规定人民享有言论、著作、刊行、集会结社、书信秘密、迁徙等自由权利，但均于其上加了“于法律范围内”几个字，如此一来，便把各种自由严格地限制在“法律范围”之内，越过“法律范围”，即为非法，便无自由可言。以言论自由而论，这方面的主要“法律”，就是1914年4月2日颁布的《报纸条例》。该《条例》规定报纸不得登载的内容有八款，其一为“妨害治安者”。所谓“妨害治安”，《条例》并无具体界定，存在法律真空，全凭官方任意解释，说你违法你就是违法，呼诉无门，报纸根本无法遵守。仅据此一点，官方就可将一切不满袁世凯的言论归于这款罪名之下，封报捕人，予以摧残迫害。

曹锟于1923年10月10日颁布的《中华民国宪法》，在人民享有的自由权利各条中，也无一例外地加入“非依法律，不受限制”的规定，自由依然被严格地限制在“法律”之中。

国民党取得全国统治权以后，就一直坚持“以党治国”、一党专政的政治体制。1929年国民党第三次全国代表大会通过的决议即确定，中国国民党乃中国国民之母，负有“保养”、“教育”、“训练”国民成年之责。训政时期，应“以政权付托于中国国民党之最高权力机关”，“以中国国民党独负全责，领导国民”。决议还规定：“于必要时，得就人民之集会、结社、言论、出版等自由权，在法律范围内加以限制”，国民“必须服从、拥护中国国民党，誓行三民主义”。其后，蒋介石更奉行“一个党，一个主义，一个领袖”，集党政军大权于一身，并要求国民对领袖绝对效忠。与此相适应，国民党实行以党治军，进行党化教育，推行特务统治。在其严密统治下，人民没有任何自由。1946年12月25日，国民大会通过的《中华民国宪法》，虽然以欧美的资本主义宪法为蓝本，标榜“保障民权”，“民有、民治、民享”，规定人民享有身体、居住、迁徙、言论、讲学、著作、出版、通讯、集会、结社、请愿等自由，比以往的任何宪法都要充分，但第二十三条又规定：“以上各条列举之自由权利，除为防止妨碍他人自由，避免紧急危难，维持社会秩序，或增进公共利益所必要者外，不得以法律限制之。”从而为否定人民民主自由权利埋下了伏笔。正是以这条为依据，国民党政府颁布了《维持社会秩序临时办法》、《戡乱时期危害民国紧急治罪法》、《戒严法》等，彻底取消了以上规定的各种民主自由条款。因此，当1947年5月广大学生喊出“为自由民主的新中国而战斗”的口号，掀起了大规模的反饥饿、反内战、反迫害的学生运动时，国民党当局即派遣军警进行残酷镇压。直到20世纪80年代，蒋经国才在台湾宣布解除党禁和报禁。

对于国民党“训政”时期的“宪政”，毛泽东在1940年以后曾多次进行批评指责，深刻地揭露其虚伪性，提出许多正当要求。他指出，国民党“‘训政’多年，毫无结果。物极必反，宪政为先。然而言论不自由，党禁未开放，一切犹是反宪政之行为。以此制宪，何殊官样文章。以此行宪，何异一党专制”。“政府宜即开放党禁，扶植舆论，以为诚意推行宪政之表示。昭大信于国民，启新国之气运，诚未有急于此者。”（《毛泽东选集》，第681－682页）“‘一个主义’也不通。在阶级存在的条件之下，有多少阶级就有多少主义，甚至一个阶级的各集团中还各有各的主义”；“既然是数不清的主义，为什么见了共产主义就高叫‘收起’呢？讲实在话，‘收起’是不行的，还是比赛吧。谁把共产主义比输了，我们共产党人自认晦气。如若不然，那所谓‘一个主义’的反民权主义的作风，还是早些‘收起’吧！”（同上，第648页）

毛泽东还多次强调说：“人民言论、出版、集会、结社、思想、信仰和身体这几项自由，是最重要的自由。”（同上，第1019页）为此，他强烈要求国民党政府取消一切镇压人民的言论、出版、集会、结社、思想、信仰和身体等项自由的反动法令，使人民获得充分的自由权利；承认一切民主党派的合法地位；释放一切爱国政治犯；取消国民党的党化教育，发展民族的科学的大众的文化教育；保障教职员生活和学术自由；“最重要的是要求立即取消国民党一党专政，建立一个包括一切抗日党派和无党派的代表人物在内的举国一致的民主的联合的临时的中央政府”（同上，第1012－1014页）。

毛泽东之所以再三强调废除国民党坚持的“一个党，一个主义，一个领袖”，原因就在于它是“法西斯独裁政治”（同上，第876页）。他说，新民主主义的宪政可以比喻为“有饭大家吃”，“既然有饭大家吃，就不能由一党一派一阶级来专政”（同上，第691页）。“国事是国家的公事，不是一党一派的私事”，因此，即便在共产党领导的抗日根据地，共产党员也“只有对党外人士实行民主合作的义务，而无排斥别人、垄断一切的权利”（同上，第767页）。“应规定一切不反对抗日的地主资本家和工人农民有同等的人权、财权、选举权和言论、集会、结社、思想、信仰的自由权，政府仅仅干涉在我根据地内组织破坏和举行暴动的分子，其他则一律加以保护，不加干涉。”（同上，第726页）

宪政有真假之分，如何判断真假呢？只有一个办法，这就是不但要看宪法上规定了人民享有什么民主自由，更应看执政者是不是真正让人民享有了这些民主自由。毛泽东正是看透了国民党的本质，说的是一套，实际执行的又是一套，才有了上述极其精辟正确的言论，发出了正义的呼声，获得全国人民的一致拥护。

宪政于国家有利，于人民有利，北洋军阀及蒋介石之国民党为何不愿实行真正的宪政呢？因为他们都是专制独裁者，心目中没有国家，没有人民，只有权位和金钱，维护的是一已和一党一派的私利。实行了宪政，他们的权力必然受到限制和监督，就不能为所欲为，一切独裁，欺压剥削人民，贪污受贿，有了过错，还要受到人民的批评指责，所以视宪政如寇仇，不愿真正实行。

既然如此，他们为什么还要打着宪政的旗号？因为在20世纪，每一个文明国家都颁布了宪法，实行宪政已经成为世界潮流，谁也阻挡不住，他们要想保住权位和金钱，不落骂名，就必须学学文明国家的样子，装模作样地制定出一部宪法，表示与国人共守。其实，他们不过是取宪政之名而行专制之实，把宪政当成民主的装饰品，表面规定了人民应当享有的各种民主自由权利，实际上又使用极其狡猾的手段剥夺了这些权利，既想当婊子，又想立贞节牌坊。于是，就出现了毛泽东所说的“挂羊头卖狗肉”，真专制、假宪政的历史现象。

这种现象说明，公民在宪法上享有的基本权利和自由并不能得到完全有效的保障。因此，若使宪法上规定的公民的基本权利和自由得到保障，必须设立专门的宪法监督机构，制定监督宪法实施的法律，明确哪些行为是侵犯公民的宪法权利，规定出处罚的标准，彻底追究一切违犯宪法的行为，不论是属于个人的，还是属于机关的集体的。同时在程序上明确具体审理的机构，公民个人如何向审理机构控告违宪行为。否则，不管打着什么好听的旗号，宪政仍然不过是“挂羊头卖狗肉”而已。